KB048364

사랑으로 저를 키워주신 수도공동체와

언니 수녀님의 영전에 이 책을 바칩니다.

기다리는 행복

이해인

샘터

'순간 속의 영원'을 살며

오늘도 소나무가 울창한 수녀원 묘소에 다녀왔습니다.

미사 후에 올라가 다 같이 성가를 부르며 기도하는데 땅속에 묻힌 우리 수녀님들이 '안녕?' 하고 내게 정겨운 인사를 건네는 것만 같았습니다.

나의 삶과 글에 대해 늘 아낌없는 사랑과 조언으로 함께해주신 분들이 지금은 지상에 없지만, 영적으로 긴밀히 연결되어 있음을 느끼곤 합니다.

내 인생 여정의 멘토이며 수도 생활에 가장 큰 영향을 준 가르멜 수도원의 언니 수녀님을 하늘나라로 떠나보낸 지난가을은 내내 눈물 속에 보냈습니다. 언니의 죽음으로 인해 나도 언젠가는 그렇게 떠날 날이 있음을 절감하면서 요즘은 더욱 충실히 '순간 속의 영원'을 살고 있습니다.

언제나 기다리고 또 기다리는 삶!

기다림이라는 말 속에 들어 있는 설렘과 그리움을 사랑하며 여기까지 온 세월의 선물이 얼마나 고마운지요!
광안리 수도원에서 살아온 지난 반세기를 새롭게 감사하며 또 한 권의 책《기다리는 행복》을 펴낼 수 있어 행복합니다.

1부에서 5부까지의 글들은 지난 6년간 여러 지면에 발표한 것들을 중심으로 모은 것이고 6부의 글들은 첫 서원하고 나서 일 년의 일기들을 단편적으로 뽑아 실은 것입니다. 너무 오래전의 기록이고 내 영혼의 맨살을 드러내는 것 같아 부끄러운 망설임이 없지 않았으나 20대 젊은 수녀의 순수한 풋풋함이 그대로 살아 있는 것 같아 수도서원 50주년을 기념하는 뜻으로 오랜 세월 나의 충실한 '애인'이 되어준 독자들과 나누고 싶었습니다.

새로운 책들이 출간될 적마다 나를 키워준 수도공동체와 늘 함께해준 수도 가족들에게 감사를 전했지만 이번엔 더욱 간절한 마음으로 감사의 인사를 전하고 싶습니다.

'감사 더 깊어지고, 사랑 더 애틋해지고, 기도 더 간절해지게' 만들어준 광안리 성 베네딕도 수도원. 바로 여기가 '민들레의 영토'로 시작된 시의 산실이며 기도의 못자리였습니다. 좁은 울타리를 넘어 이 세상의 다양한 이웃들과 시를 통해 사랑과 우정을 나눈 민들레의 영토는 가장 아름다운 '마법의 성'이기도 했습니다. 말로는 다 표현 못 할 나의 초록빛 감사는 아마 죽어서도 끝나지 않을 것입니다.

끝으로 부족한 글을 정성껏 편집하고 출간해준 샘터사, 아름다운 그림으로 글을 더 빛나게 해준 화가 '해그린달', 추천 글을 써주신 김정자 교수님에게 깊이 감사드립니다. 이 책을 읽는 독자들이 조금 더 행복해질 수 있기를 기도하는 마음으로 오늘도 겸손히 두 손 모읍니다.

2017년 12월 부산 광안리에서

이해인 클라우디아 수녀

은근하고도 절묘한 매력으로
다가오는 글의 향기

12월입니다, 수녀님!

오래전에 처음 해인 수녀님을 만나 뵈었을 때, 아마 어느 신문
사의 시 낭송 대회 심사를 마친 뒤였어요.

그때 '웬 눈썹 선명하고 어여쁘게 생기신 지적인 수녀님 한 분
계시구나' 이렇게만 생각했어요. 수녀님에게서 들꽃 향기 같은
것은 느끼지 못했어요. 저의 젊은 날의 삶이 오만으로 가득 차 있
었을 때였던 것 같아요.

그러고 또한 많은 세월이 흘렀어요. 〈길〉이라고 하는 동인 모
임에서 다시 수녀님을 만났을 때, 수녀님의 그 또랑또랑했던 눈
망울은 힘이 많이 빠져버린 것 같았어요. 그러나 그렇게 힘이 빠
진 시선에서 대신 따뜻하고 평온한 기운이 흘러나옴을 느꼈습니
다. 놀라운 일이었어요.

모진 병의 어려운 치료를 겪어내면서 죽음과 삶의 경계선을 넘나들었던 클라우디아 수녀님에게서 그런 평온함이 느껴질 것이라고는 생각하지 못한 일이었어요.

수녀님의 맑은 혼이 사랑으로 데워져옴을 감사와 존경의 마음으로 느낄 수 있어 얼마나 경이로웠는지요.

이제 수녀님을 뵈면, 갈바람 부는 가을 들판에서 고요히 흔들리는 들꽃의 향기를 만날 수 있어요. 그래서 참 편안하고 향기로운 기운을 느끼게 된답니다.

사람들이 왜 수녀님의 시를 찾고 만나기를 소망하는지 알 수 있게 되었어요.

이해인 수녀님의 글, 특히 시들은 단숨에 읽히는 것들입니다. 맺힌 데 없이 다 읽고 나면 일시적으로 허전함을 느낍니다. 그런데 수녀님의 시는 마지막 구절을 읽고 나서도, '아, 이거 뭐지?' 하면서 다시 한번 시의 전문을 읽게 하는 절묘한 매력을 가지고 있습니다. 쉬운 듯하지만 은근하고 강렬한 메시지가 독자의 가슴을 '탁' 치며 다가올 때, 독자들은 '아, 이거구나!' 하면서 시구를 다시 돌아봅니다.

매일 조금씩 / 죽음을 향해 가면서도 / 죽음을 잊고 살다가 // 누군가의 임종 소식에 접하면 / 그를 깊이 알지 못해도 / 가슴속엔 오래도록 / 찬바람이 분다 // 두렵고도 / 고마운 말 내게 전하며 / 서서히 떠날 채비를 하라 이르며 // 가을도 아닌데 / 가슴속엔 오래도록 / 찬바람이 분다

- 이해인, 〈죽음을 잊고 살다가〉 중에서

오랜 세월 동안 암 투병하면서 쓰신 글을 통해 '삶과 죽음은 늘 함께 있다'는 우주의 질서를 깨닫습니다. 수녀님의 글은 평이하고 아름답습니다. 다 읽고 나면 아릿하게 가슴속이 저며옴을 느낍니다. 그것이 곧 생의 본질이기 때문이며, 그러기에 어떻게 생을 살고 견뎌내야 하는가를 깨닫게 되는 것이겠지요.

얼마 전 평생 밖으로 나올 수 없는 봉쇄 수도원에서 선종하신 데레사 말가리다(해인 수녀님의 언니) 수녀님께서 생전에 하셨다는 말씀이 떠오릅니다. 해인 수녀님이 중요한 강의를 해야 하는데 걱정이 된다고 기도해달라고 부탁했더니 '어쩌다 한 번씩 여기서도 커피를 마시는 즐거움이 있는데, 너를 위해서 당분간은 안 먹는 희생을 바칠게'라고 답했다는 글을 읽었습니다.
인생이란 과연 무엇이며, 어디까지가 희생과 극기의 한계인가를 생각하면 가슴이 찡해옵니다.

사랑하는 이해인 클라우디아 수녀님!

2018년은 수녀님께서 수도서원 50주년을 맞는 금경축일이 있는 해라고 하지요. 어머니께서, 노란 바탕에 보랏빛 꽃수를 놓아서 만들어주셨던 그런 원피스를 입고 금경축일에 나선다면, 우리 수녀님은 얼마나 곱고 사랑스러울까요.

이제 곧 방대한 작품들을 수록한 아름답고 깊이 있는 수녀님의 산문집《기다리는 행복》이 세상을 향해 고고의 울음을 내겠지요.

그 아름다운 생명과 함께 이해인 클라우디아 수녀님도 다시 한 번 태어나셔서 새 생명의 빛나는 첫날을 맞이하시고, 향기로움 가득한 가을 들꽃으로 부활하시기를 간곡히 기도합니다.

김정자(시인, 문학평론가, 부산대 명예교수)

· **차례** ·

여는 글 04 · '순간 속의 영원'을 살며
추천 글 08 · 은근하고도 절묘한 매력으로 다가오는 글의 향기 **김정자**

1부 일상의 행복

20 · 일상의 길 위에서 _세 편의 단상
26 · 기차를 타면
30 · 사랑 가득한 '언니 수첩'
35 · 아픈 날의 일기
41 · 충실히 살다 보면 참 기쁨이 피어나죠
45 · 또다시 새봄을 맞으며
50 · 길 위의 어떤 만남
54 · 아름다운 순간들
59 · 나를 울린 분홍빛 타월
64 · 사랑의 무게를 동백꽃처럼 _제주도에서

2부 오늘의 행복

74 · 사랑의 길 위에서
80 · 나를 깨우는 글씨
86 · 시간에게 쓰는 편지

90 · 내 일상 언어의 도움 메뉴판

96 · 잘 보고 잘 듣고 잘 말하는 이가 되도록!

101 · 새해 결심 세 가지

105 · 좋은 환자 되기 위한 십계명

110 · 꽃 시간을 만들고 꽃 사람을 만나며

115 · 우정의 꽃을 가꾸는 열 가지 비결

120 · 사람꽃도 저마다의 꽃술이 있다

3부 고해소에서

128 · 아름다운 마무리

132 · 힘을 빼는 겸손함으로

137 · 다시 새해를 맞아

142 · 묵주기도의 향기

146 · 수도원의 종소리를 들으며

154 · 순례자의 영성

157 · 시간을 사랑하는 영성

161 · 평상심의 영성

164 · 판단보류의 영성

169 · 기쁨발견의 영성

173 · 사순절을 맞이하여

177 · 내가 먼저 변할 수 있어야만

180 · 스타치오의 아름다움

186 · 언제나 떠날 준비를

4부 기다리는 행복

194 • 책방 골목에서

199 • 모르는 이웃과의 친교

204 • 비워내고 단단해진 저 조가비처럼

210 • 나의 '국수 사랑' 이야기

216 • 오늘은 내 남은 생애의 첫날입니다

219 • 《누구라도 문구점》이 선물한 우정

224 • 언제라도 앞치마를 입으면

230 • 봄이 오는 길목에서

236 • 휴가에 대한 단상

241 • 느티나무 아래서

245 • 12월의 반성문

5부 흰구름 러브레터

254 • 법정 스님의 옛 편지

259 • 또다시 새해를 맞이하며 _박완서 선생님께

264 • 그리움 익혀서 사랑으로 만들게요 _어머니 선종 10주기에

271 • 이별 연습 _'성바오로 가정 호스피스 센터' 가족들께

275 • 잘 읽어야 행복한 삶의 길에서 _장재안 수녀님께

281 • 고운 말 학교의 주인공이 되세요! _통영 용남초등학교 학생들에게

285 • 우리의 푸른 나무 친구들에게 _소년원 아이들에게 쓴 편지

289 • 시를 사랑하는 선한 마음으로 _신창원 형제에게

295 • 사랑하는 젊은이들에게

301 • 어서 오십시오, 프란치스코 교황님

305 • 기도 항아리를 채우는 기쁨 _허금자 수녀님께

310 · 《죽음과 죽어감》을 읽고

　_엘리자베스 퀴블러 로스 박사님께

318 · 어여쁜 달항아리로 받아주십시오

　_언니 데레사 말가리다 수녀님을 위하여

323 · 슬픈 고백 _세월호 추모시

6부 처음의 마음으로 _기도 일기

332 · 1968년 5월 23일 첫 서원 후 일 년간의 일기 모음

수록 시 색인 397

해인글방 방명록에서 398

1

일상의

행복

위_ 언니 수녀님과 함께(2012, 2017)
아래_ 가르멜 수녀원에서 세 자매(2017)

채우고 싶은 것들

생각하고 또 생각해도

생각이 남아요

사랑하고 또 사랑해도

사랑이 남아요

글을 쓰고 또 써도

글이 남아요

잠을 자고 또 자도

잠이 남아요

나머지는 모두

하늘나라에 가서

채우면 됩니다

일상의 길 위에서

_세 편의 단상

** 마음이 우울해지고 무력증에 빠져 있던 어느 날 나는 산책하러 나갔다가 우연히 미루나무 위의 까치집을 바라보게 되었다. 전에도 종종 보던 까치집이었으나 이상하게 그날은 까치가 집 짓느라 애쓰는 모습이 더 애틋하게 기억되며 눈물이 났다. 정성껏 집을 짓는 새처럼 나도 좀 더 열심히 살아야겠다는 다짐을 하며 이 글을 적었다.

까치집을 바라보며

바람 많이 부는 어느 날 미루나무 꼭대기에 집을 짓는 까치를 보며 나는 생각했다.

나뭇가지를 물어다 정성스럽고 조심스럽게 집을 짓는 새처럼 나도 그렇게 한 채의 집을 지어야겠구나. 저마다 다양한 삶의 이야기를 듣고 와

기다리는 행복

내게 전해주고 간 사랑하는 사람들의 기도를 얼기설기 잘도 엮어 태풍에도 무너지지 않을 튼튼하고도 아름다운 집을 꼭 지어야겠구나.

문을 앞으로 낼까 옆으로 낼까 지붕은 어떻게 만들까 즐겁게 궁리하면서 하늘이 가까워 행복한 지혜의 둥지를 내 마음 깊은 곳에 틀어 더 많은 이웃을 초대해야겠구나. 누구도 굶주리지 않게 나누어줄 따스하고 동그란 사랑의 알도 나는 더 많이 낳아야겠구나.

** 아래의 글은 내가 수녀회 비서실에 근무할 때(1992~1997) 해외에 있는 수녀들에게 보내는 소식지 안에 들어 있던 것인데 보관을 하지 않아 잊고 있었다. 어느 날 서울 간 길에 동생 집에 들렀더니 나에 대한 신문 기사나 편지를 따로 모아놓은 앨범 안에 이 글의 복사본이 들어 있어 반가웠다. 광안리 수녀원 소나무들이 내 수도 생활에 큰 영향을 주었음을 알게 해주는 러브레터라서 새삼 정겹기에 독자, 친지들과 나누고 싶다.

소나무 아래서

세월이 흐를수록 나는 참 당신이 좋습니다. 당신과 함께 있으면 맑고 편안합니다. 태풍으로 불안했던 마음도 이내 안정을 찾습니다.

유별나지 않은 수수함, 웬만한 바람에는 끄떡없는 한결같음, 사계절 내내 푸른 모습 잃지 않는 당신을 닮고 싶습니다. 같은 자리에 있으면서도 권태를 모르는 그 의연함과 성실함을 사랑합니다.

수십 년을 솔숲에서 살다 보니 정이 많이 들었습니다. 매일매일 당신이 떨어트리는 솔방울을 줍습니다. 까닭 없이 마음 흔들릴 때는 솔방울을 꼭 쥐고 단단히 살자고 결심합니다.

새로운 감격으로 솔방울을 줍듯이 새로운 기쁨을 발견하면서 뾰족한 솔잎처럼 예리한 직관력을 조금씩 키워가면서 행복합니다.

내 삶의 길에는 이제 송진 향기가 가득합니다.

끈적거리는 사랑의 괴로움도 자꾸 씹으면 제맛이 난다고 당신이 일러 주었습니다.

가까이 있는 바다를 보며 마음을 넓히라고 했지요?

눈부신 햇살 아래 송홧가루 날리는 솔숲길을 걸으며 황홀했던 시간들 솔바람 타고 오는 신의 음성을 들었습니다.

송홧가루처럼 노랗게 부서지는 사랑을 원한다고 했습니다.

그렇게 살겠다고 기쁘게 약속했음을 후회하지 않습니다.

이 땅에 나보다는 오래 살 당신에게 마음 놓고 많은 이야기를 쏟아놓았 습니다. 나를 키워준 스승으로 친구로 연인으로 당신은 나에게 별 같은 이야기를 들려주었지요.

평범한 것에 감추어진 보화를 먼저 찾을 수 있도록 도움을 준 당신에게 어떻게 감사할까요? 늘 변함없이 곁에 있어주십시오, 소나무여!

기다리는 행복

＊＊ 투병하면서 갈수록 약을 먹기 힘들어하던 중 나는 나보다 더 많은 종류의 약을 복용하는 어느 선배 수녀님과 대화를 나누게 되었고, 그분의 약통을 구해 기도문까지 만들어 붙여드리기로 약속을 했기에 이 글을 적게 되었다. 이 기도문의 내용처럼 좀 더 긍정적인 마음과 감사하는 마음으로 약을 먹으니 평화가 찾아오고 건강도 조금씩 좋아지는 것을 느낀다.

요즘도 나는 거룩한 예식을 거행하듯이 정해진 시간에 맞추어 충실하게 약을 먹고 있다.

약 먹을 때 하는 기도

언제부터인지 날마다 약을 복용하는 환자가 되면서 저는 약 이름도 많이 알게 되었습니다.

모양과 빛깔도 다양한 약을 깊이 감상할 틈도 없이 습관적으로 먹곤 합니다. 약 안 먹는 사람들을 늘상 부러워하며 말했습니다.

'약을 안 먹고 살 수 있다면 얼마나 좋을까?'

약을 먹다가도 시시로 푸념하곤 했습니다.

'이 약을 먹었다고 내 건강이 좋아지기나 하는 걸까?'

먹기도 전에 약이 주는 부작용을 상상하며 앞질러 걱정하고 두려워하는 제 모습을 봅니다.

그러나 실은 아직 살아서 약을 먹을 수 있음을 새롭게 감사해야 할 것입니다. 심사숙고하여 내 몸에 맞게 골고루 처방을 내려준 의사 선생님께도 감사해야 할 것입니다.

때마다 약을 챙겨주는 가족과 친지들에게도 고마운 마음 잊지 않으려 오늘은 겸손히 마음을 모읍니다.

사랑과 치유의 하느님 제가 여러 종류의 약을 먹을 때마다 약을 만든 사람들을 기억하며 믿음과 신뢰 속에 감사하게 하소서.

제가 먹은 약들이 제 몸속에서 길을 잘 찾아 좋은 역할을 하게 도와주시고 저도 살아 있는 동안 누군가에게 희망을 주는 약이 되게 하소서.

기차를 타면

기차 안에서 세상을 보면

늘 가슴이 두근거려요

차창 밖으로 산과 하늘이

언덕과 길들이 지나가듯이

우리의 삶도 지나가는 것임을

길다란 기차는

연기를 뿜어내며 길게 말하지요

행복과 사랑

근심과 걱정

미움과 분노

모두 다 지나가는 것이니

마음을 비우라고

큰소리로 기적을 울립니다

'어디까지 가세요'

'안녕히 가세요'

낯선 이들과의 인사도

새삼 정겨운 기차 안의 시간들

사랑은 서로의 짐을 져주는 것

서로에게 길이 되어 함께 떠나는 아픔이라고

달리는 기차 안에서

많은 얼굴들을 보며 배웁니다

어느 날 진정

가벼워지기 위해

오늘은 무겁게 살아도 좋다고

스스로를 위로합니다

- 이해인, 〈기차 안에서〉 전문

경부선 열차를 자주 이용하는 내가 어느 날 달리는 기차 안에서 떠올려본 생각을 적은 시이다. 기차는 나에게 늘 설렘, 그리움, 기다림, 반가움, 놀라움이란 단어와 연결된다.

열 칸도 더 넘는 기차에 사람들이 그토록 많이 들어가 있는 것도 신기하고 저마다의 방식으로 여행을 즐기는 이들의 모습을 지켜보는 것도 늘 새롭기만 하다.

속도가 몹시 빨라진 지금의 기차도 좋지만, 한없이 느리게 달리던 예전의 기차도 나는 좋았다. 한국전쟁 피난 시절 잠시 부산에서 살다 서울로 가는 기차를 탄 일, 방학이면 먼 곳에서 기차 타고 우리 집에 놀러 오는 친척들을 마냥 설레며 기다리던 일, 옆자리에 앉게 된 인연으로 종종 연락을 주고받는 지인들의 모습을 새롭게 떠올려본다. 기차 안에서 커피나 떡을 나누어 먹다가 금방 가까운 사이가 된 지인도 있고, 몇 번 연락을 주고받다가 지금은 소식이 뜸해진 이들도 있다.

내가 팔을 다쳐 깁스하고 다닐 적엔 가방 속에 있던 멋진 보호대를 선뜻 선물로 전해준 미지의 승객도 있다.

간혹 나의 실수로 기차를 잘못 타서 고생하거나, 더러는 사기를 당했던 쓰라린 기억도 없진 않지만 그래도 기차 여행은 나에게 종합 선물 세트처럼 아름답고 고마운 추억을 더 많이 심어주었다.

기차 안에서 조용히 눈 감고 기도하면 기도 여행이 되고, 좋은 책을 읽으면 독서 여행이 되며, 시상이 떠올라 글을 쓰면 집필 여행도 된다. 차창으로 보이는 산과 들의 풍경을 감상하면 자연 여행이 되고, 동행자와 조용히 속 이야기를 나누다 보면 대화 여행이 되며, 마음의 길을 따라 홀로 자신을 깊이 들여다보면 명상 여행이 될 수도 있으니 이 얼마나 멋진 일인가?

기차 여행을 한 번씩 할 적마다 나는 내면으로 더욱 풍요로워지고 거듭나는 체험을 한다. 기쁨과 슬픔이 공존하는 '일상의 여행길'을 지혜롭고 인내롭게 달려갈 수 있는 은총을 구한다. 기차가 드디어 목적지에 도착하면 운행을 잘해준 기관사에게도 마음으로나마 감사를 전한다. 기차에서 내려 각자 길을 가는 승객들에겐 따뜻하고 정겨운 눈길로 인사를 보낸다.

'같은 기차에 타서 반가웠어요. 부디 안녕히 가세요!'라고 빙긋이 웃으면서.

사랑 가득한 '언니 수첩'

얼마 전 짐 정리를 하다가 나의 언니 수녀님의 '좋은 말씀 수첩'을 다시 발견했다. 수첩에 적혀 있는 글 중 몇 가지를 옮겨본다.

'인간은 매일 먹고 잠자는 일에 권태를 느끼지는 않는다. 왜냐하면 굶주림과 졸음이 재생하기 때문이다. 이처럼 영신적인 것에 굶주림이 없다면 그 생활에 권태를 느끼게 될 것이다.'

– 파스칼(1623~1662)

'현재 이 순간을 떠나서는 우리라는 것도 없고 세계도 인생도 없다. 이 현재의 순간을 놓쳐버릴 때 그것은 바로 인생을 놓쳐버린 것이 된다. 그리고 다시 돌이킬 수 없는 영원한 것을 놓쳐버린 것이다.'

– 성 어거스틴(354~430)

기다리는 행복

'선을 하는 데는 노력이 필요하다. 그러나 악을 억제하려면 보다 더 노력이 필요하다.'

- 톨스토이(1828~1910)

2005년 시집《민들레의 영토》발간 30주년을 지내면서 나는 이 수첩을 일부 복사하여 가까운 친지들에게 나누어주기도 했다. 요즘은 좋은 글귀를 직접 손으로 쓰기보다 컴퓨터 안에 저장해두는 게 흔하지만, 내가 수녀원에 입회할 당시만 해도 책에서 읽은 좋은 구절, 좋은 시, 좋은 기도문이 있으면 일일이 수첩이나 노트에 적어두고 다시 읽어보곤 했다.

'더 없이 사랑하는 나의 벨라뎃다(나의 세례명)에게 여기 내 마음을 담아 보내며. 1966년 8월 15일 언니'라고 적힌 빛바랜 자줏빛 수첩을 가만히 내려다본다. 이 수첩을 선물 받은 지 벌써 50년이 넘었다. 이 낡은 수첩은 이제 나에게 소중한 보물이 되었다. 내가 세상을 떠난 후에 몇 가지 물품을 전시해야 한다면 이것을 꼭 넣어달라고 미리 부탁까지 해두었다.

'바다새'라는 별칭을 가진 우리 동네 이웃은 종종 언니 수녀님이 살고 계신 경남 밀양의 가르멜 수녀원을 오가며 심부름을 도와준다. 언니는 기회가 있을 때마다 당신 몫으로 수녀원에서 받은 과자나 과일(주로 오렌지)을 안 먹고 모아두었다가 동생인 나에

게 보내주곤 한다. 평생 밖으로 나올 수 없는 봉쇄 수도원에 계시는 언니에게 나는 종종 예쁜 카드나 문구류를 모았다가 선물로 보내는데, 언니는 무언가 보답하고 싶지만 달리 방법이 없어 그런 극기의 선물을 보내는 듯하다. 사랑은 역시 내리사랑이다. 꽃다운 나이 스물셋에 입회하여 어느덧 팔십 대가 되신 언니는 몸이 약해서 자주 쉬어야 하고 잘 먹어야 하는데 언니가 극기한 과일을 받아먹을 적마다 마음이 찡해온다.

　내가 어디 가서 중요한 강의를 해야 하는데 걱정이 되니 기도

해달라고 부탁하면 "어쩌다 한 번씩 여기서도 커피를 마시는 즐거움이 있는데 너를 위해서 당분간은 안 먹는 희생을 바칠게!" 한다. 기도에는 작은 극기가 따라야 좋고, 사랑은 희생을 먹고 자라는 열매임을 아는 터라 요즘은 누가 내게 기도를 부탁하면 남모르게 작은 희생이나 극기를 바치려고 애쓰고 있다. 사실 마음만 먹으면 작은 희생의 기회는 도처에 널려 있다. 누가 내게 기분 나쁜 말을 했을 때도 날카롭게 되받아치지 않고 미소로 응대할 수 있는 것도 사랑의 희생이고, 공중화장실에 들어갔다가 바닥에 떨어진 휴지를 줍거나 다음 사람을 위해 더 깨끗이 정리하고 나오는 것도 조그만 사랑의 희생이 아니겠는가.

암에 걸린 분을 위해 기도하던 고(故) 이태석 신부님이 '제가 자매님을 위한 기도만으로는 좀 부족해서 기도와 함께 작은 희생을 바치기로 했습니다'라고 쓴 편지를 읽고 깊은 감동을 받은 일이 있다. 이처럼 성인이나 위인이 보통 사람과 다른 점은 아마도 극기와 희생을 삶의 중요한 부분으로 여기고 습관적으로 실행하는 것이라 생각한다.

이제 언니는 수도원에 입회한 지 60년이 넘었고 나는 50년이 됐으니 어느새 반세기가 지났다. 이렇게 오랜 수도 생활을 해오면서도 희생, 극기, 절제, 인내를 잘 수행하지 못했던 자신을 반성하며 다시 읽는 언니의 옛 수첩이 나에게 정겹게 속삭이는 것 같다. '초심을 회복하세요!', '사랑의 첫 열정을 지니고 다시 시작하세요!', '작은 희생을 즐기세요!'라고.

　내가 아직 초등학생일 때 이미 수녀원에 살고 있던 언니! 오래전 결핵 신장염으로 수술을 받아 콩팥이 하나밖에 없고. 갑상샘암에 위암 수술까지 받아 병약한 언니를 생각하면 늘 마음 한편이 아리고 아프다. 수도자가 지녀야 할 자질과 덕망이 턱없이 부족하여 그만큼 마음고생이 많은 동생 수녀를 위해 든든한 버팀목이 되어주고 기도 천사가 되어주는 수녀 언니. 인숙 언니를 향해 새삼 감사하며 내가 좋아하는 수첩의 한 구절을 소리 내 읽어본다.

　　사랑이란 희생으로 자라는 것입니다. 저는 당신께 사랑을 증명하는 데 꽃을 던지는 것, 즉 조그마한 희생 하나, 눈길 한 가닥, 말 한마디도 놓치지 않고 아주 작은 것도 이용하고 그것을 사랑으로 하는 것밖에 다른 길이 없습니다. 저는 가시덤불 속에서 꽃(희생)을 따야 한다더라도 노래할 것이며 가시가 길고 따가우면 그럴수록 더욱 아름다울 것입니다.

데레사 말가리다(이인숙) 언니 수녀님께서는 2017년 11월 18일 향년 86세를 일기로 선종하셨습니다.

기다리는 행복

아픈 날의 일기

** '새해의 들뜸은 1월에 양보하고 / 봄 입김의 설렘은 3월에 넘겨주고 / 달력의 2월을 보면, 토담의 겸손이 생각난다 / 잎도 꽃도 녹음도 단풍도 없이 / 입춘과 소한으로 추위에 떠는 가난한 2월 / 내가 껴안고 사랑할 수밖에 없는 달이다 / 2월은 나머지 열 달을 살게 하는 / 내공이 자라는 달이다'

해마다 2월이 오면 수필가 류선진 님이 쓴 이 글이 가장 먼저 생각난다.

** '내 몸속에 들어간 독한 약들이 / 길을 못 찾고 헤매는 동안 나는 아프고 / 내 혼 속에 들어간 어떤 말들이 / 길을 못 찾고 헤매는 동안 나는 슬프고 / 아프다고 말해도 정성껏 듣지 않고 / 그저 건성으로 위로하는 이들 때문에 / 나는 한 번 더 아프고 / 아

프면서 배우는 눈물의 시간들 / 그래서 인생은 고통의 학교라고 했나 보다'

요즘은 여러 종류의 약을 먹는 일이 하도 힘들어서 내가 전에 쓴 글을 다시 읽어본다. 말로만 듣다 처음 경험하는 대상포진의 아픔은 쓰라리고 쑤시고 가렵고……. 딱히 무어라 설명할 수가 없다. 먹는 약도 바르는 약도 주사도 당장은 큰 차도를 못 느낄 만큼 아프고 또 아프다. 일상생활에 지장이 많아 더 힘들다.

기다리는 행복

**　　'눈부시게 아름다운 / 흰 종이에 / 손을 베었다 // 종이가 나의 손을 / 살짝 스쳐간 것뿐인데도 / 피가 나다니 / 쓰라리다니 // 나는 이제 / 가벼운 종이도 / 조심조심 / 무겁게 다루어야지 / 다짐해본다 // 세상에 그 무엇도 / 실상 가벼운 것은 없다고 / 생각하고 또 생각하면서- // 내가 생각 없이 내뱉은 / 가벼운 말들이 / 남에게 피 흘리게 한 일은 없었는지 / 반성하고 또 반성하면서-'**

누군가 〈종이에 손을 베고〉라는 내 시를 인터넷에 올리니 삽시간에 공유하는 이들이 많아 오늘은 나에게까지 전송되었다. 한동안 잊고 있던 친구를 다시 만난 듯 반가운 마음.

**　　 오늘 한국민속촌이 가까운 용인 보라동 성당에서 강의를 준비하고 있는데 문자가 쏟아져 들어왔다. '지금 어디세요?', '괜찮으세요?', '어서 일어나세요', '좀 더 우리 곁에서 좋은 글을 써주세요' 등등. 나중에 알고 보니 아래와 같은 내용의 메시지를 카카오톡으로 받은 이들이 사실 여부를 확인하지도 않고 수십 통, 수백 통씩 같은 내용을 공유하다 보니 빠르게 퍼져나간 것이었다.

이해인 수녀님을 위해 기도 부탁합니다. 어린아이와 같이 맑게 웃으시는 수녀님은 글을 마음으로 쓰시는, 하느님만 위해 사신 분인데, 조금 더 우리 곁에 사셨으면 고맙겠는데…… . 기도해주세요. 알려서 기도할 분 계시면 화살기도라도요. 지금 연락이 왔어요. 위독하신가 봐요.

많은 곳에서 우리 수녀원과 여러 지인에게로 연락이 왔고 아니라고 정정해서 소문이 가라앉는가 싶더니, 이번엔 난데없이 내가 시애틀에서 어느 날 오전 일곱 시에 선종했다는 소식이 떴다.

시인이신 이해인 수녀님께서 선종하셨습니다. 영원한 안식처에서 고통 없는 삶을 살아가시기 바라며 수녀님을 위하여 기도드리옵니다.

해외에서 국내에서 사실 여부를 확인하는 전화가 교환실로 오기 시작했고 더러는 내가 직접 전화를 받기도 했다. 가까이 사는 신자들은 경비실에 와서 확인하고 갔고 어떤 이는 꼭 보낼 데가 있다면서 사진을 찍어 갔다. 나를 위해 연도를 바친 이들도 있다니 나는 살아서도 죽은 사람이 되었던 셈이다. 심지어 어떤 독자는 자기가 쓰다 만 고별사의 일부를 보내주었다.

수녀님, 좀 전에 수녀님 선종 소식을 카톡으로 받았습니다. 왜 이리 가슴이 먹먹할까요? 수녀님께서 보고 싶으신 어머니, 장영희 교수, 김점선 화가, 박완서 작가님 등 그리운 분들도 만나실 거고 무엇보다도 하느님 품에 안겨서 이승에서의 모든 시름 다 벗어던지고 아무것도 모르는 아기처럼 마냥 행복하실 텐데……. 수녀님, 위로와 힘, 행복, 사랑, 감사, 기쁨을 심어준 글과 말씀들 감사합니다.

이런저런 헛소문의 주인공이 되면서 나는 느끼는 게 많았다. 내가 죽었을 때 사람들이 어떤 반응을 보일지도 부분적으로나마 엿볼 수 있었다. 정말로 위독한 순간의 나를, 이 세상에서의 마지막 순간을 좀 더 자주 그려보게 되었다. 모든 것이 다 예측 불허이긴 하지만 내가 할 수 있는 준비를 미리 해두어야지 하고 다짐하는 계기도 되었다. 사랑을 많이 받는 만큼 갚아야 할 빚 또한 그만큼 많다는 깨달음과 함께!

✳✳ 어제 침방으로 가는 건물 앞에 아파서 웅크리고 있는 겨울새 뿔논병아리가 눈에 띄어 일단 큰 상자에 담아 보호해주었고 오늘은 야생동물보호협회에 연락해 가져가게 하였다. 가슴에 상처를 많이 입고도 살고 싶어 조금씩 힘겹게 이동하는 그의 모습이 어찌나 안쓰럽고 안타깝던지! 밤새 걱정이 되었는데 물과 먹이를 주며 기도한 덕분일까, 아침에 보니 생생하게 살아 있어 수

녀들은 다들 기뻐했다. 그 새를 맨 처음 발견한 나에게 동료들은 "수녀님도 요즘 대상포진으로 가슴이 많이 아파 그 새가 더 가엾게 여겨졌지?" 하였다. 물가에 있어야 할 새가 어쩌다 우리 집까지 오게 되었는지 못내 궁금하다. 새도 말을 할 수 있다면 그 사연을 알 수 있었을 텐데. 아마도 맹독류에 물려서 상처 입었을 그가 꼭 치유되어 제자리로 돌아가길 기도하는데 왜 자꾸 눈물이 날까.

기다리는 행복

충실히 살다 보면 참 기쁨이 피어나죠

부산 광안리에 있는 우리 수녀원, 대부분 수녀는 성당 1층에 있고 2층에는 주로 연로한 수녀들과 환자 수녀들 이십여 명이 함께 기도하는데 내 자리는 종탑이 잘 보이는 창가라서 좋다. 기도하다 보면 문득문득 저세상으로 먼저 떠난 선배 수녀님들의 모습이 떠올라 나 혼자서 눈물을 훔칠 적이 많다. 그분들의 따뜻한 눈길, 격려의 덕담에 제대로 보답을 못 하고 사는 내 모습이 부끄럽고 안타까워 슬퍼지곤 했다. 그러나 내가 암으로 투병해온 지난 몇 년간 나는 오히려 건강할 때보다 더 많이 감사하고 행복해하며 그야말로 '순간 속의 영원'을 살고자 애쓰는 내 모습을 발견하고 스스로 놀란 적이 있다.

오래된 일이긴 하지만 어느 날 수녀원 복도에서 만난 노수녀님이 대뜸 나에게 "수녀 잘 있지?" 하시기에 "네, 그럼요" 하고 대답하였다. 그런데 아직 젊은 후배 수녀가 걱정스러우셨는지 "잠시 나 좀 보자고" 하시며 나를 도서실 옆방으로 데려가셨다. '기도는 경문을 외움에 있지 않고 지향하는 사랑에 있다면 나의 숨 쉼과 맥박이 뛰는 순간마다 당신 사랑으로 치성하기를 원하오니 하루 의 맥박이 뜀과 숨 쉼이 합 192,000 화살기도로 치성케 하소서' 라고 기도 수첩에 적어두셨던 분, 미소가 아름답고 매사에 섬세 하기로 이름난 선배 수녀님이셨다.

'수녀, 딴생각하지 말고 오래오래 충실하게 살다 보면 어느 날 그 누구도 빼앗아갈 수 없는 내적인 기쁨과 더불어 수도 생활의 진미를 느끼게 돼. 난 지금 그 어느 때보다도 행복하거든.'

그분은 기뻐 어쩔 줄 모르겠다는 표정을 지으시며 어서 나도 그 기쁨으로 초대하고 싶은 눈치였다. 그때 나는 그 수녀님의 모 습이 부럽긴 했지만 정말 나에게도 그런 순간이 올까 반신반의 하는 마음도 없지 않았다. 그러나 평소에 존경하는 분의 말씀이 라 '나도 끝까지 충실하게 살아 이 길에서 수녀님이 경험한 것과 같은 수도 생활의 진미를 경험하고 싶다'는 선하고 고운 갈망을 더욱 구체적으로 갖게 되었다.

선종하신 지 벌써 이십 년이 된 이갑진 에와 수녀님이 어느 날 우연히 마주친 나에게 불쑥 던지신 그 한마디는 오랜 세월 나에 게 힘과 용기를 주었다. 누가 날 알아주고 말고는 문제가 되지 않고, 자신의 부족함에서 오는 불안이나 노년에 대한 두려움에서도 자유로우며 남에게 잊히는 것에서도 원망보다는 감사를 배울 수 있는 마음의 여유가 생긴다고 수녀님은 힘주어 말씀하셨다.

폐암의 극심한 고통 속에서도 끝까지 공동체에 대한 애정과 신뢰, 깊은 신앙을 잃지 않으신 수녀님은 마지막에 당신의 두 눈을 기증할 수 있음을 매우 행복해하시며 안약으로 열심히 눈을 닦으시던 모습도 눈물겨웠다. 살다가 힘든 일이 있을 때마다 수녀님의 말씀을 기억한다. '혹시 내가 지금 힘들어하는 것이 수도자로서의 충실함과 인내가 부족한 탓은 아닐까?' 하고. 그리고 나도 마침내 수녀님이 말씀하신 참 기쁨을 느끼게 되었음을 감사드린다. 수도 생활이 힘들다고 도망치거나 포기했으면 결코 누리지 못했을 행복을 나도 맛볼 수 있게 되었음을.

일상의 길 위에서 누가 나에게 좀 서운한 말을 하더라도 날카롭게 반응하기보다는 에와 수녀님처럼 부드럽게 인내하고자 애쓰고, 극히 사소한 심부름도 사랑을 담아 충실하게 하고자 노력해오고 있는 현재의 시간이 새롭게 아름답고 귀하게 여겨진다.

덕의 길에선 아직도 멀리 있는 부족한 사람이지만 적어도 하느님 안에서의 자유, 인내해 온 세월의 승리, 신앙이 가르쳐준 기쁨과 평화를 맛볼 수 있는 것만으로도 충분히 행복하다.

나도 어느 날 후배 수녀들에게 겸손하고도 당당한 표정으로 이렇게 말할 수 있길 기도한다.

　'일단 끝까지 오래 살아보세요. 그러면 참 기쁨을 맛보게 된다
니까요!'라고.

또다시 새봄을 맞으며

∗∗ 봄 햇살이 하도 따사로워서 한참 동안 그 빛을 받으며 서 있었다. 햇빛을 두르고 하늘을 올려다보니 구름 한 점 없는 투명한 푸름에 눈이 부시어 황홀한 기쁨을 그대로 안고 낮기도에 갔다. 이제 봄이 되었으니 봄 햇살 속에 '좀 더 웃자. 좀 더 명랑해지자' 하고 두 손 모으니 절로 웃음이 피어났던 오늘. 나는 기쁨을 가슴에 깊이 새기고 싶어 하얀 돌멩이와 조가비에도 기쁨이란 단어를 적어서 책상에 놓아둔다.

∗∗ 2017년 새봄을 나는 연피정으로 시작하였다. 4차 연피정자 일흔여섯 명의 수녀 중 나는 서열이 일곱 번째였다. 이들 중에는 내가 젊은 시절 공을 많이 들여 수녀원에 입회시킨 후배들도 있고, 지원자 시절 잠시 지도를 맡았던 수녀들도 있고, 거동이 불편

하여 겨우겨우 걸어 다니는 선배님이나 환자 수녀들도 있다. 침묵피정이라 서로 말은 할 수 없으나 볼 적마다 눈으로 인사를 나누는데 마음이 찡해오곤 했다. 피정을 인도해준 내 조카뻘의 젊은 사제는 우리더러 자꾸만 무엇이 되려고 하지 말고 있는 그대로의 자기를 사랑하는 법을 배우라고 강조한다. 한참 왜곡된 믿음, 우리가 잘못 이해하고 있는 용어 정리부터 해준다.

＊＊ 공동체 안 담화방 그룹 일곱 팀끼리 겨룬 설날 윷놀이 대회에서 내가 속한 기쁨 담화방이 3등을 하고 응원도 잘했다 하여 별도로 특별상까지 받았다. 겹치기로 받은 상이 왠지 미안한 수녀들은 굳이 4, 5, 6, 7등을 한 팀들이 안되었다며 많지도 않은 상금을 할애해 화덕피자를 사서 돌리자고 의견을 모은다. 무어라도 나누려는 그 마음이 정겹고 소박해서 그 제안을 듣는 것만으로도 흐뭇하다. 출장 다녀와 연습 못 한 것을 핑계로 나는 빠지려고 했는데 그럴 수 없다 하여 열심히 동참했고 팀원 열두 명이 최선을 다했다. "수녀님들의 그 단순한 구호와 응원 때 춘 춤이 중독성이 있어 잠자리에 들어도 생각나던데?" 하는 말을 동료들에게서 많이 들었던 우리는 "모두가 다 응원단장 덕분입니다" 하면서 핑크색 가발까지 쓰고 북을 치며 총지휘했던 수녀에게 공을 돌린다. 몇 년 전 크게 교통사고가 나서 생사의 갈림길에 있

기다리는 행복

SPRING

당신이 따뜻해서 봄이 왔습니다

던 D 수녀가 응원단장을 하니 더욱 감격스러웠다. 상으로 받은 미술관 관람 대신 우리는 평생 밖에 못 나오시는 가르멜 수녀님들을 찾아 '이른 봄나들이'를 하기로 의견을 모았다. 평소엔 엄숙하고 경건하기 그지없는 수녀들이 모든 체면을 내려놓고 한바탕 재미있게 노는 모습을 보는 것만으로도 얼마나 유쾌한 웃음꽃이 피어나는지! 수도자들이 갖추어야 할 덕목 중의 하나가 바로 쾌활함이고 따뜻한 유머인 것을 살아갈수록 알아듣겠다. 봉쇄 수도원의 수도자인 가르멜 수녀원의 언니도 늘 말했다. '우리가 한바탕 연극하고 노는 걸 보면 아마 다들 엄청 놀랄 것'이라고!

＊＊ 오늘은《소록도의 마리안느와 마가렛》이라는 책에 대한 추천의 글을 썼다. 거의 반세기를 소록도에서 한센병 환우들을 돌보다 어느 날 편지 한 장 남겨놓고 본국인 오스트리아로 떠난 그리스도왕시녀회(평신도재속회)의 두 사람. 이들의 이야기를 다큐멘터리로 만든 윤세영 감독의 부탁으로 내가 내레이션을 맡았기에 더 관심 갖게 되었다. 이기적으로만 살기에는 너무도 할 일이 많은 세상에서 어떤 마음으로 어떻게 봉사하고 사랑해야 하는가를 이들의 삶을 통해 다시 알게 되는 기쁨! 그러나 이 기쁨은 그들처럼 살고 있지 못한 나를 미안하고 부끄럽게 만든다. 이 부끄러움을 딛고 다시 사랑하고 싶은 갈망이 생긴다면 이것이야말로 희망적 선물!

＊＊ 미국에 사는 내 어린 시절 친구가 화려한 디자인의 원피스가 그려진 카드 한 장을 보내며 "잘 두었다가 내년에 금경축(수도서원 50주년) 때 입으면 어떻겠냐"고 한다. 어린 시절 엄마가 만들어주던 원피스도 생각나서 감동받았다고 마음으론 꼭 한번 그림

속의 아름다운 옷을 입어보겠다고 답신을 적으며 즐거웠다. 노란 바탕에 보랏빛 꽃수를 놓아서 해주신 엄마의 고운 원피스가 문득 생각나는 오늘. 그 시절은 사진도 잘 찍질 않아 엄마의 솜씨를 보관해두지 못한 것이 조금은 아쉬운 마음이다.

 ** 수녀원의 진돗개인 해미와 나는 별로 친하진 않지만, 그는 요즘 부쩍 내 글방 앞을 어슬렁거린다. 지난여름 새끼를 네 마리나 낳고 많이 힘들어하는 것 같아 내가 먹을 몫의 우유나 불가리스를 종종 주었더니 어찌나 좋아하던지! 때로는 새끼들까지 거느리고 오는데 다른 개들이 먹으려고 할 땐 난리를 치다가도 제 새끼들이 먹는 것은 흐뭇하게 바라보며 자기는 바닥에 흘린 것만 아주 조금 핥아먹는 걸 보니 무척 감동이 된다. 어찌 그리 타고난 모성적 배려를 할 수 있는 건지!

 ** 요즘은 아침저녁으로 바라보던 바다와 수평선이 잘 보이질 않아 답답하다. 그러나 수십 년간 내가 누리던 행복을 감사하고 지금의 답답함을 불평하진 말자, 수녀원 앞에 새로 짓고 있는 30층도 넘는 그 아파트에 새로 이사 오게 될 주민들을 위해 기도하는 것이 더 현실적인 선택일 것이라고 마음을 고쳐먹으니 좀 더 가볍고 편한 마음이 된다.

길 위의 어떤 만남

여행을 다니는 길에 간혹 낯선 사람과의 만남이 여러 형태로 이루어지긴 하지만 계속해서 이어지는 경우는 그리 흔하지 않다. 길에서 내가 만난 이들 중 특히 잊히지 않고 계속 우정을 나누게 된 두 사람이 있다.

한번은 동대구역에서 기차를 타기 직전 어느 여성이 내게 오더니 무작정 내 기차표를 보여달라고 했다. 왜 그러느냐고 물었더니 "내 표는 특실표이니 오늘은 좀 더 편히 가시면 좋겠어요. 제겐 늘 특실표가 주어지니까요"라고 했다. 극구 사양할 틈도 없이 나는 얼떨결에 특실로 들어가고 그분은 일반실로 갔다. 나는 그때 서울역이 아닌 광명역에서 내리려고 준비하는데 그는 다시 나타나서 승무원에게 '이분은 환자이니 짐을 좀 내려주시면 고맙겠다'고 부탁을 하는 것이었다.

내가 급히 내리면서 연락처를 달라고 하니 잠시 망설이다 명함을 주었는데 그는 알고 보니 소아청소년과 의사이고 의과대학 교수였다. 어느 성당에선가 먼발치에서 나를 본 일이 있다는 그는 내가 암으로 투병 중인 걸 알고 잠시라도 편하게 여행할 수 있도록 배려를 해준 거였다. 그 친절한 배려가 하도 고마워서 나는 감사 편지와 책을 보냈고 그 후로도 종종 연락을 주고받는다. 어느 순간 길 위의 벗이 된 루치아 자매님은 나에게 다른 이를 위한 구체적이고 적극적인 배려가 어떤 것인가를 가르쳐주었다.

몇 년 전 추석 연휴에 서울에 볼일이 있어 친지를 방문했다가 그 댁에서 만나게 된 배우 윤여정 씨와 방향이 같아 택시에 함께 타게 되었다. 그는 먼저 내리면서 내 차비까지 기사에게 주며 '수녀님을 목적지까지 잘 모셔다드리세요' 했다. 텔레비전에 워낙 많이 등장하는 배우이다 보니 기사는 그를 보고 화들짝 반가워하며 영광이라고 했다. 나는 목적지에 내리기 전 기사에게 시가 적힌 카드, 《샘터》, 그날 선물 받은 가방 속의 찰떡을 꺼내 출출할 때 먹으라고 했다. 시 카드의 내용이 맘에 들면 그 시인이 쓴 책을 한 번쯤 읽어보아도 좋다는 말을 곁들인 것 같다.

한참 잊고 있던 중에 어느 날 편지 한 통이 배달되어 무심히 뜯었더니 '길에서 만난 천사 수녀님께'라는 인사말로 시작된 내용은 대충 이러했다. 그렇게 크신 분을 차 안에 태우고도 알아 뵙지 못한 우매함을 용서하라는 것, 서점에서 산《꽃이 지고 나면 잎이 보이듯이》를 다 읽고 나서 독후감을 쓰려다가 뜨거운 감동이 밀려와서 글을 앞당겨 쓰게 되었다는 것, 그날도 왠지 울적했는데 모르는 사람에게까지 떡을 주고 덕담을 건넨 따뜻한 맘씨에 감동했다는 것, 서울에 출장 오면 자기가 운전하는 택시를 불러서 타라는 것 등등 두 장을 정성스럽게 썼다. 자기는 혼기를 앞둔 쌍둥이 남매를 둔 평범한 가장이며 더 공부해서 사회복지사가 되는 게 꿈이라고, 자신이 시인 수녀에게 편지하는 것을 가족들이 신기해한다는 말도 썼다.

종종 수녀원에 전화를 걸어 내 근황과 건강 상태를 확인하곤 한다는 안내실 수녀의 말을 듣고 나는 어느 날 서울 출장 갔다 부산 내려오는 길에 일부러 그의 택시를 불러서 탔다. 서울역 가는 길에 시간이 남아 함께 칼국수를 먹는데 그는 격려해달라면서 내게 검정고시 성적표를 보여주었다. 성적표를 보니 모두 90점 이상이어서 내게 있던 도서상품권 세 장을 건네주며 더 열심히 공부해서 원하는 대학에 꼭 들어가길 기도하겠다고 약속했다. 그는 선물 받은 상품권을 아까워서 어떻게 쓰느냐며 '부적처럼' 고이 모셔두겠다고 했다. 서울역에서 내릴 적에 그는 부인이 준 거라며 약간의 생식 가루와 녹차를 내게 전해주었다.

그는 요즘 원하는 대학에 합격하여 낮에는 택시를 몰고 저녁에는 어느 대학의 사회복지학과를 다니는데 늦게 하는 공부가 하도 재미있어서 열심히 했더니 장학금을 받는다고 자랑했다. 요즘도 종종 내게 편지를 보내오는 그는 부담 갖지 말고 읽기만 하고 답장은 절대로 하지 말라고 당부하는 것을 잊지 않는다. 며칠 전 나의 신간을 메모와 함께 보냈더니 그에게서 이런 문자가 왔다.

'어제 학교에서 돌아와 수녀님이 보내주신 선물을 보고 너무 감격했습니다. 바쁜 일상을 쪼개서 챙겨주시니 뭐라 형용할 수 없는 마음이에요. 세상의 어떤 보석보다도 귀하고 값진 선물입니다. 아쉬움과 후회의 어둠에 갇혀서 힘이 떨어질 때 수녀님의 〈오늘을 위한 기도〉와 〈고운 말 차림표〉가 큰 힘이 되어줍니다. 항상 감사합니다.'

어느새 나의 편지 친구가 되어준 길 위의 벗, 재신 형제에게 나는 또 어떤 책을 선물할까 즐겁게 궁리하며 빙그레 웃어본다.

아름다운 순간들

　✱✱ 아침에 일이 있어 병실에 가니 귀가 잘 안 들리는 팔십 대 선배 수녀님 두 분이 마주 앉아 서로의 말을 잘못 해석해 동문서답하면서도 계속 웃고 있는 모습이 어찌나 정겨운지! 잠시 그 자리에서 나도 이런저런 이야기꽃을 피우다 왔다. 함께 사는 일은 서로의 다름을 존중하고 서로의 부족함을 인내하는 순간들이 모여 더욱 아름다운 것이다.

　✱✱ 검은 수도복이 하도 닳아서 여러 군데 떨어진 것을 그대로 입고 다니니 옆의 수녀들이 제발 한 벌 청해서 새로 만든 것을 입고 다니라고 성화여서 나는 아주 오랜만에 새 옷을 맞추어 입게 되었다. 헌 옷은 헌 옷대로 정이 들어서 좋고 새 옷은 새 옷대로 설빔을 차려입는 것 같은 설렘과 기쁨이 있어 좋다. 새 옷을

입으니 자꾸 자랑하고 싶은 마음에 누가 묻지도 않는데 "저 이번에 새 수도복을 받았거든요"라고 지나가는 수녀들에게 보여주니 축하한다고, 이젠 좀 더 얌전하게 옷을 입으라며 웃는다.

＊＊ 오늘은 봄비가 내리네. 피아니스트 조성진 군의 쇼팽 전주곡을 들으니 얼마나 좋은지! 지난해 여름 신수정 교수님 댁에서 나를 위한 그의 특별 연주를 듣고 나서 함께 찍은 사진도 있다. 바르샤바 쇼팽국제콩쿠르에서 그가 우승하고 난 다음엔 그 사진을 자랑삼아 보여주곤 한다. 많은 악기 중에도 나는 피아노가 내는 음을 사랑한다. 특히 기분이 우울해지거나 몸이 아플 때 듣는 피아노 소리는 희망을 느끼게 하고 생명감을 더해준다.

＊＊ 점심 식사 후 밖으로 나오는데 하늘이 투명하고 아름다워서 올려다보다 그만 땅바닥에 넘어져서 큰일 날 뻔하였다. 넘어지는 순간에도 정신을 바짝 차리니 왼손 등에 상처가 난 것 외엔 다친 데가 없어 다행이었다. 앞에서 걸어오던 수녀가 놀라서 달려왔고 나는 좀 부끄럽기도 했으나 웃으며 말했다. "이만하기 다행이지요? 그러니까 하늘을 잘 보려면 땅부터 잘 짚어서 미끄러지지 않도록 주의해야 한다니까요. 넘어질 때 옆에 아무도 없으면 외롭던데 오늘은 수녀님이 와주어서 정말 고마웠어요"라고.

** 수도복 안에 입는 검은 블라우스에 떨어진 단추 두 개를 달며 내가 느끼는 소소한 행복! 금방 달아도 될 것을 왜 그리도 미루었는지! 게을렀던 나 자신에게 눈을 흘기다 마음을 진정하고 기도하는 마음으로 단추를 달았다. 다시는 단추 다는 일을 미루지 않으리라 다짐하면서!

기다리는 행복

✲✲ 수제 바이올린을 제작하는 우리 지도 신부님의 강론이 인상적이었다며 나와 같은 층에 사는 이냐시아 수녀님께서 내가 못 들은 부분을 열심히 설명해주신다.

제작자의 수준과 경력과 명성에 따라 가격이 달라질 수 있지만 비싸다고 꼭 좋은 소리를 내는 것은 아닙니다. 1000만 원짜리 악기가 2000만 원짜리보다 더 좋은 소리를 내는 경우가 비일비재합니다. 그런데 소리가 더 우수한 1000만 원짜리 악기와 2000만 원짜리 악기가 삼십 년 후에 만났다고 합시다. 거의 100퍼센트 비싼 악기가 소리를 잘 냅니다. 말 그대로 비싼 값을 합니다. 비싼 악기가 더 좋은 소리를 내는 이유는 아주 단순합니다. 매일매일 그 가치에 맞는 대우를 해주며 길을 들이고 공을 들인 것이 나중에 그 차이를 가져옵니다. 사실 돈의 액수가 중요한 것은 아니지만 연주자가 자기 악기에 대해 어떤 믿음을 두고 연주했느냐, 그런 시간을 얼마나 가졌느냐가 악기의 수준을 바꾸어놓습니다. 영혼 없는 악기도 이렇게 받는 대우와 믿음에 따라 소리가 달라지는데 하물며 영혼의 존재인 사람은 오죽하겠습니까. 사람은 대개 거기가 거깁니다. 그 사람이 어떻게 연주되었느냐에 따라 시간이 갈수록 품어내는 소리는 많이 달라집니다.

＊＊ 안드레아 토르니엘리와 프란치스코 교황의 대화집인《신의 이름은 자비입니다》라는 책에 인용된 어느 사제의 기도를 읽다가 마음이 뜨거워져 울었다. '주님 제가 너무 많이 용서해버린 것을 용서해주세요. 하지만 저에게 그런 나쁜 표양을 주신 분은 바로 당신이었잖아요!' 나도 이런 기도를 바칠 수 있길 바란다.

＊＊ 글방 앞의 붉은 명자꽃이 조금씩 꽃 문을 열고 있다. 며칠 전에는 어느 수녀님이 담근 명자주를 함께 마시며 꽃을 그리워하였지. 명자꽃나무 바로 옆에 있는 살구나무에 꽃이 필 날도 멀지 않았다. 꽃이 피면 꽃그늘 아래 나무 의자를 놓고 시를 읽어야지. 독자들이 찾아오면 시 수업도 해야지 생각하는 순간 어느새 내 마음엔 고운 꽃물이 든다. 삶의 여정에서 아름다운 순간들이 많이 오더라도 내가 발견하고 느끼지 않으면 아무런 의미가 없는 것! 그래서 이 순간의 살아 있음이, 경탄의 감각이 더욱 소중한 것이리라.

나를 울린 분홍빛 타월

해마다 봄이 오는 길목에 서면 더 곱게 피어나기 위해 몸살을 앓으며 잔기침하는 꽃의 목소리가 내 마음에 더 가까이 들려온다. 연초에 8박 9일의 피정을 하고 나면 이내 이른 봄이 시작된다. 이즈음 수녀원에서는 부활 축제를 앞두고 사순 시기에 들어가 절제와 극기의 사십 일을 지내는데 이때는 나도 한 송이 봄꽃처럼 슬슬 몸이 아파져 오기 시작한다.

이 아픔의 정체가 무엇일까, 생각하던 어느 날 약 사십 년 전에 종신서원을 같이한 동료 수녀님 한 분이 불쑥 내 방에 들어오셨다. 그러더니 "지금 우리가 침묵 피정 중이지만 이렇게라도 한번은 표현해야겠어요" 하면서 나를 꼭 안아주는 것이었다. 그리고 말했다.

"수녀님이 아픈 줄은 진작 알고는 있었으나 그렇게 많이 아픈 줄은 정말 몰랐어요. 이번에 나온 책을 보니 참느라고 수고를 많이 하셨던데…… 고마워요!"

그의 덕담에 나는 좀 당황스럽기도 해서 "책에 쓰인 것이 나 혼자만의 아픔은 아니고 다른 이의 아픔도 함께 포함된 거예요"라고 얼버무렸지만 따뜻한 맘씨의 그에게 새삼 고마운 생각이 들었다.

암 수술을 받은 이후 구체적으로 투병 일기나 에세이를 써보라는 부탁을 여러 번 받아왔다. 나는 모든 상황을 자세하게 기록할 능력도 안 되는 데다 수도자로서 자신의 고통을 객관화시켜야 하고 함부로 표현해선 안 된다는 평소의 생각이 흔들릴 것 같아서 거절해오곤 했다.

아프면 아프다고 말해도 되고 울고 싶으면 혼자 있을 때 조용히 울어도 된다고 지인들은 권유했지만 나는 자신의 병 때문에 울지 않는 것을 늘 자랑삼아 이야기해오곤 하였다. 그런데 항암 치료를 받던 어느 날인가 내가 서울 성모병원에 갈 때면 들르는 분원(경기 의왕시 성라자로 마을 수녀원)에서 나는 왈칵 눈물을 쏟고야 말았다. 내가 머무는 방의 서랍장을 열다가 나온 분홍빛 커다란 타월을 보고 나서였다. 이건 전혀 예기치 않은 색다른 경험이었다.

기다리는 행복

2008년 여름 갑자기 입원하면서 이것저것 나름대로 준비를 해 갔지만 미비한 것들이 많았고, 나는 병원 가까운 곳에 살며 종종 귀한 간식도 날라다 주곤 하던 피아니스트 신수정 교수에게 큰 타월 하나를 갖다 달라고 했다. 빌린 것이었기에 언젠가 돌려주려고 임시 숙소에 보관해왔던 타월을 그제야 발견한 것이었다.

"아니 왜 갑자기 눈물이 쏟아지지? 가장 힘들었던 순간에 내 몸을 덮어주었던 친구라서 정이 들어 그런가? 묵상을 좀 해야겠네"라고 옆의 수녀들에게 말하고 나는 그 타월을 주인에게 돌려주는 대신 선물로 달라고 해서 부산까지 들고 내려왔다.

사람도 아닌 어떤 사물이 보이지 않는 위로와 감동을 준 그 순간의 기쁨을 나는 두고두고 간직하고 싶은 욕심이 생겼다. 지금도 어쩌다 몸이 아플 때면 그 타월을 찾게 되고 그를 보는 순간엔 이상하게 꼭 눈물이 난다.

큰 수술을 하고 나서 수혈은 했으나 계속 열이 안 떨어져 몹시 괴로웠을 때, 갑자기 배가 아파서 견디기 힘들었을 때, 문병 온 이들이 위로 삼아 했던 말이 오히려 마음을 상하게 했을 때, 불면의 긴 밤을 보내며 문득 고독했던 순간에 고운 줄무늬의 분홍빛 타월은 늘 내 곁에 있었다. 요즘도 몸이 안 좋거나 몸살기가 있을 때면 그 타월을 꺼내 목에도 두르고 가슴이나 배 위에 덮으며 가만히 웃어본다. 그러면 '치유의 마법사'라도 된 듯 그는 나에게 힘이 되고 위로가 된다. 커다란 직사각형의 정겨운 타월에게 나는 사랑을 담아 한 장의 엽서를 쓴다.

나의 분홍빛 타월에게

2008년 7월의 더운 여름날

서울 성모병원 서병동

하얀 침대 위에서 나는 너를 처음 만났지

내가 즐거울 적엔 웃음을 적셔주고

아프고 슬플 적엔 눈물을 적셔주던 너

우리가 함께한 모든 시간들을 기억하니?

너를 내게 선물한 주인의 이름을 본떠

나는 이제 네 이름을 리나라고 부르겠다

우리 수녀원의 빨래 번호이기도 하고

행운의 번호이기도 한 88번이 수놓아져서

비로소 나의 소유가 된 분홍빛의 리나

세월이 지나 차츰 실밥도 빠지고 낡은 모습이 되었으나

나는 너를 다른 새것과 바꾸고 싶질 않구나

내가 씩씩하게 투병하여 아직 살아 있는 게 너도 기쁘지?

칠 년의 긴 시간과 더불어 고요하고 아름답게 익어간

우리의 우정을 함께 기뻐하며 자축하지 않을래?

앞으로도 우리 잘 지내자, 계속 나를 응원해다오

내가 너무 아파서 힘이 들 땐 더 많이 기도해주렴

사랑한다, 친구야 고마웠다, 친구야

네가 곁에 있어 행복했던 나

나도 너처럼 누군가의 숨은 힘

작은 위로자가 되어 살고 싶구나

사랑의 무게를 동백꽃처럼

_제주도에서

＊＊ 제주도는 올 적마다 새로운 아름다움을 발견하게 해준다. 사람들이 왜 그토록 제주를 좋아하는지 알 것 같다. 봄 여름 가을 겨울이 다 아름답지만 나는 일정상 주로 겨울의 제주를 보게 되는데 인적이 비교적 드문 겨울 바다가 좋다. 이번엔 피정자들과 함께 한담해안산책로를 걸었는데 바람도 없고 날씨도 그리 춥지 않아 마음껏 바다를 바라볼 수 있었다. 큰 바위나 돌멩이 하나도 예사롭게 보이지 않는다. '해녀의 집'이라는 간판이 눈에 띄니 전복이나 성게를 따러 물에 들어가는 해녀들 모습이 보이는 것 같다.

문득 서정주의 〈시론〉이란 시를 떠올리며 제일 좋은 건 따지 않고 남겨두는 그 귀한 마음, 비밀스러운 마음을 헤아려본다. 나도 차마 따지 못하고 남겨둔 시의 전복이 살아갈수록 더 많아서 행복한 게 아닐까.

바닷속에서 전복따파는 제주해녀도

제일좋은건 님오시는날 따다주려고

물속바위에 붙은그대로 남겨둔다.

시의전복도 제일좋은건 거기두어라.

다캐어내고 허전하여서 헤매이리요?

바다에두고 바다바래여 시인인것을……

– 서정주, 〈시론〉 전문

＊＊ 성이시돌 피정 센터에 2박 3일 머무는 동안 나는 열심히 우리 수녀님들과 피정자들을 만나 함께 식사하고 기도하며 이야기도 나눈다. 늘 반갑게 달려 나와 인사하던 여직원이 안 보여서 물어보니 지난해 봄 갑자기 세상을 떠났다고 하는데 눈물이 난다. 침방의 시트와 타월을 갈고 청소도 열심히 하던 그녀의 모습이 눈에 선하다. "수녀님 저랑 사진 한 번만 찍어요" 하던 명랑한 웃음소리가 들리는 것만 같다. 지난번에 찍은 사진이 마지막이었단 말인가.

이번에도 그렇고 종종 길에서 만나는 독자들이 종이를 내밀며 사인을 요청하면 나는 거절하지 않고 열심히 이름을 적고 무슨 말이라도 한 줄 적어주려고 애쓴다.

본인의 이름뿐 아니라 가족들의 이름을 다 적고 덕담을 요청하는 그 마음도 난 기쁘게 받아들인다. 이름을 쓰는 동안 기도하며 생각했던 말을 적어주면 다 그 대상에게 필요한 말이라며 고마워하니 나의 손은 더욱 바빠질 수밖에 없다. 각자의 삶을 길게 이야기하지 않아도 오늘을 살아가는 이들의 삶의 고뇌, 계속 지고 가야 할 사랑의 무게가 느껴져서 나는 잠시 사인을 하는 동안만이라도 정성을 담아 격려해주고 싶은 것이다.

기다리는 행복

** 제주 절물 휴양림에서 알게 된 소장님이 지금은 아라동사무소의 책임자로 계시다기에 그분과 잘 아는 코끼리 수의사 요셉, 다래산장지기 토마스 형제와 같이 방문하니 직원들과 사진을 찍자며 새해 덕담을 위한 방명록부터 내미신다. 나는 각자의 자리에서 덕을 쌓고 복을 짓는 심부름꾼으로서의 '복덕방'이 되면 좋겠다고 적으니 다들 옆에서 고개를 끄덕인다.

오늘은 그냥 동백꽃을 바라보세요

당신을 향한 그리움이

분홍빛으로 물들고

붉은빛으로 타오르고

하얀빛으로 피어나는

내 가슴속의 언어들이 모두가 사랑임을 당신은 아시잖아요

무슨 말을 더하겠어요

오늘은 더욱 새롭게

당신이 보고 싶을 뿐

당신에게 고마울 뿐

세월이 가도 사랑은 새로워

내가 먼저

동백꽃이 될 수밖에 없는

아름다운 섬에서

당신의 이름을 불러봅니다

먼 데서도 가까운 당신의 향기로 살아 있고 싶어서

그리움의 꽃술로

기도하고 싶어서

— 이해인, 〈동백꽃 연가〉 전문

제주 '카멜리아힐'에 지천으로 피어 있는 동백꽃을 바라보며 내가 최근에 쓴 〈동백꽃 연가〉를 읊어본다. 하얀빛 분홍빛 동백도 아름답지만 역시 붉은빛이 가장 동백꽃의 매력을 느끼게 해준다고, 피어 있는 꽃들 못지않게 떨어진 꽃들도 아름답게 보인다며 대화를 주고받는 사람들!

떨어진 꽃잎들이 많은 장소에서 너도나도 다정하게 사진을 찍는다. 사람들은 잠시 자신도 꽃이 되고 싶어 꽃나무 앞에서 웃음을 터뜨리며 포즈를 취한다. 여행하면 어린이가 되나 보다.

✽✽ 제주를 떠나는 날, 배낭을 멘 여행객들로 붐비는 제주공항 어느 구석 자리에 나는 모처럼 조용히 앉아 있었다. 어쩌면 배낭보다 몇 배 무거운 삶의 무게, 사랑의 무게를 지고 사는 이들이

기다리는 행복

잠시 그 무게를 내려놓고 재충전하고 싶어서 홀로 또는 함께 여행하는 것일 테지, 하고 생각하는데 표정도 명랑한 다섯 명의 주부들이 나를 보더니 두툼한 공책을 내밀며 사인을 해달라고 한다. 어린 시절부터 절친이라는 그들은 초면인데도 낯설지 않고 조카 같은 느낌이 든다. 그룹 이름을 '제주공항 친구'라고 붙여주며 예전부터 알았던 사람들처럼 함께 사진을 찍었다.

이 세상 모든 사람이 다 일가친척처럼 여겨지는 정겹고 따뜻한 마음, 그들의 아픔과 고민이 다 나의 아픔과 고민으로 생각되는 연민의 마음. 그래서 내 발걸음이 더 무겁고 어깨가 아프더라도 나는 또 기쁘게 하루하루를 걸어가야 할 것이다. 어차피 사랑은 무거운 것임을 새롭게 그리고 가볍게 받아들이면서 한 송이 동백꽃처럼 피고 지리라.

2

오 늘 의

행복

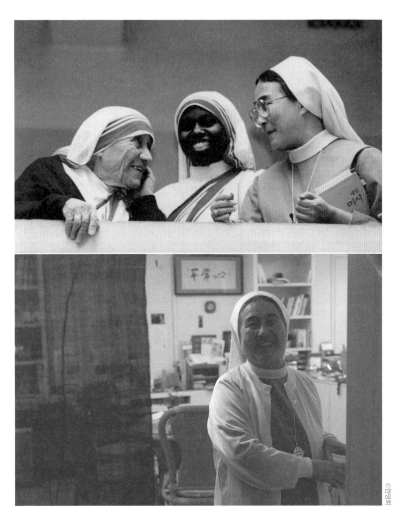

위_ 인도 콜카타에서 마더 데레사 수녀와 함께(1994), 아래_ 해인글방에서(2011)

오늘의 행복

오늘은
나에게 펼쳐진
한 권의 책

두 번 다신 오지 않을
오늘 이 시간 속의
하느님과 이웃이
자연과 사물이
내게 말을 걸어오네

시로 수필로
소설로 동화로
빛나는 새 얼굴의
첫 페이지를 열며
읽어달라 재촉하네

때로는
내가 해독할 수 없는
사랑의 암호를
사랑으로 연구하여
풀어 읽으라 하네

아무 일 없이
편안하길 바라지만
풀 수 없는 숙제가 많아
삶은 나를 더욱
설레게 하고
고마움과 놀라움에
눈뜨게 하고

힘들어도
아름답다
살 만하다
고백하게 하네

어제와 내일 사이
오늘이란 선물에
숨어 있는 행복!

사랑의 길 위에서

너도나도 다양하게 표현할 수 있는 사랑의 또 다른 이름은 남을 위한 따뜻한 배려가 아닐까 한다. 우리는 사랑에 대해서 많이 말하지만 진정 하루를 사랑으로 채우는 일은 생각만큼 쉽지 않다.

'삶이란 사랑하기 위해 주어진 얼마간의 자유 시간'이라고 표현한 아베 피에르 신부님의 말씀을 자주 기억하면서 나는 나름의 지향을 지니고 꾸준히 노력하는 사랑과 배려의 사람이 되고자 한다. 이런 사람이 되기 위해 날마다 새롭게 내가 구체적으로 노력하는 몇 가지를 여기에 적어본다.

첫째는 언제나 고운 말을 쓰는 사랑의 노력이다. 우리는 말로써 실망을 주고 마음을 상하게도 하지만 말로써 희망을 주고 마음을 치유할 수도 있음을 기억하면서 내가 정한 열 가지 기본 수칙을 지키려고 애쓰다 보면 스스로 조금씩 사랑으로 변화되는 것을 느낀다. 그 수칙은 다음과 같다.

1) 아무리 화가 나도 극단적인 표현이나 막말을 하지 않기

2) 비교급의 말을 남발하지 않으며 꼭 해야 할 적엔 중용으로 바꾸어서 현명하게 표현하기

3) 푸념과 한탄으로 일관된 불평의 말을 삼가하기

4) 부정적이기보다는 긍정적인 맞장구로 표현하기

5) 위협적이거나 명령 투가 아닌 겸양의 말로 표현하기

6) 어떤 모임에서 본의 아니게 누구를 험담하는 자리에 있게 될 적엔 슬쩍 화제를 바꾸거나 자진해서 변호인 역할 하기

7) 경조사에서 쓰는 축하의 말, 위로의 말도 충동적으로 하지 않고 미리 생각해서 그 분위기와 대상에 어울리도록 표현하기

8) 농담이나 유머를 사용할 때는 가시로 찌르거나 비아냥거림이 없는 향기로운 여운을 남기기

9) 친한 사이일수록 정겹지만, 예의를 갖추어 말하기

10) 잘 알지도 못 하는 일을 함부로 속단하거나 추정해서 옮기는 경솔한 말을 하지 않기

모든 것에 어긋나는 경우에는 스스로 반성하며 용서를 청할 수 있는 하루가 되도록 나 자신을 길들이는 연습을 한다.

둘째는 누구에게나 밝은 표정으로 다가가는 사랑의 노력이다. 살다 보면 힘들고 아프고 우울한 순간도 있어 웃음이 안 나올 때도 있지만 자신의 어둠을 상대에게 전하지 않는 것 또한 사랑이라 여겨진다. 그래서 요즘처럼 암으로 투병하는 중에도 나는 미소를 잃지 않으려 애쓰는데 그리하다 보면 예기치 않은 덕담도 많이 듣고 사람들과의 관계도 더 좋아짐을 느낀다. 언제나 밝은 표정을 짓기 위해서는 좋은 생각 많이 하고, 좋은 책도 많이 읽고, 마음을 다스리는 기도 또한 많이 해야 한다.

셋째는 다른 이에게서 부탁받은 일들을 짜증 내지 않고 좋은 마음으로 심부름하는 사랑의 노력이다.

사람들은 나에게 온갖 종류의 부탁들을 전화로 편지로 메일로 해오지만 그중엔 들어줄 수 없는 것들도 더러 있다. 그러나 좀 귀찮게 여겨지는 일조차 내가 할 수 있는 일로 판단이 되면 '이왕 하는 것 더 선선히 해야지', '어떻게 하면 그 사람이 더 기뻐할까?' 기도하면서 연구하다 보면 미처 생각지 못했던 지혜까지 생겨서 스스로 놀라게 된다. 늘 메모하는 습관을 들이며 사소한 심부름도 충실히 기쁘게 하다 보면 나의 사랑이 좀 더 넓어지는 것 같아 흐뭇하다.

넷째는 그날그날 일어나는 좋은 일도 궂은일도 다 고맙게 받아 안으려는 사랑의 노력이다.

좋은 일은 좋아서 감사하고 받아들이기 힘든 궂은일은 그 안에 숨어 있는 뜻을 헤아리며 일단 감사하려는 마음을 지니는 것만으로도 위안이 된다. 사람들이 나를 칭찬하는 말을 들을 땐 들뜨지 않는 미소로 주님께 영광을 드리고, 누가 나를 욕하거나 비난하는 말을 들을 땐 내가 겸손할 기회로 삼고 감사드린다. 나도 때때로 남을 비난했던 일을 떠올리며 그 잘못을 기워 갚는 뜻으로라도 잘 받아들이면 내 마음에도 이내 평화가 찾아오곤 한다.

또 한 번의 새로운 하루가 열릴 적마다 나는 기도하는 마음으로 이 시를 읊조려본다.

오늘 하루
나에게 일어나는 모든 일들이
없어서는 아니 될
하나의

길이 된다

 내게 잠시

환한 불 밝혀주는

사랑의 말들도

다른 이를 통해

내 안에 들어와

고드름으로 얼어붙는 슬픔도

일을 하다 겪게 되는

사소한 갈등과 고민

설명할 수 없는 오해도

살아갈수록

뭉게뭉게 피어오르는

나 자신에 대한 무력감도

내가 되기 위해

꼭 필요한 것이라고

오늘도 몇 번이고

고개 끄덕이면서

빛을 그리워하는 나

어두울수록

눈물날수록

나는 더

걸음을 빨리한다

– 이해인, 〈길 위에서〉 전문

나를 깨우는 글씨

해인글방에는 오며 가며 들여다보는 여러 개의 귀한 글씨가 있다. 친지들이 붓글씨로 보내온 것들이나 내가 일부러 부탁해서 쓴 글귀를 사람들은 곧잘 사진을 찍어 가고 수첩이나 메모지에 적어 가기도 한다.

＊＊사람들은 신영복 선생님이 적어주신 '平常心(평상심)'이란 단어나,《논어》에 나오는 '修己安人(수기안인)'이란 글귀를 좋아한다. 언젠가 전남 보성군에 있는 대원사에 갔을 적에 현장 스님을 통해 받은 성철 스님의 〈공부 노트〉 몇 구절은 우리 수녀들이 가장 자주 베껴 가는 구절이다.

수행이란 안으로는 가난을 배우고

밖으로는 모든 사람을 공경하는 것이다

어려움 가운데 가장 어려운 것은

알고도 모르는 척하는 것이다

용맹 가운데 가장 큰 용맹은

옳고도 지는 것이다

공부 가운데 가장 큰 공부는

남의 허물을 뒤집어쓰는 것이다

- 성철 스님, 〈공부 노트〉 중에서

'어떻게 이 말씀대로 살 수 있을까' 막막해지다가도 자꾸만 되풀이해 묵상하다 보면 '나도 노력하면 이렇게 살 수 있을 거야' 하는 생각으로 새 힘과 용기가 솟는다.

어쩌다 초심을 잃고 수도 정신이 흐려지는 나 자신을 느낄 때, 편리주의에 길들여져 불편한 것을 참지 못하는 나를 볼 때, 인간 관계에서 수도자다운 겸손과 인내가 부족한 나 자신을 발견할 때 성철 스님의 이 말씀은 나를 깨우치는 죽비가 되어 정신이 번쩍 들게 한다. 김수환 추기경님이 생전에 강조하셨던 바보의 영성과도 상통하는 가르침이라 여겨진다.

늘 낮아지고 손해 볼 준비가 되어 있는 어리석음의 용기와 결단 없이는 결코 수행자의 길을 걸을 수 없음을 일러주는 이 지혜의 말씀을 나는 더 깊이 새겨들으리라.

모든 사람을 차별 없이 공경하기, 다른 이의 실수를 알고도 모른 척하기, 내가 옳다고 생각하는 일도 상대가 우기면 일단은 져주고 보기, 그리고 마침내 남의 허물까지 뒤집어쓸 수 있는 사랑의 용기를 지니고 사는 행복한 수행자가 되고 싶다.

✻✻ 지난 수십 년간 모아둔 다른 좋은 글귀들이 많이 있지만 그중에도 내가 특별히 아끼는 두 가지 글씨 선물이 있다. 하나는 법정 스님께서 어느 날 한지에 붓글씨로 적어 보내주신 것이고, 또 하나는 내가 인도 콜카타에 마더 데레사를 뵈러 갔을 적에 받은 뜻깊은 영문 글판이다. 두 분 다 세상을 떠나신 지금 그 글귀는 나에게 새로운 기쁨과 감동을 준다.

'날마다 새롭게! 구름 수녀님에게 수류산방에서 법정'이라고 적혀 있는 한지는 1990년대 초 어느 날 받은 건데 시간이 지나 누렇게 빛이 바랬지만 그 내용은 날마다 새로운 빛으로 살아온다. 스님이 세상을 떠난 빈자리는 너무 크지만 '지혜의 가르침'이 깃들어 있는 스님의 글씨를 들여다보는 것은 늘 위로가 된다. 글씨 혼에 살아 숨 쉬는 스님을 그대로 느낄 수가 있으므로. 산사에서 고요히 차를 마시는 모습도 보이고 행복하게 책을 읽으시는 모습도 보이고 때로는 스님의 기침 소리도 들을 수가 있으므로.

스님은 고대 선승들의 가르침, 좋은 책에서 솎아낸 글귀들, 깊
은 사색에서 건져 올린 가르침을 송광사의 불일암에서, 강원도

수류산방에서 가끔씩 붓글씨로 써서 우리 수녀원에 보내주셨다. 당신이 한지에 쓰는 글씨를 스님은 늘 붓장난이라고 표현하곤 하셨다. 편지의 끝인사는 '늘 새롭게 피어나십시오. 새롭게 청정하십시오'로 마무리하고 있어서 '날마다 새롭게'를 따로 적어 보내 그 깊은 뜻을 나는 늘 새롭게 되새김하고자 했다.

날마다 새롭게 선한 마음 길들이기, 날마다 새롭게 감사하기, 날마다 새롭게 기뻐하기, 날마다 새롭게 이웃을 배려하기, 날마다 새롭게 고운 말 쓰기 등 나는 스님이 적어주신 '날마다 새롭게'에 그때그때 필요한 항목을 덧붙여 일상에 정진하는 수도자가 되려고 애쓰고 있다. 어쩜 다른 이들에게도 많이 써주신 내용일지 모르지만 나에겐 늘 각별한 스님의 글씨 선물에 오늘도 새롭게 감사한다.

_* 'Christ is the head of this house, The unseen guest at every meal, The silent listener to every conversation(그리스도는 이 집의 으뜸이시고, 매 식탁의 보이지 않는 손님이시며, 모든 대화의 고요한 경청자이십니다).'

1994년 12월 인도 콜카타 '사랑의 선교 수녀회'에서 마더 데레사를 만나 며칠간의 인터뷰를 마치고 떠나기 전 나는 초록색 바탕에 하얀 글씨가 적힌 조그만 글판 하나를 객실 벽에서 발견하

게 되었다. 내가 유심히 바라보다 그 내용이 참 좋다고 하니 마더 데레사는 선뜻 떼어서 내게 건네주며 "좋으면 한국에 갖고 가세요"라고 하셨다. 좋은 글귀조차도 액자에 넣지 않고 그냥 허름한 종이에 적어둔 가난한 수녀원의 소박하기 그지없는 글판까지 뺏어오는 것 같아 잠시 망설였지만 나는 마더 데레사의 기념 선물로 간직하겠다고 했다.

1997년 마더 데레사가 세상을 떠나고 나니 그분의 손길이 닿았던 초록색 글판이 더 귀하게 생각되어 글방을 찾아오는 방문객들에게 보여주곤 했다. 사람들에게 덕담을 하거나 강의를 할 기회가 있을 적엔 특히 세 번째 줄을 같이 묵상하면서 어떤 사람이 자리에 없다고 해서 함부로 그에 대해 말해선 안 된다는 것을 강조한다. 꼭 예수님이 아니더라도 우리 눈에 보이지 않는 경청자가 어딘가 있다고 가정하며 말조심을 해야 한다고! 부재자에 대하여 함부로 말하는 습관은 꼭 고쳐야 한다고!

마더 데레사가 내게 건네준 글귀가 어느 책에서 발췌한 것인지 그분의 개인적인 설교에서 인용한 것인지 잘 모르지만 요즘은 하루도 빼놓지 않고 이 글귀를 되새김하는 기쁨이 있다. 가정의 달이기도 한 5월에는 이 글귀를 곱게 적어서 친지들에게 선물로 나누어주어야겠다.

시간에게 쓰는 편지

흰옷 입은 사제처럼 시간은 새벽마다 신의 이름으로 우주를 축성하네.
오래되어도 처음 본 듯 새로운 시간의 얼굴. 그는 가기도 하지만 오는
것임을 나는 다시 생각해보네. 오늘도 그 안에 새로이 태어나네.

내가 깨어 있을 때만 시간은 내게 와서 빛나는 소금이 된다. 염전(鹽田)
에서 몇 차례의 수련을 끝내고 이제는 환히 웃는 하얀 결정체. 내가 깨
어 있을 때만 그는 내게 와서 꼭 필요한 소금이 된다.

— 이해인, 〈시간의 얼굴〉 중에서

당신을 보고 만질 수는 없었지만 늘 나와 함께했던 시간이여
한 해 동안 함께해준 당신에게 감사하는 마음으로
오늘은 한 장의 러브레터를 쓰고 싶습니다.

기다리는 행복

* * *

시간은 생명입니다.

새벽에 눈을 뜨면 또 한번 살아 있다는 느낌을 알게 해주는 당신이 있어 하루하루를 살며 여기까지 왔습니다. 다시 시작하는 열정과 희망을 재촉하는 생명의 힘!

죽은 사람에겐 시간이 멈추어져 있고 살아 있는 이들에겐 시간도 숨을 쉬고 움직이는 것을 알게 해주신 당신, 고맙습니다.

시간은 선물입니다.

조금은 긴장된 마음으로 포장을 풀어 사랑하는 이와의 만남을 준비하는 기쁨. 사랑의 일과 심부름을 시작할 수 있는 기쁨. 이미 지나간 시간과 아직 오지 않은 시간 사이에서 나는 늘 가슴이 뜁니다.

설렘의 기쁨을 알게 해주신 당신, 고맙습니다.

시간은 친구입니다.

내게 슬픈 일이 있을 때는 함께 울어주고 기쁜 일이 있을 때는 함께 웃어주며 자랑할 일 있을 때는 축하도 해주면서 멋진 벗이 되어준 당신이 있어 든든했습니다. 무슨 이야기든지 다 들어주고 내가 부르기도 전에 먼저 달려와 기다려주었지요.

우정의 소중함을 알게 해주신 당신, 고맙습니다.

시간은 스승입니다.

사람들이 많은 말로 가르쳐준 지식보다 당신이 침묵 속에 일깨워준 지혜가 더 요긴하게 쓰이는 일이 많았습니다. 좋은 일을 통해서도 나쁜 일을 통해서도 배울 게 있음을 시시로 깨우쳐주었지요.

내가 더욱 겸손해야 할 인생 학교의 학생임을 깨우쳐주신 당신, 고맙습니다.

시간은 의사입니다.

어떤 일로 실패를 겪어 좌절하고 인간관계에서 오는 갈등과 시련으로 죽을 것처럼 힘들 때도 시간은 위로의 약을 발라주고 상처 난 자리에 붕대를 감아주며 '모든 것은 다 지나간다. 조금만 더 참고 견디자'는 처방을 내려주었습니다. 차갑고 딱딱한 교훈적인 말보다는 부드럽고 온유하게 달래는 여유로 나를 제자리로 돌아오게 해주었습니다.

삶의 쓰디쓴 아픔도 견딜 힘을 주신 당신, 고맙습니다.

시간은 여행길의 안내자입니다.

기다리는 행복

삶의 방향을 잃었을 때 나침반의 역할을 해주고 꿈을 잃었을 때 예술적인 영감을 불어넣어 주며 집으로 가는 길을 찬찬히 일러주는 친절한 가이드가 되어주었지요. 어느새 다가와서 가만히 손잡아주고 정겹게 길을 비추는 시간이란 은인이 있어 나의 길은 어둡지 않았습니다.

보이지 않게 오늘도 빛이 되어주시는 당신, 고맙습니다.

시간은 만남과 이별의 문입니다.

내가 이 세상으로 나올 때 문을 열어주었듯이 세상을 떠날 때에도 죽음을 향해 문을 열어주고 닫아줄 침묵의 성자!

당신과 다시 만날 수가 없음을 생각하면 슬프지만, 그날이 언제가 되든 기쁘게 순명할 것입니다. 내가 살아 있는 지금 이 순간, 영원한 이별조차 앞당겨 묵상하게 해주시는 당신, 고맙습니다. 사랑합니다.

내 일상 언어의 도움 메뉴판

　얼마 전 한바탕 침실 도배 작업을 하면서 물건 정리하느라 몸은 힘들었지만, 말끔히 정리되고 나니 기분이 좋았다. 새해를 맞이하여 새 마음으로 하루하루를 시작하면서 나는 다시 새 사람으로 태어남을 제대로 느껴보고 싶다. 그래서 복도를 걷다가 아침 해가 떠오르는 걸 보면 잠시 멈추어 서서 내가 아직 살아 있음을 새롭게 감사하고, 마주치는 우리 수녀님들에게도 처음 만난 듯 반갑게 인사한다. 서재에 꽂혀 있는 책들도 새롭게 바라보고 일터에서 만나는 이들에게도 처음 본 듯 반갑게 인사를 건넨다.

　사람들이 묻는다. 올 한 해는 또 어떤 다짐과 결심을 했느냐고! 나는 대답한다. 늘 해오던 것에 그냥 새 옷을 입혀서 노력하는 결심과 다짐이 있을 뿐이라고. 정작 새로운 것은 없지만 내가 마음 먹기에 따라서 모든 것은 그만큼 새로워지는 것이라고!

나는 내 고운 말 쓰기 차림표, 일상적으로 쓰는 언어의 메뉴판에 몇 가지를 더 보태어 사무실 게시판에 걸어두고 나의 친지들과도 나누고자 한다. 딱히 새로울 것 없는 평범한 메뉴들이지만 성심껏 사랑을 넣어 실천한다면 새로운 삶의 자양분이 될 것이라 믿는다.

1. 어떤 실수로 누군가의 마음을 상하게 해서 사과해야 할 때
'용서하세요', '죄송합니다', '어쩌지요? 제 생각이 짧았어요', '면목이 없습니다', '다음부터 잘할게요'라는 말을 가능한 한 미루지 않고 진심을 담아서 한다.

2. 어떤 일로 크게 상심하거나 슬퍼하는 이들을 만났을 때
'제가 무심해서 서운하셨지요?', '마음으로 함께하고 기도하는 것만으로는 부족함을 느껴요', '작은 도움이라도 드리고 싶어요', '어떻게 하면 좋을까요?' 등 함께 걱정한다는 표현을 한다.

3. 상대에게 좋은 일이 생겨서 축하나 칭찬의 말을 해야 할 때
'오늘은 마음껏 축하를 받으세요', '축하받을 만한 일을 하신 거예요', '저도 그 기쁨을 나누고 싶어요', '선한 일의 열매를 함께 보고 기뻐할 수 있어서 좋아요' 등의 표현을 하며 기쁨에 어울리

기다리는 행복

는 축하의 시를 적어 보낸다.

4. 누군가가 어려운 일에 대한 상담을 요청해올 때

'저도 부족하지만 제 경험을 바탕 삼아 도움을 드릴 수 있길 바랍니다', '우리 함께 지혜를 모아보기로 해요', '저 말고 더 큰 도움을 줄 수 있는 분을 찾아볼게요' 하고 안심시킨다.

5. 어느 모임에서 덕담을 요청해올 때(새해 덕담 포함)

'언제 어디서나 서로서로 복을 빌어주고 복을 짓고 복을 나누는 우리가 되었으면 합니다', '선한 마음 키우고, 밝은 웃음 간직하고, 고운 말씨 갈고닦는 새날 새 삶을 만들어가는 우리가 될 수 있길 바랍니다'라고 계절과 관계없이 표현해본다.

6. 어떤 모임에서 사람들이 뒷담화를 멈추지 않음을 발견할 때

'이제 그만하고 우리 다른 이야기를 하기로 하죠', '내가 없는 자리에서 누군가 나를 험담한다고 상상하면 마음이 안 좋잖아요', '우리만이라도 뒷담화하는 습관을 조금씩 줄여보기로 해요'라고 조심스레 권면해본다.

7. 악플이나 뒷담화 또는 헛소문의 주인공이 되었을 때

'일단 제가 원인 제공을 했으니 유감이군요', '그렇게도 생각할 수 있다는 것을 알게 되었으니 참고하고 더 자중할게요', '그 소문을 다른 이에게 전달하기 전에 한 번쯤 다시 확인하고 넘어가는 진지함이 필요하다고 봐요'라고 겸손하게 말한다.

8. 다른 이가 나에게 몸과 마음의 아픔을 호소해올 때
'제가 대신 아파줄 수 없으니 어쩌지요?', '지금은 힘들겠지만 모든 것은 다 지나가니 삶의 일부로 받아들이고 참아내는 것 외엔 다른 도리가 없는 것 같아요', '저도 기도는 하겠지만 더 구체적이고 현실적인 도움을 못 드려서 죄송합니다' 정도로 마음을 표현한다.

9. 나의 몸과 마음의 아픔을 누군가에게 호소하고 싶을 때
'잘 버티려고 하는데도 잘 안 되네요', '지금이야말로 간절한 기도가 필요한 것 같아요', '몸과 맘의 아픔은 서로 긴밀히 연결되어 있는 것 같아요. 요즘처럼 인내의 한계를 느끼는 때가 없어요', '아프고 나니 건강의 중요성을 다시 깨우치고 인생 공부를 저절로 하게 되네요', '세상의 많은 아픈 이들과 연대한다고 생각하면 그래도 좋은 마음으로 참을 수 있을 것 같아요' 등의 표현으로 나의 나약함을 인정하며 기도를 부탁한다.

기다리는 행복

10. 술, 게임, 도박 중독에 빠져 고민하는 이가 도움을 청할 때 '기댈 데 없는 허한 마음과 괴로움을 달래려고 시작한 일을 멈추지 않고 계속하다 보니 여기까지 온 것일 거예요', '너무 자책하지만 말고 거기서 빠져나오려는 노력을 구체적으로 해보세요', '중독을 끊는 모임에도 꾸준히 나가고 자신을 훈련하는 극기 일지도 쓰면서 희망을 품으세요!' 등 훈계조의 말을 피하고 이해하는 쪽으로 대화를 풀어가도록 애쓴다.

잘 보고 잘 듣고 잘 말하는 이가 되도록!

요즘 부쩍 대중들의 사랑을 받는 록 그룹 '부활'의 김태원이 시를 쓰고 곡을 만든 〈사랑이라는 이름을 더하여〉라는 노래를 몇 번 듣고 나니 아름다운 중독성이 있는지 나도 자꾸만 속으로 흥얼거리게 됩니다.

(……)
삶이란 지평선은 끝이 보이는 듯해도
가까이 가면 갈수록 끝이 없이 이어지고

저 바람에 실려가듯 또 계절이 흘러가고
눈사람이 녹은 자리 코스모스 피어 있네

기다리는 행복

가려무나 가려무나

모든 순간에 이유가 있었으니

세월아 가려무나 아름답게

다가오라 지나온 시간처럼

가려무나 가려무나

모든 순간에 의미가 있었으니

세월아 가려무나 아름답게

다가오라 지나온 시간처럼

지금껏 살아온 시간과 앞으로의 시간에 대한 묵상을 더 많이 하게 도와주는 노랫말입니다. 진정 모든 순간이 다 의미가 있고 이유가 있음을 우리는 왜 당장은 못 알아듣고 다 놓치고 난 다음에야 깨닫게 되는 것일까요?

다가오는 새해에 나는 좀 더 의미 있게 시간을 읽고 사람을 읽는 신앙인이 되어야겠다고 다짐해봅니다. 성서를 읽듯이 세심한 주의를 기울여 주위의 모든 것을 읽는 생활 속의 거룩한 독서(Lectio Divina)를 한다고 할까요.

카나의 혼인 잔치에서 술이 떨어진 상황을 가장 먼저 알아챈 성모님처럼 마음의 눈을 크게 뜨고 나에게 오는 시간 속의 상황을 소중히 살피고 내가 만나는 시간 속의 사람들을 자세히 '잘 보는 사람'이 되고 싶습니다. 경박한 호기심이 아니라 애정 어린 관찰을 통해 상대방에게 무엇이 필요한지, 나는 어떤 도움을 줄 수 있을지를 민감하게 파악하여 실행에 옮길 수 있는 사람이야말로 잘 보는 사람일 것입니다. 눈이 있어도 보지 못하는 사람이 안 되려면 늘 마음으로부터 깨어 있는 노력을 해야겠지요. 날마다 새롭게 이기심에 눈을 감고 이타심에 눈을 뜨는 사랑의 주인공이 되길 희망합니다.

보는 것 못지않게 듣는 일 또한 매우 중요합니다. 내가 만나는 이들의 말을 건성으로 듣지 않고 정성으로 들으며 어떤 경우에도 참고 기다릴 줄 아는 '잘 듣는 사람'이 되고 싶습니다.

단정한 자세로 주의를 기울여 마치 자기 앞에 그 사람밖엔 없는 것처럼 잘 듣는 이들을 보면 어찌나 부러운지요! 기껏 마음먹고 이야기하러 온 이들에게 집중하기는커녕 바쁘다는 핑계로 성의 없이 듣거나 때로는 휴대전화를 받느라고 대화의 흐름을 막아버린 잘못을 이제는 되풀이하지 말아야겠습니다. '들어라 들어라 마음을 고요히 하고 들어라' 하고 수없이 스스로 주문할 것입니다.

기다리는 행복

어느 땐 상대방이 맘에 들지 않는 말을 하더라도 적절히 맞장구쳐주고 함부로 속단하거나 무안을 주지 않으며 오히려 축복해줌으로써 그리스도의 향기를 전할 수 있는 신앙인이 되길 소망합니다.

나 자신의 우매함으로 귀가 있어도 듣지 못하는 상황을 만들어온 지난날의 잘못을 기워 갚는 뜻으로라도 '듣기는 빨리하되 말하기는 더디 하는'(야고보 1.19) 성서적 인간으로 거듭나고 싶습니다.

우리 모두 안팎으로 침묵이 그리우면서도 생각만큼 절제하지 못하고 날마다 필요 이상으로 많은 말을 하며 살아갑니다. 그래서 새해에는 좀 더 말을 줄여야겠다고 다짐해봅니다. '내가 말을 할 때는 그 상황, 분위기와 듣는 이에게 맞는지?'를 숙고하여 꼭 할 말만 가려서 할 수 있는 '잘 말하는 이'가 되고 싶습니다. 말을 줄일 뿐 아니라 내가 만나는 이웃 친지들에게 험담보다는 덕담을 더 많이 해야겠다고 새롭게 다짐해봅니다. 특히 여럿이 모인 자리에서 실없는 농담이나 쓸데없는 말을 하지 않고 누가 그렇게 하더라도 쉽게 동조하지 않는 용기를 지니도록 애쓸 것입니다. 우리는 얼마나 자주 그리고 심하게 다른 사람들을 잘 알지도 못하면서 판단하는지요. 그로 인해 마음의 평화가 깨진 적이 얼마나 많은지요!

나는 여행길에서도 가방 속에 성서나 시집을 넣어두었다가 여럿이 모인 자리에서 자연스럽게 '우리 오늘 좋은 시를 한 편씩 읽어볼까요?', '성서 한 구절 읽고 이 모임 시작할까요?' 하며 첫 대화의 방법으로 적절히 활용하려고 합니다.

고달픈 자를 격려하는 말(이사야 50.4), 다른 이의 성장에 좋은 말, 듣는 이에게 은총을 가져다줄 수 있는 말(에페소 4.29)의 주인이 되도록 열심히 연습하는 노력을 게을리하지 않을 것입니다. 자아도취에 빠지지 않도록 나 자신의 슬픔과 기쁨을 가능한 한 객관화하여 말하는 연습도 하겠습니다.

하느님을 향한 순례의 여정에서 조금씩 이기심을 버리고 사랑하며 살겠다는 염원을 지니는 것, 이 사랑 안에서 잘 보고 잘 듣고 잘 말할 준비가 되어 있다면 우리는 이미 성인의 길로 나아가기 시작하는 것입니다. 우리의 끊임없는 노력 속에 현존하시는 주님께 의탁하며 새해 새 삶을 향해 희망찬 발걸음으로 전진합시다.

새해 결심 세 가지

'새해 복 많이 받으세요!'라는 따뜻한 인사말 속에는 '나도 올 한 해를 복스럽고 덕스럽게 살겠으니 당신도 그리하길 바랍니다'라는 진실한 소망도 담겨 있을 것이라 여겨집니다. 살아서 또 한 번 맞는 새해를 감사하면서 나는 세 가지의 결심을 세워 실행할 것을 자신에게 주문하고 가까운 친지들에게도 권하고 싶습니다.

1) 날마다 새롭게 마음을 갈고닦는 노력을 하여 온유한 빛이 내면에서 흘러나오도록 노력하겠습니다. 어떤 일로 화가 날 때도 충동적으로 행동하지 않고 일단 한발 물러서서 '이럴 때 예수님이라면 성모님이라면 어떻게 행동하셨을까?'를 먼저 생각하며 호흡을 가다듬고 잠시 기도하렵니다. 얼마나 많은 사람이 자신의 마음을 옳게 다스리지 못해 그릇된 선택을 하고 나쁜 일에 중독

되는지 안타까울 적이 많습니다. 자신의 마음을 깊이 들여다보며 일기를 쓰고 좋은 책을 찾아 읽고 사색과 명상을 게을리하지 않는 것은 온유한 마음을 가꾸는 데 큰 도움이 됩니다.

2) 날마다 새롭게 말씨를 부드럽게 사용하여 듣는 이에게 기쁨이 될 수 있게 노력하겠습니다. 부드럽게 말하기 위해서는 먼저 상대방의 말을 주의 깊게 듣고 어떤 경우에도 흥분하지 않는 침착함과 절제의 덕이 필요합니다. 잘 알지도 못하면서 남을 흉보는 험한 말, 함부로 속단하는 차가운 말이 나오려고 하면 이내 화제를 바꾸어 차라리 날씨라든가 책에서 읽은 (미리 메모해둔) 글귀를 함께 읽어보자고 초대하겠습니다. '부드러운 말은 화를 가라앉힌다'는 성서의 말씀을 수시로 기억하면서 아무리 화가 나도 막말이 아닌 부드러운 말로 일관하는 사랑의 승리자가 되고 싶습니다. 늘 말씨가 부드럽고 상냥했던 특정한 지인의 모습을 본보기로 떠올리는 것도 도움이 되어줍니다.

3) 날마다 새롭게 겸손의 덕을 실습하는 수련생이 되도록 노력하겠습니다. 참된 겸손이란 무조건 자기 자신을 비하하고 못났다고 한탄하는 것이 아니라 삶에 대한 감사와 사람에 대한 예의를 충실히 지키며 어떤 경우에도 남을 무시하지 않는 따뜻함이라

여겨집니다. 그래서 더 큰 선을 위해 자신을 내려놓을 줄 알며 다른 사람을 살리기 위해 조금은 손해를 볼 줄 아는 희생까지 감당할 줄도 아는 탁 트인 너그러움이 필요합니다. 떠벌리거나 자랑하지 않고 숨길 줄 아는 인품의 향기가 풍길 때 우리는 이런 사람을 겸손하다고 말하는 것이 아닐는지요. 온통 어둡고 비극과 불행만 가득 차 보이는 세상, 우리가 곧잘 살고 싶지 않다고 푸념하고 불평하는 이 세상이 그래도 무너지지 않고 돌아가는 것은 어쩌면 별처럼 빛나는 겸손한 사람들이 어딘가에 숨어서 그 빛을 발하기 때문일 것입니다. 인류사에 빛나는 성인 성녀 위인들의 모습을 떠올리면서 우리 또한 겸손한 별이 됩시다. 늦었다고 한탄하지 말고 또 한 해의 길을 열심히 기쁘게 걸어갑시다.

(⋯⋯)

사랑과 용서와 기도의 일을

조금씩 미루는 동안

세월은 저만치 비껴가고

어느새 죽음이 성큼 다가옴을

항시 기억하게 하십시오

(⋯⋯)

보고 듣고 말하는 일

정을 나누는 일에도

정성이 부족하여

외로움의 병을 앓고 있는 우리

가까운 가족끼리도 낯설게 느껴질 만큼

바쁘게 쫓기며 살아가는 우리

잘못해서 부끄러운 일 많더라도

어둠 속으로 들어가지 말고

밝은 태양 속에 바로 설 수 있는

용기를 주십시오

길 위의 푸른 신호등처럼

희망이 우리를 손짓하고

성당의 종소리처럼

사랑이 우리를 재촉하는 새해 아침

아침의 사람으로 먼 길을 가야 할 우리 모두

다시 시작하는 기쁨으로

다시 살게 하십시오

– 이해인, 〈다시 시작하는 기쁨으로〉 중에서

좋은 환자 되기 위한 십계명

　오늘도 병원에 다녀왔습니다. 말로만 듣던 통증클리닉에 가서 이런저런 주사를 맞으며 심한 통증을 느꼈지만 아픔 이후의 더 좋아질 상태를 미리 기약하면서 찡그리지 않고 잘 참아내는 자신의 모습을 칭찬해주었지요. 보드라운 모란꽃잎 한 개를 따서 그 부드러운 감촉을 즐기며 아픔을 잊으려고 노력해본 오늘입니다.

　환자가 겪는 아픔의 종류도 참 다양해서 누가 물으면 단적으로 설명해주기 힘들 때가 많고 "무어라고 한 단어, 한 문장으로는 도저히 표현이 안 되는 그런 아픔인데요!"라며 얼버무리곤 합니다. 투병하는 중에 둘러보니 세상엔 왜 그리도 아픈 사람들이 많은 것인지! 아픈 이들 때문에 고생하는 가족, 친지들을 포함하여 기도와 격려가 필요한 이들은 왜 갈수록 더 늘어나는지! 뭉게뭉게 피어오르는 연민의 정을 애써 절제하지 않으면 온종일 울어야만 할 것 같은 날들의 연속입니다. 고통을 역이용해 축복의 기회로 삼고 고통을 겪지 않았으면 몰랐을 긍정적인 가치들을 많이 발견한 것을 감사하지만 아픈 것은 아픈 것이어서 이젠 그만 그 고통에서 도망치고 싶은 게 솔직한 심정이기도 합니다.

며칠 전 밤, 내가 꿈에서 본 어떤 장면이 잊히질 않습니다. 내가 많은 이들 앞에서 강의하고 나오는데 앞자리에 앉았던 거동이 불편한 환우 한 분이 내게 손을 잡아달라고 청했고 나는 그의 손을 잡고 한참 기도하며 서 있는데, 그 느낌이 몹시 평화롭고 나 자신도 치유되는 순간을 경험하였습니다. 전혀 친분도 없는 이가 단지 환자라는 이유로 금방 깊이 교감되는 걸 보면서 나는 팔 년째 투병하는 한 사람의 환자로서 문득 꿈속의 환우에게 한 통의 편지를 쓰고 싶어졌습니다. 그간 내 나름대로 좋은 환자가 되려고 노력해온 몇 가지를 좀 더 구체적으로 이야기함으로써 '명랑 투병'의 비결을 묻는 이들에게 약간의 도움이라도 주고 싶은 소망을 담아서 말입니다. 생활 수첩에 적어둔 좋은 환자 되기 위한 나만의 평범하지만 뜻깊은 열 가지의 지침도 살짝 공개하고 싶네요.

1) 아프면 습관적으로 나오는 푸념과 불평의 표현을 되도록 자제하고 감사의 표현을 자주 하도록 애씁니다. 병간호하는 이들이나 의료진에게는 수시로 감사를 전하고 퇴원할 땐 마음이 담긴 감사카드나 메모를 꼭 전하도록 합니다.

2) 건강한 사람들이 문병을 와서 위로의 덕담보다는 오히려 환자를 의기소침하게 만들거나 별로 도움이 되지 않는 말들을 많이 하더라도 내색하지 않고 '나도 건강할 땐 그랬었지!' 하며 웃을 수 있는 마음의 여유를 지닙니다.

3) 반복되는 여러 검사에 몸이 힘들어 포기하고 싶을 때는 '낫기 위해 필요한 인내의 과정'임을 재인식하며 긍정적인 마음을 지니려고 애씁니다.

4) 예기치 않은 통증이 반복될 때는 '아직 살아 있기에 아픔을 느낄 수 있으니 얼마나 다행인지!'라고 반복해서 생각하면 좀 나아집니다.

5) 음식이 입에 맞지 않고 먹기 싫을 때는 힘이 들더라도 최대한 자신을 극복하는 의지의 힘을 빌려 '그래도 약보다는 음식을 먹는 게 좋으니 다시 시도해보자'고 스스로 주문합니다.

6) 먼 길을 달려간 보람도 없이 병원의 주치의나 간호사가 나를 건성으로 대하는 것 같고 설명도 불충분하게 해주는 등 성의 없어 보일 때는 '한자리에 앉아 아픈 사람 수십 명을 상대하느라 얼마나 힘이 들까?' 하며 이해하려고 노력하면서 짧은 시간을 잘 활용해 내가 문의할 것을 미리 메모해둡니다. 불필요한 잔소리나 넋두리가 되지 않도록 지혜롭게 요점만 말합니다.

7) 지인들이 퍼다 주는 다양한 건강 정보가 넘쳐서 감당이 안 될 때는 일단 참고하겠다고 말하고 우선은 의사의 지시부터 잘 따르겠다는 태도로 마음의 중심을 잡고 여기저기 휘둘리지 않는 게 중요합니다. 자신의 병에 대한 연구는 의사에게 맡기고 너무 깊이 알려 하지 않습니다.

8) 아픈 것을 핑계로 자꾸만 옆의 누군가가 무엇이든 다 해주기를 바라며 의존적이 되는 자신을 발견할 때는 '내가 할 수 있는데 왜 이러지?' 하며 얼른 내 안의 아이를 잠재우고 어른을 깨우는

성숙함으로 정신을 추스릅니다.

9) 자꾸만 죽음을 떠올리며 우울해지는 순간에는 좋은 음악을 듣거나 자연과 벗하는 기회를 얻어 '아름다움'이란 약으로 내면을 충전시켜 주고 거울 앞에서 웃는 연습도 자주 해봅니다.

10) 오래 투병하다 보면 약을 먹는 게 시들해지고 마음대로 중단하고 싶은 유혹에 빠질 때가 있는데, 처음에 희망을 가지고 약을 먹기 시작하던 때를 떠올리며 경건한 예식을 치르듯이 기도하는 마음으로 먹습니다. 약을 처방해준 의료진을 신뢰하는 마음도 새롭게 지니면서!

내가 온전히 완치 판정을 받은 것은 아니지만 그동안 '착한 환자'로 잘 참고 버티어주었다며 주치의가 2013년에 선물로 건네준 '5년 생존컵'을 오며 가며 바라보면 새삼 반가운 마음입니다. 그 컵을 앞에 놓고 오늘은 이렇게 기도해봅니다.

이 순간 제가 살아 있음을 감사드립니다. 아직은 아픔을 안고 걸어야 할 삶의 여정에서 힘들어도 선과 미소와 평화를 잃지 않는 환자로 살고 싶습니다. 세상의 많은 환우와 연대하며 고통 중에도 행복하다고 말할 수 있는 수도자가 되게 하소서. 그리고 가능하다면 끝까지 겸손과 인내의 산으로 올라 환히 웃을 수 있는 승리의 복녀가 될 수 있게 자비를 베푸소서. 아멘.

꽃 시간을 만들고 꽃 사람을 만나며

정원에 나가면 눈에 보일락 말락 한 봄까치꽃도 냉이꽃도 가만히 웃으며 피어나고 좀 있으면 매화, 천리향, 수선화에 이어 진달래, 살구꽃, 명자꽃, 벚꽃, 사과꽃, 복숭아꽃들이 늘 피던 그 자리에서 다시 피어날 것이다. 어찌 한 해도 잊지 않고 꽃들은 그렇게 그 자리로 오는지, 침묵과 겸손과 인내의 시간 속에 피어난 꽃들과 마주하면 마음이 평온해진다.

몇 년 전 강의하러 뉴질랜드에 갔다가 이름난 관광지를 차로 가는데 가도 가도 끝없는 평원뿐 어디서도 사람을 구경할 수가 없어 "아무리 자연이 아름다워도 자연을 보고 감탄할 줄 아는 인간이 있어야만 좋은 거네!"라고 외친 일이 있다. 봄이 오면 많은 사람이 일부러 꽃구경하러 가지만 꽃을 보러 가는 사람들 또한 꽃이라는 생각을 새롭게 해보는 요즘이다.

기다리는 행복

최근에 내가 결심한 것 중 하나는 지금 나와 한집안에서 사는 이들, 이렇게 저렇게 인연을 맺고 사는 지인들, 내가 사는 부산 광안리 수녀원으로 찾아오는 방문객들을 모두 한 송이 꽃으로 대하자는 것이다. 빛깔과 향기가 각각 다르고 더러는 나를 아프고 힘들게 하는 꽃님들도 없지 않지만 내가 꽃밭에서 '자연 꽃'들을 보며 감탄하는 것 이상으로 '사람 꽃'에서 고유의 장점을 찾아 덕담을 건네거나 사랑으로 보듬고 기도하면 헤어져 있는 시간에도 그가 웃는 소리를 들을 수 있다. 기쁘게 변화되는 모습도 보인다. 학교에서 군대에서 병원에서 교도소에서 요양원에서 재활 센터에서 편지를 보내오는 꽃님들의 이모, 엄마, 누나, 언니 역할을 내가 기대만큼 다 채울 순 없지만 그들의 이야길 들어주며 함께 웃고 함께 울고 함께 아파하려는 노력만으로도 그들에게 위로가 되는 것을 경험하곤 한다.

한번은 일본에 거주하는 중년의 의사 한 분이 택시 기사에게 길을 물어 나를 찾아온 적이 있다. 그는 일본에서 알게 된 한국 여대생과 사랑에 빠졌는데 자기도 그녀를 사랑했지만 차마 가정을 버릴 수는 없었고 힘들 적마다 어느 친지가 소개해준 〈해바라기 연가〉라는 시를 매일 되풀이해 읽으며 위로를 받았기에 그 시를 쓴 작가를 꼭 한번 만나 직접 감사를 표현하고 싶었다고 했다.

서툰 한국말로 눈물 글썽이며 '깊이 묻어둔 마음속 이야길 털어놓으니 후련하고 기쁘다'고 고백한 그는 내게 잊을 수 없는 방문객이었고 일본에 돌아가서도 정성스러운 편지를 보내오곤 했다.

우리가 서로를 잘 들어주고 잘 보살피는 노력 가운데 진정한 힐링(치유)의 기적도 일어나는 것일 거다.

휠체어에 앉아서도 농담을 건넬 줄 아는 100세의 원로 수녀님 눈빛에도, 100인분의 음식을 준비하는 주방 수녀님의 앞치마에도, 내가 이름 붙인 병실 식당 한 모서리의 '누구라도 코너'에서 차를 마시는 젊은 수녀님들의 밝은 목소리에도, 며칠 전에 입회한 일곱 지원자의 풋풋한 모습에도 고운 봄이 웃고 있다. 나도 이분들에게 다가가 새롭게 꽃이 되고 봄이 될 준비를 해야겠다. 내가 옆의 사람들을 좀 더 따스한 마음으로 이해하고 배려할 수 있을 때 나의 봄은 비로소 고운 빛을 낼 것이다. 상대방이 나에게 해주었으면 하고 바라는 것을 내가 먼저 실천할 수 있는 겸손과 용기를 지닐 때 나는 한 송이 아름다운 꽃으로 피어나는 것이리라. 더 깊이 기도하라고 더 많이 사랑하라고 나를 재촉하는 3월의 바람 속에 나는 기도의 꽃 마음으로 이렇게 읊어본다.

세상 사람들이

갈수록

더 예쁘고 사랑스럽다

처음 보아도

낯설지 않다

내 안에 숨어 있는

천사가 날마다 새롭게

부활하나 보다

자기가 가장 못난 죄인이라고

우는 사람도 예쁘고

자기 혼자 의인인 듯

잘난 체하는 사람도

조금 어리석어 보이지만

밉지는 않다

그래서 나는

모습도 사연도 다양한

세상 사람 모두를

애인으로 삼기로 했다

갑자기 애인이 많아지니

황홀하다

(……)

– 이해인, 〈애인 만들기〉 중에서

우정의 꽃을 가꾸는 열 가지 비결

올 한 해도 나는 많은 사람을 공적으로, 사적으로 만났습니다. 어느 병원 특강에서 만나 자신이 지휘한 음악 시디를 내게 건네주던 분(암 투병 중이던)의 안부가 문득 궁금해서 알아보니 이미 일 년 전에 세상을 떠났기에 그의 가족에게 때늦은 추모 메시지를 보냈습니다.

오래된 인연을 이어가던 몇 명의 독자가 투병하다 아직 젊은 나이에 죽은 걸 슬퍼하며 그들의 이름을 연락처에서 지우는 오늘, 밖에는 비가 내리니 마음이 더욱 울적합니다.

우울증을 앓다가 결국은 자살로 생을 마감한 지인들도 몇 명 있어 지난날의 편지를 찾아 읽어봅니다. 그들의 생전에 내가 좀 더 충실하게 잘 들어주고 따뜻하게 보살폈다면 적어도 자살을 막을 순 있지 않았을까? 수도자가 사람의 정에 연연해서는 안 된다는 강박관념에 사로잡혀 내가 늘 일정한 거리를 두고 대한 것을 서운히 여기지는 않았을까?

진정 좋은 만남이란, 참된 우정이란 어떤 것일까, 이런저런 생각에 잠겨 있는데 독자들의 카카오톡 메시지가 들어옵니다.

'답답해서 자문합니다. 사람 사이의 관계에서 상대방을 믿지 못하는 저의 모습들로 하루하루가 힘들어서요. 이럴 때는 어떻게 해야 할까요? 소중하게 생각했던 친구도 믿지 못하는 저의 모습이 발견되어 힘든 나날을 보내고 있습니다.'

이런 문자를 보낸 젊은이도 있고 어렵게 들어간 직장이지만 대인 관계가 힘들어 당장 사표를 내고 싶다고 호소하는 내용을 적어 보낸 이도 있습니다. 요즘은 좋은 관계를 유지하기 위한 도움말을 달라는 부탁을 자주 받습니다.

나라고 만족할 만한 답을 주거나 시원한 해결책을 내놓을 수 없다는 걸 잘 알면서도 오늘은 내 나름대로 노력하는 대인 관계의 비결 열 가지를 단편적으로나마 적어볼게요. 이것이 정답은 아니니 그냥 참고만 하시길 바랍니다.

1) 누군가의 소개로 처음 만나는 이들에겐 약간의 긴장감도 지니며, 예의를 갖추고 그가 스스로 말하기 전에는 호기심 가득한 태도로 이것저것 따져 묻지 않습니다(특히 종교나 개인 사정에 대하여

당신의 미소를
좋아해요

는 더욱). 첫 만남이 서먹하지 않고 유쾌할 수 있도록 상대가 좋아
할 만한 관심사를 미리 알아서 이야깃거리를 준비해두는 것도
좋은 방법입니다.

2) 평소에 잘 지내던 이가 나로 인해 서운해하거나 마음 상한 것
을 알아차렸을 적엔 미루지 않고 즉시 용서를 청합니다. 입에 발
린 형식적인 사과가 아니라 진정으로 마음을 다해 미안하다고
말하고 더 잘해주려고 노력하면 금방 마음이 풀어질 것입니다.

3) 아끼던 친구가 나를 오해하여 지나치게 화를 내고 내 쪽에선 억울하게 생각되어 같이 화를 내고 싶을 때라도 (이 때문에 우정에 금이 가는 것을 방지하기 위해서) 마음을 가다듬고 기도하면서 그의 화가 가라앉기를 기다려 자초지종을 설명하는 인내를 배우면 분명 좋은 결과가 오는 것을 보게 됩니다.

4) 대화 중에 상대가 어떤 사실을 틀리게 말하고 그것을 자꾸만 우기더라도 그 자리에서 무안을 주지 않으며 상황을 보아 나중에 넌지시 깨우쳐주도록 합니다. 자신의 실수를 다른 사람들 앞에서 지적당한 것 때문에 자존심 상해하고 친한 벗과도 우정이 깨지는 경우를 보게 됩니다.

5) 평소에도 자주 상대의 이름을 불러주고 장점을 칭찬해주며 사소한 것일지라도 그가 원하는 것을 잘 기억했다가 해결할 수 있도록 도와줍니다.

6) 대화를 이어갈 적엔 늘 겸손한 말씨를 사용하는 게 바람직하며 상대가 이야기할 때는 "그랬어요? 저런! 좋았겠어요. 힘들었겠군요" 등등 내용에 알맞은 맞장구를 맛있는 조미료처럼 잘 칠 수 있도록 마음의 귀를 예민하게 열어둡니다.

7) 친지에게 기쁜 일이 생겼을 땐 그와 어떤 모양으로든지 함께한다는 뜻으로 축하의 마음(편지, 전화로)을 전하도록 합니다.

8) 상대가 자신의 아프고 힘든 이야기를 할 때 건성으로 듣지 않

도록 최선의 정성을 다하고 '무엇을 어떻게 도울 수 있을까?' 구체적인 그림을 그려보고 실천합니다.

9) 친한 관계일수록 함부로 대하거나 말하지 않고 존경과 진심으로 행동합니다. 특히 농담이라는 핑계로 상대방이 스스로 약점으로 여기는 외모, 성격, 학벌, 배경 등을 경솔하게 언급하지 않도록 합니다.

10) 누구를 만나든지 남을 험담하거나 흉을 보지 않도록 깨어 있어야 합니다. 안 좋은 말일수록 돌고 돌아서 반드시 본인의 귀에 들어가게 되니까요. 검증되지 않은 헛소문, 유언비어 등 떠돌아다니는 말들을 주고받느라 시간을 낭비하지 않도록 노력해야 합니다.

최근에 읽었던 책이나 좋았던 만남에 대한 소감, 여행 이야기, 세계가 함께 근심하는 공통적인 관심사나 기도해야 할 여러 가지 항목 등 좀 더 건설적인 대화를 할 수 있는 우리가 되어야겠습니다.

이 부족한 나의 리스트에 여러분 자신만의 구체적인 비결도 덧붙여서 더 아름다운 우정의 꽃을 물주고 가꾸어가는 삶의 기쁨을 누리시길 기도합니다.

사람꽃도 저마다의 꽃술이 있다

오래전 내가 젊은이들 모임을 주관하던 시절에는 별다른 자료가 많지 않았다. 그룹을 나누고 모임을 진행할 때면 내 나름대로 이런저런 아이디어를 짜내곤 하였다. 예를 들면 화분 하나를 가운데 놓고 여럿이 둘러앉아 꽃잎, 잎사귀, 줄기, 뿌리, 꽃받침, 화분 등 각자 마음에 드는 부분을 마음으로 선택한 뒤 왜 그것을 선택했는지 이야기를 나누는 식이다. 그러다 보면 각자 다른 생각에서 오는 인생관과 통찰력을 함께 공유하는 기쁨이 있어 좋았다. 그때만 해도 나는 꽃잎 안에 있는 꽃술의 존재에는 별로 눈길을 주지 않았는데, 요즘은 부쩍 꽃술에 관심이 간다. 그래서 정원에 나가서 서툰 솜씨로나마 여러 종류의 꽃을 찾아 꽃술 사진을 찍고 있다.

필리핀에서 공부하던 시절, 식물학 시간에 꽃술을 그려 담당 교수님께 정교하고 아름답게 잘 그렸다는 칭찬을 들은 일이 있다. 내가 특별히 그림에 소질이 있어서라기보다 꽃술의 신비한 모양에 매료되어 정성을 다하였기 때문이었으리라. 기념으로 간직하고 싶어 내가 그린 도감을 달라고 청했으나 교수님은 견본으로 쓰겠다며 다시 돌려주질 않았다.

접시꽃이나 나리꽃처럼 꽃술 모양이 밖으로 돌출된 것은 화려해 보이고 치자꽃이나 민들레꽃처럼 납작하게 달라붙어 있는 것은 안정감이 있어 보인다. 영산홍이나 옥잠화처럼 꽃술이 가느다란 것은 섬세해 보이며, 초롱꽃과 둥굴레처럼 고개를 숙여야만 볼 수 있는 꽃술은 겸손해 보인다. 백일홍이나 해바라기 꽃술은 둥글게 원을 그리며 촘촘히 붙어 있어서 친밀하고 다정한 결속력이 있어 보이고 얼레지나 달개비꽃(닭의장풀)은 꽃잎보다 오히려 꽃술이 더 매혹적으로 다가온다.

날마다 꽃밭에 나가 꽃술을 보며 묵상하는 시간이 얼마나 소중하고 행복한지 모른다. 마침 주변에서 일어나는 어떤 일로 내적 어둠과 갈등을 겪으며 우울해 있던 나에게 '꽃술 순례'는 큰 위로가 되어줬다. 꽃들 안에 감추어진 꽃술을 향해 가다가 꿀을 먹는 꿀벌을 만나기도 하고 꽃들의 주변을 맴도는 나비나 새를 만나 이야기도 하면서 산책하니 모든 근심 걱정이 사라지는 것 같았다.

공동체에서 함께 사는 이들의 겉모습이 하나의 꽃이라면 겉만 보고 잘 알 수 없는 그들의 내면이 꽃술이 아닐까 생각해본다. 다양한 모습을 한 여러 꽃이 저마다의 다른 꽃술을 지니고 있듯 사람 또한 그러하다. 우리는 누구나 타인을 있는 그 모습으로 존중하고 인정할 때 참된 우정과 평화가 가능하다는 것을 안다. 물론 실제로는 그렇지 못할 적이 많아 인간관계의 어려움을 겪게 되는 것이지만.

어떤 사람은 성격이 급하고 날카로워 보여 다가가기 힘들지만, 그 속을 잘 들여다보면 누구도 따를 수 없는 지혜와 분별력의 예리한 꽃술이 자리 잡고 있다. 그 꽃술은 복잡한 상황을 단번에 정리해주는 명쾌함이 있다. 어떤 사람은 매우 느리고 답답해 보이지만 알고 보면 모든 이를 차별 없이 감싸 안는 포근한 사랑의 꽃술로 위로를 준다. 어떤 사람은 덜렁대고 말이 많아 보여도 그것은 부분적일 뿐, 항상 주위를 밝고 환하게 만드는 명랑함의 꽃술로 기쁨을 준다. 또 어떤 사람은 무뚝뚝하고 재미없어 보이지만 사실은 누구보다 깊고 어진 심성을 지니고 있어 신뢰를 주며, 어떤 일이 닥치면 희생과 책임감의 꽃술로 의리를 지킨다.

그러니 나와 다른 여러 사람을 사랑하지 않을 이유는 없다. 숨어 있어 못 보았던 그들의 장점과 특성을 잘 발견해 기쁨을 누리기만 하면 된다. 매일매일 다시 걷는 삶의 길 위에서 오늘도 나는

기다리는 행복

함께 생활하는 사람꽃들, 나의 도반인 꽃들에게 밝고 맑은 동심을 새롭게 꽃피우며 이렇게 말을 건네고 싶다.

너는 꽃이니?

나도 꽃이야

너는 나랑

다르게 생겼지만

참 예쁘구나

나비나 꿀벌이 오면

너도 기쁘니?

바람이 불면

무슨 생각하니?

달 뜨고 별 뜨면

무슨 생각하니?

나하고 친구하자

서로의 다름도 기뻐하면서

살아 있는 모든 날을

더 예쁘게 사랑하자, 우리

— 이해인, 〈꽃이 되는 기쁨〉 전문

3

고해소에서

수련 수녀 시절(1967)

고해성사

신부님
다시 용서하십시오

늘 겉도는 말로
죄 아닌 죄를 고백하는
저의 위선을
용서하십시오

그래도
저는 착하다고
깨끗하다고
믿어왔지만

이 안에 들어오면
앞이 캄캄해집니다

올리베따노 성 베네딕도 수녀원에서

이 순간이 마지막이라 여기고
잘못을 고백할 수 있는
용기를 구합니다
죄를 고백하는 부끄러움을
사랑할 수 있는 겸손을 구합니다

오늘도 어둠 속에서
얼굴을 붉히는 제게
신부님
당신의 사죄경은
위로가 됩니다

채 표현이 안 된
제 마음속 깊은 죄도
용서해주십시오

같은 잘못
반복 안 하고 살도록
강복해주십시오, 주님

아름다운 마무리

　며칠간 먼 나라에 다녀왔더니 그동안 여독이 많이 쌓여서인지 잠이 계속 쏟아진다.

　'잠자는 이들과 죽은 이들이 어쩌면 그렇게 서로 같은지! 죽음은 그 날짜가 알려지지 않았도다!'

　《길가메시 서사시》의 한 구절도 떠올리면서, 영영 깨어나지 못하고 긴 잠을 자는 것이 곧 죽음임을 생각한다.

　그래서 매일 잠에서 깨어나는 순간마다 죽지 않고 살아 있음을 새롭게 경탄하곤 한다.

　'내가 사랑하는 한 사람의 죽음을 / 아직 다 슬퍼하기도 전에 / 또 한 사람의 죽음이 / 슬픔 위에 포개져 / 나는 할 말을 잃네 / 이젠 울 수도 없네 // 갈수록 쌓여가는 슬픔을 / 어쩌지 못해 /

삶은 자꾸 무거워지고 / 이 세상에서 사라진 / 사랑하는 이들 //
세월이 가도 / 문득문득 / 그리움으로 살아오는 하얀 슬픔이 /
그래도 조그만 기쁨인가 / 나를 위로하네(이해인, 〈슬픈 노래〉 전문)'
라고 고백할 만큼 요즘은 눈만 뜨면 안으로 밖으로 수많은 부음
을 듣게 된다. 얼마 전까지만 해도 같이 웃고 밥을 먹고 이야기를
나누던 동료가 무덤 속에 있는 것이 믿기질 않아 울먹이는 순간
도 부쩍 많아졌다. 여러 사람을 저세상으로 보내고 나서 나 역시
이것저것 물건 정리를 해보고 가상 유언장도 적어보며 아직은
오지 않은 '상상 속의 죽음'으로 이별 연습도 미리 해보지만 어떤
모습으로 나의 삶이 마무리될지는 정말 알 수 없는 일이다.

　내가 평소에 이상적으로 써놓은 글이나 말과 다르게 마무리
가 되면 어쩌나 문득 두렵고 걱정이 된 적도 있지만 그래도 일단
은 여태껏 행복하게 살았듯이 행복하게 떠나고 싶다. 죽기 전에
수도자로서의 어떤 바람이 있다면 하느님을 향한 나의 수직적인
사랑과 이웃을 향한 나의 수평적인 사랑이 잘 조화를 이루어 '세
상에 사는 동안 그래도 사랑의 심부름을 잘하였다'는 말을 듣고
싶은 것이다.
　그 누구도 함부로 겉모습만 보고 판단하지 않는 아량과 아픈
중에도 밝은 표정을 지닐 수 있는 믿음과 좋은 일에서도 궂은일

에도 감사를 발견할 수 있는 지혜를 구하며 매일을 살고 싶다.

어느 날 고통에 겨워 비록 말을 할 수 없는 상태가 되어도 온몸으로 '주님은 자비를 베푸소서!'라고 겸손하게 고백하리라. "일생 동안 사랑하고 사랑받아 행복했습니다. 부족한 저를 많이 참아주셔서 고맙습니다"라고 나의 지인들과 수도공동체에 말하리라. 비록 이것저것 깔끔하게 내가 정리를 다하지 못한 상태에서 세상을 떠난다 해도 어머니 공동체는 나를 흉보거나 비난하기보다는 넉넉하고 고요한 미소와 사랑으로 감싸줄 거라 믿으니 벌써 든든한 마음이다.

혹시 작가로서 죽기 전에 하고 싶은 일이 무엇인가 묻는다면 무어라고 답할까. 나에게 그만한 능력이 있다고 믿진 않지만 그래도 가능하다면 아름다운 동화를 꼭 한 편 쓰고 싶기는 하다. 어른을 위한 동화를 많이 쓴 고(故) 정채봉 님의《멀리 가는 향기》나 정호승 시인의《항아리》, 그리고 요즘 부쩍 많이 읽히는 황선미 작가의《마당을 나온 암탉》같은 동화를 읽으면 얼마나 삶이 더 아름다운지! 얼마나 마음이 더 애틋하고 따스해지는지! 생생하고 감동적인 동화를 빚어내는 이들에게 늘 부러움을 느낀다.

그동안 나의 글들을 아끼고 사랑해준 많은 독자에게 일일이 감

기다리는 행복

사의 편지를 쓰진 못하더라도 두고두고 선물이 될 수 있는 한 편의 멋진 시를 쓸 수 있기를 기대해볼까. 아니면 서툰 솜씨로나마 산과 바다와 흰구름이 있는 한 폭의 수채화를 남겨놓을까. 꼭 글이나 그림으로 작품을 남기진 못하더라도 나의 삶이 한 편의 시가 되고 그림이 될 수 있도록 순간순간을 더 성실하고 겸손하게, 더 단순하고 투명하게 내 남은 날들을 채우고 싶다. 경영 일선에서 물러난 스티브 잡스가 스탠퍼드대 졸업식에서 한 말을 나는 늘 기억하고 있다. "곧 죽을지도 모른다는 사실을 명심하는 게 인생의 고비마다 중요한 결정을 내리는 데 큰 도움이 된다"라는 그 말을.

곧 한가위를 앞두고 내일은 내 어머니 기일이기도 하여 형제들과 같이 산소에 가서 삶의 유한성을 좀 더 깊이 생각하고 오리라. 어느 날의 내 죽음도 미리 묵상하면서 다음과 같은 시편 노래를 부르리라.

'천년도 당신 눈에는 지나간 어제 같고 한 토막 밤과도 비슷하나이다……'

힘을 빼는 겸손함으로

＊＊ 우리 수녀원의 미사나 기도 시간에 참석했던 손님들이 제일 많이 하는 말 중의 하나는 인원이 많은데 어찌 그리 한목소리로 부드럽고 고운 음을 내느냐는 것이다. "100명도 넘는 이들의 노래나 기도의 목소리가 어찌 그렇게 한 사람이 하는 것 같은지요? 정말 신기합니다. 방해가 될까 봐 우리는 도무지 입을 열 수가 없더라고요"라고 한다.

＊＊ 세상에 사는 동안 제일 힘든 것 중의 하나가 힘을 빼는 일인 것 같다. 최근에는 치과에서 치료를 받으면서 매번 힘이 들어가 나도 모르게 몸이 뻣뻣해지니 제발 좀 힘을 빼고 편하게 있으라는 말을 자주 듣곤 한다.

음반을 내기 위한 시 낭송 작업을 할 때, 어느 다큐멘터리 영화

in a modest way

에서 내레이션 작업을 할 때 나는 나름대로 최선을 다해 정성껏 잘 읽는다고 해도 좀 더 힘을 빼고 자연스럽게 하라는 충고를 연출자로부터 여러 번 들어야 했다.

몇 년 전엔 방사선 종양내과에 다니며 수십 번의 치료를 받은 일이 있는데 암 환자는 곧장 치료에 들어가지 않고 얼마간 별도의 방에 들어가 방사선을 쏘이는 인체의 부위에 따라 힘을 빼는 연습을 시키는 것이었다. 난생처음 침대에 엎디어서 힘을 빼는 연습을 하는데 생각처럼 쉽질 않았다.

"힘을 빼라는데 수녀님은 반대로 자꾸 더 힘을 더 주고 계세요. 힘을 빼야만 빛을 잘 쪼일 수가 있어요."

매번 이렇게 지적을 당하는 일이 나는 부끄럽기만 했다. 그 이후로 방사선을 쪼이는 시간 자체는 길지 않았으나 치료 이전에 힘 빼는 일이 잘되기 위해 긴장했던 기억이 지금도 새롭다.

나의 긴장을 풀어주려고 기사들은 자주 농담도 하고 기대 이상의 친절을 베풀어주어 치료 마지막 날에는 맛있는 찹쌀떡을 진료실 모든 이가 먹도록 준비해 간 즐거운 추억도 있다.

＊＊ 눈을 들어 나날이 키가 크는 나무들을 올려다본다. 바람 속에 미소를 날리는 초여름의 꽃들을 바라본다. 저들은 어찌 그리 부드럽고 유연한지! 모진 비바람을 견뎌내고도 어찌 그리 아름

기다리는 행복

다울 수 있는지!

사람이 이 세상을 떠날 때가 되면 육체적 정신적 힘을 저절로 다 빼게 되는데 아직 살아 있는 동안은 마음먹고 연습을 해야만 될 만큼 힘을 빼는 겸손이 쉽질 않은가 보다.

** 여름이 되면 너도나도 어디론가 떠나는 휴가 계획을 세운다. 휴가는 잘 쉬고 나서 다시 일상의 자리로 돌아가 더 성실하게 더 감사하게 더 기쁘게 살기 위한 충전의 시간을 갖는 일일 것이다.

휴가 동안에 우리는 너무 바쁘게 경직되게 힘주고 살던 시간을 찬찬히 돌아보며 조금씩 힘을 빼는 연습을 해야 하리라.

** 첫 서원 49주년을 맞는 뜻깊은 올해 나도 동기 수녀들과 아름답고 정겨운 휴가 계획을 세워볼까 한다. 첫 서원을 열네 명이 했고 종신서원은 열한 명이 했으니 그래도 다른 팀에 비교하면 수가 많은 편이다. 열한 명 중 어딘가 몸이 병들지 않은 사람은 단 한 사람도 없을 만큼 이제는 병원 출입도 잦고 팔팔하던 젊은 날에 비교하면 볼품없이 초췌한 모습을 하고 있지만 그런 모습이 내겐 더 존경스럽고 아름답게 보인다.

젊은 날 힘이 넘쳐 별것도 아닌 일에 종종 다투고 마찰을 빚기도 했던 우리지만 지금은 그냥 바라보는 눈빛만으로도 서로를 격려하고 응원하는 이심전심의 동료이며 애인들이다.

오늘도 힘을 빼는 겸손을 잘 실습하는 지혜를 구하며 내가 만든 이 기도문을 외워본다.

주님, 오늘 하루도 제가 힘을 빼는 겸손으로

기쁜 하루가 되게 해주소서.

힘을 빼는 일이 생각보다 어려움을 날마다 새롭게 경험하기에

제겐 당신의 도움이 필요합니다.

누구보다 먼저 사랑하고 배려하는 일에만 힘을 쓰고

그 외에는 힘을 빼게 해주소서.

교만에서 겸손으로, 고집에서 온유로, 이기심에서 이타심으로

자신을 내려놓을 수 있도록 도움의 은총 베풀어주소서.

제가 살아 있는 동안 이 연습을 잘해서

어느 날 온전한 봉헌자로 지복의 나라에

도달할 수 있는 행복을 허락해주소서.

아멘.

기다리는 행복

다시 새해를 맞아

묵은해를 보내고 새해를 맞는 제 마음에도
희망의 둥근 해가 떠오르게 하소서.
처음으로 말을 배우는 어린이처럼 맑고 밝은 동심,
신기하고 놀라운 동심을 찾아 또 한 해의 길을 떠날 수 있게 해
주십시오.

새해에는 좀 더 넓은 기도를 바칠 수 있도록 노력하겠습니다.
평생을 기도해오면서도 저의 기도는 너무도 안일하고 피상적이
며 자기중심적인 것이었음이 오늘도 새삼 부끄럽습니다.
이 세상에서 일어나는 일들에 좀 더 구체적인 관심을 갖고
다른 사람의 필요에 눈을 크게 뜨는 가운데
기도의 범위와 폭을 조금씩 넓혀가겠습니다.

새해에는 좀 더 깊게 사랑하는 사람이 되도록 노력하겠습니다.
공동체 안에서 늘 함께 사는 이들을 향한 마음과
나의 도움을 필요로 하는 친지들을 향한 마음이
의무 이상의 것으로 좀 더 따뜻하게 깊어질 수 있도록
주의를 기울이며 주어진 상황과 순간들에
마음을 다해 깨어 사는 연습을 하겠습니다.

새해에는 좀 더 평화의 일꾼이 되는 노력을 하겠습니다.
평화에 대해서 말만 많이 할 것이 아니라
진정한 평화의 일꾼이 될 수 있도록 애쓰겠습니다.
이웃과의 관계 안에서 평화의 다리 역할을 하고
그러기 위하여 좀 더 온유하고 겸손한 덕을 키워가겠습니다.

새해에는 좀 더 절제하고 인내하는 노력을 하겠습니다.
늘 성급한 결정으로 일을 그르치고
다른 사람에 대한 참을성이 부족해서
관계가 어긋나는 잘못을 되풀이하지 않도록
사소한 일로 화를 내지 않으며
최선을 다해 인내하는 수련을 계속하겠습니다.

기다리는 행복

새해에는 좀 더 밝고 긍정적인 말을 하도록 노력하겠습니다.

매일의 삶이 기쁨으로 빛나려면

언어생활부터 밝게 변화시켜야 합니다.

남을 무시하고 비하하는 부정적인 말이나 헐뜯는 말 대신

남을 위로하고 배려하며 격려하는 긍정적인 말을

꾸준히 하다 보면

어느새 내면에 기쁨의 환한 불이 켜지는 것을

경험하게 될 것입니다.

새해에는 아픔을 요란히 떠벌리지 않고

조용히 봉헌하는 노력을 하겠습니다.

몸과 마음이 너무 아파 밤을 지새운 날들,

울지도 못하고 내내 신음만 하다

시간을 보낸 날들이 많았습니다.

남들은 알지 못하는 자신의 아픔을 원망도 해보고

다른 이에게 푸념도 해보았으나 나아진 것 없이

오히려 더 아쉽고 허전하기만 했지요.

그것이 마음의 아픔이든 몸의 아픔이든

고요하고 겸손하게 받아 안아

잘 다스리고 정화시켜서

앞으로의 삶에 선과 유익이 되도록 하겠습니다.

새해에는 좀 더 기뻐하고 감사하는 사람이 되도록
노력하겠습니다.
자신에게 힘든 일이 있다고 내내 침울하고 어두운 표정으로
주위 사람들까지 우울하게 만드는 일은 없도록 해야겠습니다.
기쁘게 하루를 시작하고 감사로 마무리할 수 있도록
얼굴에는 웃음을 마음에는 기도를 담고
하루 한순간을 마지막인 듯이 살 수 있게 하소서.

우리 모두 새해에는
사랑으로 흐르는 것 외엔
달리 할 일이 없는
새로움의 강이 되게 하소서.
복잡한 세상의 논리를
단순한 사랑의 진리로 덮으며
쉼 없이 흘러가는
용서와 온유의 강이 되게 하소서.
우리가 사랑으로 시작하는 모든 날은
언제라도 새날 새 아침인 것을

기다리는 행복

다시 알게 해주시는 새해 첫날의 하느님,

아침의 사람으로 먼 길을 가야 할 우리 모두

다시 시작하는 기쁨으로

다시 살게 하십시오.

묵주기도의 향기

현재 암으로 투병 중인 내게 주위 친지들이 바쳐준 묵주기도의 향기를 느끼고 있는 나는 그 덕분으로 오늘까지 살아오는 게 아닐까 하는 생각을 자주 하게 된다.

더러는 나에게 표현을 해서 알지만, 표현 안 하고도 묵주기도를 하면서 나의 쾌유를 빌어준 이들을 생각하면 눈물이 난다. 어떤 교우는 나의 쾌유를 빌며 삼만 단 이상 바치고 있다고 문자를 보내주고, 레지오 마리애 단원들의 공동 묵주기도 소식도 전해줘 나를 거듭 감동하게 한다.

성당 안에서 기도하는 묵주 외에 침상용 묵주, 주머니 안의 묵주, 여행용 묵주, 성모상에 멋으로 살짝 걸어둔 묵주, 그리고 세례받을 이에게 선물하기 위해 모아둔 묵주까지 다 합하면 나는 수십 개나 되는 묵주를 지닌 묵주 부자다.

산책하면서 또는 잠들기 전에 침상에서 묵주기도를 바칠 때면 나는 성모님께 늘 죄송한 마음이 들곤 한다. 이런저런 분심을 떨치지 못한 채로 기도를 계속하기 때문이다. 그래도 기도하는 것 자체를 하늘 엄마는 어여삐 여겨주시겠지 생각하면 작은 위로가 되기도 하지만.

내가 묵주기도를 가장 분심 없이 간절하게 바친 것은 여고 시절 경주 김유신 장군 묘소에서 열린 제2회 신라문화제 전국고등학생 백일장에 나갔을 때였다. 경주 어느 성당에 들어가 얼마나 열심히 구체적으로 기도했는지! 이기적인 욕심이지만 겸손을 다해 나는 간청했다.

'성모님, 저 자신을 위해서가 아니라 저를 대표로 내보낸 학교의 명예와 선생님들을 기쁘게 하려고 1등까진 바라지 않으니 장려상이라도 받길 바랍니다. 오늘 백일장에서 주어지는 제목이 제가 쓰기 쉬운 것으로 나오게 해주세요. 이 기도가 이뤄지면 앞으로 더욱 당신을 섬기는 일에 충실하겠습니다……'

그때 심사위원장은 유치환 시인이었는데, 전국에서 모여온 수백 명의 남녀 예비 시인 중에 내가 〈산맥〉이란 제목의 시로 장원을 한 것이 기적처럼 여겨졌고, 나는 성모님이 내 기도를 들어주셨다고 확신했다.

하루라도 묵주기도를 바치지 못한 날은 무언가 허전하고 아름다운 의무를 다하지 못한 죄책감을 느끼기도 한다. 그동안 나는 빛깔도 모양도 예쁜 묵주를 선호했는데, 이제는 그냥 단순한 모양의 나무 묵주가 좋다. 임종한 수녀님들이 수도복을 입고 온전한 침묵으로 누워 있을 때도 손에 걸린 나무 묵주는 슬픔 중에도 애틋하게 아름다웠다.

얼마 전 나는 성지순례 가는 지인에게 부탁해 단마다 베네딕도 성패가 붙어 있는 나무 묵주를 하나 구해서 요즘은 그 묵주를 길들이고 있다. 환희, 고통, 부활, 빛의 신비 등 매번 신비를 바꿔서 묵상할 수 있고 단마다 무언가를 위해 누군가를 위해 특정한 지향을 하고 기도할 수 있는 묵주기도야말로 얼마나 폭넓고 멋진 기도인가. 묵주기도가 없는 세상은 얼마나 삭막한가.

누가 내게 '수녀님을 위해 묵주기도 한 꿰미 바칠게요' 하는 말을 들으면 갑자기 든든하고 행복한 마음이 된다. 나도 다른 이에게 묵주기도 한다는 약속을 많이 하고도 다 채우지 못한 부분이 있을 것이어서 때론 몹시 걱정되지만, 이런 조바심마저 성모님께 봉헌하기로 한다.

아주 오래전 마음으로 힘든 시기에 묵주기도를 바치고 잠들면 성모님이 우리 수도원 복도에서 나에게 손짓하는 꿈을 꾸기도 했다. 꼭 한번 체험한 그 느낌이 하도 감미로워서 늘 잊지 못하고 있다. 부산 광안리 바닷가 수녀원에서 세상 사람 모두를 사랑하는 마음으로 오늘도 묵주기도를 바칠 수 있음이 감사하고 행복하다.

수도원의 종소리를 들으며

맑은 종소리에

풀잎도 크는

수녀원 안뜰에서

생각하는 새

이슬 내린 잔디밭

남몰래 산책하다

고운 님 보고 싶어

애태우는 맘

찔레꽃 하얗게

울음 토하는

기다리는 행복

생각의 뒷산으로

가고 싶은 새

맑은 종소리에

나무도 크는

수녀원 언덕 위에

앉아 있는 새

시 한 줄 읊고 싶어

눈을 감는다

아득한 하늘로

치솟고 싶어

명주 올 꿈을 향처럼

피워올린다

맑은 종소리에

마음이 크는

수녀원 못가에서

깃을 접는 새

새벽마다

해와 함께

바다를 품는다

- 이해인, 〈맑은 종소리에〉 전문

2014년은 내가 수녀원에 입회한 지 꼭 50년이 되는 뜻깊은 해
였다. 시에 등장하는 새처럼 나 역시 삶에 대한 감사와 그리움을

시로 기도로 노래하며 키가 크고 마음이 컸다. 4년 후인 2018년 5월은 내가 수도자로 첫 서원을 한 지 50주년이 되는 해인데 "우리 모두 그때까지 살 수 있을까? 수녀님은 지금 암에 걸렸지만, 우리랑 같이 금경축은 하고 죽어야 해요" 옆의 동기 수녀들이 걱정스레 웃으며 말한 것이 벌써 6년 전이다. 이만큼 오래 살다 보니 이젠 수도복도 매우 낡아서 기워야 하고 오른손에 끼워져 있는 종신서원 반지도 너무 닳아서 얇아졌다. 낡은 것, 헌것도 결국은 모두가 다 세월이 준 아름다운 선물임을 감사하지 않을 수 없다. 내가 학생 때 처음 만난 수녀님들 중엔 이미 저세상으로 떠난 분들이 많고 바로 며칠 전에도 〈나의 기쁨〉이란 시를 애송하던 수녀님 한 분이 돌아가셨다. "오늘도 창문을 열고 '기쁨!' 하고 불러봅니다. 따뜻하고 고요한 눈길로 걸어오는 기쁨을 데리고 당신께 가겠습니다"라는 구절을 화살기도처럼 외운다고 하신 김지순 도미니카 수녀님의 마지막 미소는 한 편의 시와 같이 고요하고 평화로웠다.

성당 바로 옆의 느티나무를 좋아하고 나의 글방 옆에 서 있는 살구나무를 좋아하며 사계절 내내 피어나는 정원의 다양한 꽃들의 이름을 불러주고 함께 사는 이들에게 새롭게 정들이면서 살아오는 나. 오늘도 종탑이 잘 보이는 언덕길에서 두 손 모으고 종소리를 듣는다.

어느 수도원이나 마찬가지일 테지만 우리 집에서도 아침 점심 저녁 하루에 세 번은 삼종기도를 위한 큰 종을 치고 아침기도 낮기도 저녁기도 끝기도를 위한 작은 종을 매 기도 시간 5분 전에 친다.

식당에서 밥을 먹으며 공동 독서를 듣다가 이야기해도 좋다는 신호로, 성당에서 퇴장하는 신호로, 중요한 공지가 있다는 신호로 원장 수녀가 종을 치곤 한다. 이승에서의 수도 여정을 마치고 어느 수녀가 임종했을 때에는 수련수녀가 성당 앞에서 아주 오랫동안 특별한 모양의 징으로 천천히 서른세 번의 조종을 친다.

종소리와 더불어 살아온 나의 반세기. 청빈과 정결과 순명의 수도서원을 살게 해준 사랑의 종소리. 하느님이 나를 부르는 목소리. 내가 예비 수녀 시절 한번은 저녁 식사 후 공동 작업(풀 뽑기)을 하다가 옆의 자매 이야기에 몰두하느라 종소리를 미처 듣지 못해 끝기도 시간에 늦게 들어간 일이 있었다. 관습대로 용서를 청했는데 지도 수녀님이 우리를 전체 수업 시간에 반성문까지 읽히며 어찌나 크게 혼을 내시던지 두고두고 잊히지 않는다. 꼭 그 일 때문만은 아니지만, 함께 혼났던 선배는 그 이후 수녀원을 떠나게 되었고 서로 종종 소식을 주고받기도 하였는데 얼마 전 지병으로 세상을 떠났다는 슬픈 소식을 들었다.

지난 반세기를 한결같은 마음으로 수도원의 종소리에 순명하며 살 수 있도록 내게 도움을 준 많은 이들을 기억한다. 지금은 고인이 되셨으나 참으로 신심이 깊으셨던 내 어머니의 희생 어린 기도와 영성적인 편지들, 병약한 몸으로도 기도에는 무릇 희생이 따라야 한다며 봉쇄 수도원인 가르멜 수녀원에서 늘 마음으로 함께해주었던 언니 수녀님, 그 밖의 가족, 친지, 독자들 그리고 가끔은 쓴소리도 해가며 옆에서 힘이 되어주는 동기 수녀들은 혈친 못지않은 든든한 도반이고 정겨운 자매들이다.

　항상 큰 단체 안에서 살다 보니 몸과 마음이 지치고 힘들 때는 종소리 없는 데 가서 얼마간 자유롭게 살아보았으면 좋겠다는 바람을 가진 적도 있었으나 막상 종소리 없는 곳으로 가서 머물게 되면 즉시 그리워하게 되는 게 신기하다. 몸은 다른 곳에 있는데도 공동 기도 시간이 되면 수도원의 종소리와 수녀들의 기도 소리가 저절로 환청으로 들리곤 한다. 아마도 밖에서 산 세월보다 여기서 산 세월이 더 길다 보니 그런 것이기도 할 테지만 수도원의 종소리는 나의 삶을 길들이는 '지킴이'고 '수련장'이며 졸지 않고 깨어 살게 재촉하는 '죽비' 역할을 해온 것이기에 그를 떠나면 이내 걱정이 되고 불안하도록 그리워지는 것이리라. 좀 더 선해지고 좀 더 진실해지고 좀 더 아름다워지라고 오늘도 종소리는 처음의 사랑으로 나를 부르고 있으니 행복하다. 오늘도 거룩함에 대한 열망을 새롭게 하며 높은 종탑을 올려다보는데 하얀 나비 두 마리가 가벼운 수호천사처럼 나풀거리며 나를 향해 날아오니 마치 내가 한 송이 꽃이라도 된 듯 황홀하다.

　언젠가 내가 죽어 어느 수녀가 엄숙하게 조종을 치는 그 순간까지 나는 지금 여기의 수도 여정에서 종소리를 더 잘 듣는 수도자로 살아야겠다고 다시 한번 겸허하게 다짐해본다.

　항상 들어도
　항상 새로운
　당신의 첫 소리

　방황하며
　지친 내 영혼
　울다 울다 쓰러져
　다시 들으며
　나를 찾네

　멀리 있고
　높이 있어도

늘 가깝고

귀에 익은

그리움의 힘이여

죽어도 잊을 수 없고

절망 속에도

쉽게 떠날 수 없는

처음의 사랑이여

– 이해인, 〈종소리〉 전문

순례자의 영성

저무는 11월에

한 장 낙엽이 바람에 업혀 가듯

그렇게 조용히 떠나가게 하소서

(······)

한 점 흰구름 하늘에 실려 가듯

그렇게 조용히

당신을 향해 흘러가게 하소서

죽은 이를 땅에 묻고 와서도

노래할 수 있는 계절

차가운 두 손으로

촛불을 켜게 하소서

기다리는 행복

해 저문 가을 들녘에

말없이 누워 있는 볏단처럼

죽어서야 다시 사는

영원의 의미를 깨우치게 하소서

— 이해인, 〈순례자의 기도〉 중에서

세상 떠난 이들을 위해 공동체가 함께 기도하는 위령의 달, 위령의 날을 나는 좋아합니다.

우리 수녀님들이나 친지들이 긴 잠을 자고 있는 무덤가에 서면 마음이 절로 차분하고 온유해지기 때문입니다. 먼저 떠난 분들에 대한 그리움에 잠시 슬퍼지다가도 그들이 보내오는 무언의 메시지에 정신이 번쩍 들곤 합니다. 지난해와 올해만 해도 여러 명의 수녀님이 세상을 떠났는데 어떤 분은 매장하고, 어떤 분은 화장해서 수녀원 묘지에 모셔옵니다. 비록 육신은 떠났으나 그들이 너무도 생생히 꿈에 보이거나 바로 곁에 있는 것처럼 기도 속에 떠오를 때면, 허무를 넘어선 사랑의 현존으로 행복을 맛보기도 합니다. 오래전 수도공동체의 수련장이었던 노수녀님을 동료 수녀와 같이 병간호하러 가서 환자 수녀님과 성가도 부르고 배도 깎아 먹으며 즐거운 시간을 보냈는데, 다음 날 새벽 수녀님은 갑자기 살짝 주무시듯이 고요하게 선종하셨습니다. 너무 당황한 나머지 함께 지켜보던 동료 수녀는 떠나는 수녀님을 향해 "아주 가시는 건가요? 그럼 안녕히 가세요!"라고 마지막 인사를 하는데 그 인사말이 어쩌나 간절하고 인상적이던지! 잠시 출장을 가거나 지상 소임을 마치고 저쪽 세상으로 이사 가는 이에게 건네는 이별 인사로 여겨져서 슬픔 중에도 빙긋 웃음이 나왔습니다.

사랑하는 이들이 먼저 떠나가서 친숙하기도 하지만, 또 한편은 가보지 않은 세상이기에 두렵고 낯설기도 한 죽음을 깊이 묵상하는 11월, 우리는 그 무엇에도 그 누구에게도 매이지 않는 가벼움과 자유로움으로 순례자의 영성을 살면 좋겠습니다. 적어도 하루에 한 번 아직은 오지 않은 자신의 죽음을 잠시라도 묵상하는 것은 오늘의 삶을 더 충실하게 가꾸는 촉매제가 되어줍니다.

"주님, 이 밤을 편히 쉬게 하시고 거룩한 죽음을 맞게 하소서."

매일 외우는 끝기도의 마무리 구절을 묵상해봅니다. 삶의 여정에서 자존심 상하고 화나는 일이 있을 적마다 언젠가는 들어갈 '상상 속의 관' 속에 잠깐 미리 들어가보는 것, 용서와 화해가 어려울 적마다 십자가 위의 예수님을 바라보며 자신을 겸손히 내려놓는 순례자의 영성을 살아야겠습니다. 자신을 극복하는 작은 죽음을 잘 연습하다 보면 어느 날 주님이 부르실 때, "네!" 하고 떠나는 큰 죽음도 잘 맞이할 수 있으리라 봅니다.

시간을 사랑하는 영성

내가 살아 있기에

새롭게 만나는 시간의 얼굴

오늘도 나와 함께 일어나

초록빛 새옷을 입고

활짝 웃고 있네요

하루를 시작하며

세수하는 나의 얼굴 위에도

아침 인사를 나누는

식구들의 목소리에도

길을 나서는

나의 신발 위에도

시간은 가만히 앉아

어서 사랑하라고 나를 재촉하네요

살아서 나를 따라오는 시간들이

이렇게 가슴 뛰는 선물임을 몰랐네요

– 이해인, 〈시간의 선물〉 전문

얼마 전에 우리 수녀원을 방문한 내 여중 시절의 친구들을 만나니 옛 앨범과 대조해야만 그 모습을 알 수 있을 정도로 많이 변해 있었습니다. 휴양하기 위해 본원에 들어온 환자 수녀들을 만나면, 수십 년 전 건강하고 젊은 날의 모습이 떠올라 마음이 찡해오곤 합니다.

책에서 나의 젊은 시절 사진을 보았던 독자들이 지금의 나를 만나면 그 달라진 모습에 실망감을 표현해서 나를 종종 당황하게 만들기도 합니다. 그러다가 할 말이 없으면 곧잘 이렇게 한마디 덧붙이는데, 비록 체면상 마지못해서 하는 말이라고 해도 나는 그 말이 마음에 듭니다.

"왠지 전보다 가까이 다가갈 수 있는 지금의 수녀님 모습이 더 좋아요."

누구라도 세월이 주는 변화는 막을 수가 없고 이 무게를 선물로 받아 안아야 평화가 찾아옵니다. 거울을 자주 보진 않지만, 얼굴의 주름과 흰머리가 말해주는 나의 노년을 깊이 실감할 때가 있습니다. 성당이나 식당에 앉아 까마득한 후배들을 바라보면 정말 많은 세월이 흘렀음을 느끼곤 합니다. 빨리 가는 시간에 대한 불평과 탄식을 새로 오는 시간에 대한 감사와 기쁨으로 바꾸는 것이야말로 삶의 지혜라고 여겨집니다. 그래서 '대체 시간이 왜 이리도 빨리 가는지!'라고 푸념하고 싶을 때 나는 '가기도 하지만 다시 오는 시간이 얼마나 고마운지!'라고 바꾸어 말해봅니다.

　어느새 인생의 오후를 살고 있긴 하지만 그래서 더욱 새로 오는 시간이 고맙고 소중하고 다시 한번 사랑할 기회를 선물 받은 기쁨에 새삼 설렐 적이 많습니다. 게으름의 늪에 빠져 허우적거릴 때도 없지 않지만, 내게 남아 있는 시간을 알뜰하게 사용하려고 최선을 다하는 노력이 오늘의 나를 지탱해주는 힘입니다.

　일상의 길 위에서 한 번이라도 더 감사하고, 한 번이라도 더 웃고, 한 번이라도 더 용서하는 수련생이 되게 해달라고 기도하며 내게 오는 시간을 새롭게 사랑합니다.

　　나이 들수록 시간은 두려움의 무게로 살아오지만

　　이제 그와는 못할 말이 없다

　　슬픔도 기쁨도 사랑도 미움도

　　그에겐 늘 담담한 목소리로 말할 수 있다……

시간은 날마다 지혜를 쏟아내는 이야기책
그러나 책장을 넘겨야만 읽을 수 있지
살아 있는 동안 읽을 게 너무 많아 나는 행복하다
살아갈수록 시간에겐 고마운 게 무척 많다……

기다리는 행복

평상심의 영성

독서자가 큰 소리로

책 읽는 소리를 들으며

밥을 먹는데

식탁 위의 반찬도

숟가락 젓가락도

나보다 먼저 엎디어

기도를 바치고 있네

침묵 속에 감사하며

엄숙하게 먹는 밥도

수십 년이 되었건만

나는 왜 좀 더

거룩해지지 못할까

밥에게도 미안하네

멀리 바다가 보이고

창가에선 고운 새가 노래하고

나는 환히 웃으며

일상의 순례를 시작하네

– 이해인, 〈수도원의 아침식탁〉 전문

프란치스코 교황이 남긴 트위터(2013년 12월 13일)에 '거룩함은 특별한 것을 행함을 뜻하지 않고, 사랑과 신앙으로 평범한 것을 행함을 뜻합니다'라고 쓰여 있습니다. 나는 그 말씀의 묵상 끝에 "주님, 저의 평범한 일상이 사랑의 지향과 행동 안에서 아름답고 비범한 꽃으로 피어나게 하소서"라고 기도해보았습니다.

수도원에서 어느덧 반세기를 살아왔어도 평범한 비범함에 깃든 영성을 겸손하고 인내롭게, 더구나 사랑을 넣어서 살아내기란 말처럼 쉬운 일이 아닌 것 같습니다. 밥 먹고 청소하고 빨래하고 설거지하는 일, 책을 읽고 글을 쓰고 사람을 만나는 일 등 모든 것을 다 기도하는 마음으로 최선을 다할 때 오는 행복은 단지 거기서만 머무르지 않고, 세상의 아픔에 귀 기울이고 이웃을 배려하고 봉사하는 일을 가능하게 하는 단단한 기초가 되어줍니다.

신앙의 여정에서도 좀 더 특별한 것을 체험하고 싶고, 인간관계 안에서도 좀 더 특별한 대우를 받고 싶고, 문학의 길에서도 좀 더 멋지고 특별하고 싶은 욕심과 허영심이 슬며시 고개를 들어 나를 괴롭힐 적이 있습니다. 그러나 먼저 평범하지 않고서는 특별한 것도 있을 수가 없을 것입니다. 그날이 그날 같은 평범한 일상이 때로는 지루한 사막처럼 여겨지기도 할 테지만, 나를 시간 속에 길들이고 성숙하게 하는 것은 바로 평범함을 견디고 충실하게 사는 것이라고 생각합니다. 지난날을 돌아보면 평범한 길에서 멀리 있어 눈물 흘린 날들도 많았지만 평범함의 행복을 다시 살고 또 노래할 수 있어 행복한 날들입니다. 한결같은 마음, 평소와 같은 마음이 낳아 주는 수수하고도 순수한 평상심시도(平常心是道)의 주인공이 되도록 제가 사랑하는 여러분을 초대합니다.

"주님 오늘도 제가 평범한 지루함을 견딜 수 있는 은총을 허락해주십시오. 일상에 대한 충실함이 성화의 첫걸음임을 잊지 않게 해주소서" 하고 기도하는데 하늘의 흰구름이 예쁘게 손 흔들며 웃어줍니다.

판단보류의 영성

너는 네 말만 하고

나는 내 말만 하고

같은 장소

같은 시간에

대화를 시작해도

소통이 안 되는 벽을 느낄 때

꼭 나누고 싶어서

어떤 감동적인 이야길

옆 사람에게 전해도

아무런 반응이 없을 때

나는 아파서 견딜 수가 없는데

가장 가까운 이들이

그것도 못 참느냐는 눈길로

나를 무심히 바라볼 때

내가 진심으로 용서를 청하며

화해의 악수를 청해도

지금은 아니라면서

악수를 거절할 때

누군가 나를 험담한 말이

돌고 돌아서

나에게 도착했을 때

나는

어쩔 수 없이 외롭다

쓸쓸하고 쓸쓸해서

하늘만 본다

– 이해인, 〈내가 외로울 땐〉 전문

고해성사를 보고 나서 많이 결심하는 것 중에는 남을 함부로
속단하지 않기, 확실하지도 않은 일을 남에게 전하지 않기, 남을
흉보거나 뒷말하는 일에 끼어들지 않기가 꼭 들어 있습니다.

얼마 전 어떤 모임에서 한 수녀님의 결점에 관해 이야기하는
자리에서 나도 거들었다가 잠시 후에 바로 뒷말의 당사자를 만
나니 그가 들은 것도 아닌데 어찌나 맘이 불편하고 켕기던지 온

기다리는 행복

종일 쓰디쓴 괴로움을 맛보았습니다. 좋은 말만 하고 살기에도 시간이 부족한 세상에서 우리는 얼마나 많이 남을 모질게 판단하고 부정적인 말을 쉽게 퍼뜨리면서도 큰 잘못이란 의식 없이 살고 있는지요. 오래전 비교종교학을 공부할 때 잘 알지도 못하면서 다른 종교를 함부로 비난하면 안 된다는 '판단보류의 영성'에 대해 배우며 깊이 공감했고, 이것은 나의 수도 생활에도 도움이 되었습니다.

이름이 조금 났다는 이유 때문인지는 몰라도 지난 수십 년간 내가 들어왔던 온갖 말들(악성 댓글을 포함해)을 생각하면 지금도 힘이 빠지곤 합니다. 그중에는 내가 실수하거나 원인 제공을 한 것도 있으나, 어느 땐 정말 근거 없고 터무니없는 소문이 사실처럼 돌아다녀, 일일이 변명도 할 수 없는 슬픔 속에 성소의 위기까지 느낀 적이 있습니다. 가까운 이들의 뒷말은 우리를 더욱 외롭고 슬프게 만듭니다. 우리의 등 뒤에서 사람들이 하는 말을 구체적으로 다 알게 된다면 과연 친구가 몇 명이나 남게 될지 의심스럽다는 책의 한 구절을 읽은 적이 있습니다.

전례력의 마지막 주일인 오늘, 내가 다른 이의 이런저런 말로 상처를 입고 힘들었듯이, 나 또한 많은 말로 다른 이에게 상처를 주고 그를 괴롭고 외롭게 한 날들이 부끄러워 참회의 기도를 바치고 싶습니다. 예수님을 마음의 중심이요 임금으로 선택하고 모시는 그리스도 왕 대축일에 프란치스코 교황님의 말씀을 다시 듣습니다.

'절대로 다른 이의 등 뒤에서 그들에 대해 말하지 말고 오히려 우리가 생각하는 바를 그들에게 터놓고 말하기를 바랍니다.' 이 말씀 끝에 나는 이렇게 기도해봅니다.

"주님, 함부로 다른 이를 험담하는 악습에서 저를 지켜주소서. 판단의 말은 보류하되 사랑의 행동은 빨리하는 그리스도인이 될 수 있게 도와주소서."

기쁨발견의 영성

바람에 실려

푸르게 날아오는

소나무의 향기 같은 것

꼭꼭 씹어서 먹고 나면

더욱 감칠맛 나는

잣의 향기 같은 것

모든 사람을

차별 없이 대하고

사랑할 때의

평화로움 같은 것

3부 고해소에서

169

누가 나에게

싫은 말을 해도

내색 않고

잘 참아냈을 때의

잔잔한 미소 같은 것

날마다 새롭게

내가 만들어 먹는

기쁨 과자 기쁨 초콜릿

기쁨 음료수

그래서 나는 평생

배고프지 않다

– 이해인, 〈기쁨의 맛〉 전문

　자신만의 방식으로 날마다 기쁨을 새롭게 발견하고 요리하는 기쁨을 나름대로 표현해본 시입니다.

　많은 그리스도인이 기뻐하면 큰일 날 것처럼 살고 있다고, 특히 신부 수녀들의 표정은 너무 근엄하고 경직되어 있어 가까이하기가 어렵다는 말을 듣습니다. 좀 더 웃는 얼굴을 보여달라는 주문도 많이 받습니다. 내가 좋아하는 책 중엔 엘레나 포오터의 《파레아나의 편지》가 있는데 상황이 어렵고 힘들어도 좌절하지 않고 꾸준히 '기쁨의 게임'을 실천하여 온 마을 사람들을 희망과 기쁨으로 변화시켜가는 이야기입니다. 어느 해 성탄 선물 뽑기에서 인형을 받고 싶어 하는 어린 파레아나에게 지팡이를 주자 서럽게 우는 걸 보고 목사님인 아버지가 말합니다. '바보같이 울긴 왜 울어? 너에게 지금 이 지팡이가 필요 없다는 걸 기뻐하면 되잖니?'라고.

이 책을 읽고 나도 기쁨의 게임을 생활에 적용하기로 마음먹었습니다. 특히 주어진 상황이 안 좋을 때일수록 이 기쁨의 게임은 빛을 발해서 좋습니다. 잠깐 인내해서 오래 선물 받는 환희심을 기쁨의 게임은 가르쳐줍니다. 일이 뜻대로 풀리지 않을 때, 자신의 모습이 마음에 들지 않아 우울의 늪에 빠지려고 할 때, 인간관계가 어긋나고 복잡해질 때 나는 상황에 맞는 화살기도와 평소에 자주 연습한 기쁨의 게임으로 위기를 모면하곤 하였습니다.

기쁨의 게임을 하는 것은 병상 생활에도 많은 도움이 되었습니다. 하루에도 몇 번씩 간호사가 체온과 혈압을 재러 올 때도 귀찮은 표정 대신 웃으며 대하고 가장 힘든 항암과 방사선 치료를 받을 적에도 '이렇게라도 치료를 받을 수 있음이 얼마나 다행인가?' 하며 기뻐하고 문병 온 이들이 가끔 맘에 안 드는 말을 해도 '마음은 안 그런데 말이 헛나오는 거겠지!' 이해하면서 웃으니 기쁨의 게임은 조금씩 더 발전해 갔습니다. 성탄을 준비하는 대림 시기에 우리는 대청소도 하고 김장을 하면서 기뻐할 것입니다. 성가 연습을 하고 성탄편지를 쓰고 은인들에게 선물할 과자를 구우며 기뻐할 것입니다. 어려운 이웃을 방문하고 예수 아기의 구유에 놓을 자신만의 선물을 준비하면서 기뻐할 것입니다.

한 해를 보내고 또 맞이하는 이 기다림의 계절에 우리 모두 기쁨의 게임을 시작해볼까요? 어리석어 보이지만 사실은 사랑의 승리자가 되는 비결이기도 한 착한 마음과 겸손한 용기만 있으면 가능합니다.

사순절을 맞이하여

'수도자의 생활은 언제나 사순절을 지키는 것과 같아야 마땅하겠지만 이러한 덕을 가진 사람이 적기 때문에, 이 사순절 동안에라도 모든 이들은 자기 생활을 순결하게 보존하며 다른 때에 소홀히 한 것을 이 거룩한 시기에 보상하기를 권하는 바이다. 이것은 우리가 모든 악습을 멀리하고 눈물과 함께 바치는 기도와 독서와 마음으로부터 우러나오는 참회와 절제에 힘쓸 때 합당하게 실행되는 것이다.'

— 성 베네딕도의 수도 규칙 49장 중에서

어린 시절 내가 주일학교에 다닐 때는 사순절이 성당의 십자가에 보랏빛 보자기를 씌워두는 답답한 시기, 맛있는 것을 못 먹는 시기로만 기억이 되어 하루속히 부활절이 오기만을 기다리곤 했습니다. 그러나 지금은 사순절도 내가 좋아하는 대림절만큼이나 기다리게 되고 부활절을 더 기쁘게 맞기 위한 멋진 수련기라고 생각하게 되었습니다. 그래서 평소보다 좀 더 깨어 있는 조심성과 긴장된 진지함으로 실천계획을 세우곤 합니다.

공동체에서도 사순 시기에는 그룹별 회의를 통해 제출된 의견을 토대로 침묵의 시간과 장소를 강화하거나 과일이나 고기를 덜 먹는 대신 비축된 돈으로 가장 도움이 필요한 이들에게 애긍을 하거나 합니다. 몇 명씩 조를 짜서 인근의 홀몸 어르신이나 어려운 이웃에 밑반찬을 만들어서 들고 가기도 합니다. 그다지 새로울 것도 없는 몇 가지 실천사항을 나도 수첩에 적어봅니다. 고해성사를 좀 더 즐거운 마음으로 잘 준비해서 볼 것, 성체조배 시간에 특별한 이유 없이 빠지지 말 것, 독서는 일반 책보다 영성 서적을 우선으로 선택해서 읽을 것, 내가 먹는 약의 종류가 하도 많아서 먹기 싫을 때 유혹을 물리치고 오히려 경건한 예식을 치르듯이 충실하게 먹을 것, 식탁에서 음식을 골고루 먹되 조금씩 절제할 것, 한참 일에 몰두할 때 누가 방문하면 계속 일을 하고 싶은 유혹을 물리치고 즉시 일어나서 기쁘게 인사할 것, 찾아오는 손님들에겐 종교와 관계없이 정성스럽고 친절하게 대할 것, 누가 내게 시간이나 어떤 물건을 달라고 요구하면 부정적인 응답보다는 일단 호의적인 반응을 보이며 방법을 모색할 것, 무엇을 함께 선택하는 기회가 있을 적엔 마음에 드는 것을 다른 이

기다리는 행복

에게 먼저 양보하는 관대함을 보일 것, 글씨를 남이 알아보기 쉽게 또박또박 쓸 것, 공동 방에서 먼저 나올 땐 다른 이의 신발을 신기 좋게 돌려놓는 것 등등 다 열거하자니 많기도 합니다. 주어진 일상의 삶에 충실한 것이야말로 우리가 실천해야 할 기본적인 덕목이며 아름다운 극기가 아닐까 생각해봅니다.

(……)

재의 수요일 아침
사제가 얹어준 이마 위의 재처럼
자디잔 일상의 회색빛 근심들을 이고 사는 나

참사랑에 눈뜨는 법을
죽어서야 사는 법을
십자가 앞에 배우며
진리를 새롭게 하소서

맑은 성수를 찍어 십자를 긋는 내 가슴에
은빛 물고기처럼 튀어 오르는
이 싱싱한 기도

"주님 내 마음을 깨끗이 만드시고

내 안에 굳센 정신을 새로 하소서"

– 이해인, 〈또다시 당신 앞에〉 중에서

기다리는 행복

내가 먼저 변할 수 있어야만

구름 속에 숨어계신 주님

어서 나오십시오

아니 나오지 마십시오

당신은 오히려 저의 어둠 속에 더 빛나십시오

저의 침묵 속에 더 깊이 말씀하십시오

이 세상 구름이 걷히는 그 날

저는 비로소 당신을 뵙고 환희의 송가를 부르리니

– 이해인, 〈구름의 연가〉 중에서

요즘 우리 수녀원에선 1960년대에 지어서 사용하던 수녀원 본관 건물을 리모델링 중이라 성당, 식당, 주방, 빨래방 등의 소임터와 수녀, 예비 수녀들의 침실 일부를 원내의 피정집에 마련

해서 임시로 사용하고 있습니다. 더러 불편한 점이 있지만 새로운 모습으로 변화될 새 건물에 대한 기대와 희망으로 다들 즐겁게 생활하고 있습니다. 헌 집이 새집으로 단장되는 것보다 옛사람이 새사람으로 거듭나는 것은 더 어려운 일로 여겨집니다.

수도자들이 제일 기다리고 행복해하는 연중피정, 월피정, 한달피정을 하기 전에는 다들 좀 더 거룩하게 변모된 자신의 모습을 기대하며 희망 속에 설렙니다. 그러나 이런 설렘도 잠시, 피정을 마치고 일상의 삶으로 돌아오면 별로 달라지지 않은 자신의 모습을 보며 실망하거나 의기소침해질 때가 많습니다.

타볼산에서 제자들이 체험한 거룩한 주님의 변모와도 같은 눈부신 황홀경을 우리는 매일 오르고 있는 삶의 산에서 영적으로 체험하고 싶어 하지만 그럴수록 주님의 모습은 멀리 있는 것 같고 함께 사는 사람들과의 사이엔 실망의 먹구름이 덮쳐와 힘들 때가 많습니다.

오랜 수도 생활이 나에게 가르쳐준 것은 남이 변화되기를 바라기 전에 내가 먼저 변할 수 있어야만 참 평화가 찾아온다는 것입니다. 내가 못마땅해하는 다른 사람의 결점을 내가 지극한 인내로 감당하고 있다면 그 또한 나를 인내하고 있다는 사실을 왜 자주 잊어버리는지 모르겠습니다.

"주님은 요술 지팡이를 휘두르지 않고 사랑과 인내를 갖고 현실을 내부로부터 바꾸는 것을 좋아하신다"라는 교황 프란치스코의 말씀을 요즘은 더 자주 기억하게 됩니다. 많이도 말고 아주 조금만 생각을 바꾸어 다른 이들을 이해하려 노력한다면 우리의 삶은 훨씬 더 행복하고 자유로워질 것입니다. 함께해온 오랜 세월 속에 이제는 미운 정 고운 정 많이 들어 앞모습 뒷모습 옆모습이 다 든든하고 예뻐 보이는 수도공동체의 가족들을 나는 더욱 사랑하리라 다짐하며 웨스트민스터 사원 어느 주교님 묘비에 새겨져 있다는 한 구절을 다시 묵상해봅니다.

'이제 죽음을 맞이하는 자리에서 나는 깨닫는다. 만일 내가 나 자신을 먼저 변화시켰더라면, 그것을 보고 내 가족이 변화되었을 것을. 또한, 그것에 용기를 얻어 내 나라를 더 좋은 곳으로 바꿀 수 있었을 것을. 누가 아는가, 그러면 세상까지도 변화되었을지!'

스타치오의 아름다움

　수도원에서는 보통 공동기도(성무일도) 시간 5분 전, 성당에 들어가기 전 복도에 두 줄로 서서 잠시 마음을 모으고 신호가 울리면 입장해서 서로 마주 보며 절을 하고 자기 자리로 가는 예절이 있다. 그것을 우리는 '스타치오(statio)'라고 부른다. 라틴어 단어 자체는 '정지, 휴식, 머무름'이란 뜻이지만 영성적인 의미를 담아 다각적으로 쓰이기도 한다.

　큰 축일에는 풍금 소리에 맞추어 들어가는데 멜로디를 따라 우리 마음가짐도 경건해지지만, 그 모습을 객석에서 지켜보는 이들도 감동을 받는다고 한다. 지난여름 본원 성당을 리모델링한 후 여러 변화가 있었고 나는 늘 앉아 있던 1층에서 2층으로 성당 자리를 이동하게 되었다. 침실과 가까운 것은 다행이지만 제일 아쉬운 것은 1층의 긴 복도에 서서 스타치오 하는 기회를 잃어버린 것이다. 거동이 불편한 환자들과 연로한 수녀들은 2층에 선 채로 성당 밖에서 스타치오 했다 안으로 들어오는 수녀들을 내려다보며 부러워하곤 한다.

스타치오 하기 전의 그 거룩한 설렘을 어떻게 설명할 것인가. 1964년 봄 입회 이후 오늘에 이르기까지 나의 일생은 어쩜 스타치오의 삶이 아니었을지! 살아서 움직이는 기쁨, 함께 기도하는 기쁨을 가슴이 터질 듯한 환희로 맞게 해주는 스타치오의 영성!

꼭 성당 앞에서가 아니더라도 또 다른 양상의 스타치오가 우리 주변엔 많을 것이다. 길을 가다 건널목에서 신호대기를 하고 있을 때 잠시 심호흡을 하며 기다리는 것, 엘리베이터 안에서 원하는 층수 버튼을 누르고 멈추어 선 순간 또한 스타치오이다. 우체국, 병원, 은행에 가서 대기 번호표를 받아 차례를 기다리며 마음의 준비를 하는 것도 스타치오이다. 잠자리에 들기 전 일기를 쓰기 전에 생각을 모으는 것도 스타치오이며 마음이 복잡할 때 성서나 시를 필사하며 선한 여유를 찾는 것도 스타치오이다.

공원에서 산책하다 말고 벤치에 앉아 바람 소리를 듣는 것, 우두커니 꽃을 바라보는 것 역시 스타치오이다. 좋은 책을 읽다 말고 어느 한 구절에 감동해 눈시울이 뜨거워지는 순간 두 손을 모으는 기도 역시 스타치오이다.

사람과 사람의 만남에도 스타치오의 순간들이 필요하다. 나는 요즘 어떤 방문객을 만나기 전에 잠시라도 미리 그를 기억하며 '만나서 무슨 덕담을 건넬까?', '어떤 선물을 주면 좋아할까?' 스타치오를 하는데 이 방법은 매우 도움이 된다.

종종 교회에 열심히 다니는 신도들이 글방을 방문하는 일이 있는데 그들은 즉시 요란하게 먼저 말을 건네거나 하지 않고 잠시

The beauty of Statio

기다리는 행복

앉은 채로 고개 숙이며 두 손을 모으고 묵도를 바친다. 그건 어쩌면 집주인에 대한 존경과 예를 갖추고 축복을 빌어주는 혼자만의 애정 어린 예식이리라.

그 모습이 인상적이어서 나도 그런 방법을 적용해보기로 했다. 비행기, 버스, 기차를 탈 때면 이를 운행하는 이들과 승객들의 안전을 위해 잠시 기도한다. 연극, 음악회, 미술 전시회에 가게 되면 그 주인공들과 뒤에서 수고하는 스태프들을 위해서 기도한다. 시장에 물건을 사러 가서는 그 가게 주인과 시장터의 사람들의 건강을 빌어준다. 그리하다 보면 마음에 수수한 기쁨과 평화가 일렁인다. 꼭 바쁜 일이 아닌데도 잠시 멈추어 서지 못하고 숨차게 살아가는 우리네 일상의 삶 안에서 우리는 스타치오의 영성을 새롭게 배울 필요가 있는 것 같다.

나는 요즘 부쩍 친지들의 투병 소식과 죽음 소식을 자주 듣는다. 더러는 그들이 조용히 웃으며 나의 꿈속에 나타나기도 한다. 수술받고 나서 일반 병실로 가기 전 회복실에서 인내하며 기다리는 동안의 스타치오, 몸과 마음의 고통으로 힘들어하는 이들을 찾아가 함께 눈물 흘리며 기도하는 순간의 스타치오, 병상에서 주사를 놓으러 오는 간호사, 회진 오는 의사 선생님을 긴장 속에 기다리던 순간의 스타치오를 나는 종종 아픈 그리움 속에 떠올리곤 한다.

이제는 이승의 삶에서 먼 나라 저쪽의 삶으로 건너가는 하나의 커다란 준비로서의 스타치오를 앞둔 나는 남은 날들을 더 기쁘게 고요하게 감사하게 살아야겠다.

오늘도 내게 다정한 눈길을 보내는 정원의 꽃들, 고요히 나를 내려다보는 나무들에게 '제자리에서 충실하게 살아가는' 스타치오의 영성을 새롭게 배우면서.

사계절 내내
우리 수도원의 복도는
침묵 속에 말한다
인생 여정을 길게 펼쳐 보이는
하나의 길이 된다

창문을 통해
하늘과 바다를 보고
산과 나무들을 보며
나는
가만히 서 있기도 하고
바삐 일터로 향하는 수녀들과
눈인사를 나누기도 하는 곳

먼저 세상을 떠난 이들의

쓸쓸한 그림자가

비치기도 하는 곳

오늘도

성당으로 식당으로

침방으로 정원으로

내가 살아서 걸어가는

삶의 구름다리

내가 제일 사랑하는

길 위의 집

내가 순례객임을

시시로 일깨워주는

수도원의 복도에서

나의 일생은 기도가 되네

– 이해인, 〈수도원 복도에서〉 전문

언제나 떠날 준비를

(……)

당신 말씀대로 호수 깊은 곳에 그물을 쳐

그물이 찢어질 만큼 많이 잡힌 물고기에

제자들이 놀란 것처럼

저도 당신의 크신 사랑과 능력에

할 말을 잃어버린 작은 어부입니다

주님

때로는 어찌할 바를 모르고

제가 절망의 한가운데서

빈 그물을 씻을 때마다

당신은 조용히 말씀하셨습니다

기다리는 행복

"깊은 데로 가서 그물을 쳐라"

그리고 당신 말씀 대로
마음 깊은 곳에 기도의 그물을 치면
비늘이 찬란한
희망과 기쁨의 고기가 잡혔습니다
삶에 필요한
겸손과 인내도 많이 얻었습니다

이제는 더 이상
저의 뜻을 따라 살지 않고
멀리 떠날 준비를 하게 하소서
배와 그물조차 버리고
당신을 따라나선 제자들처럼
모든 정든 것을 버리고도 기쁠 수 있는
사랑의 순명만이 승리할 수 있도록

– 이해인, 〈깊은 데로 가서 그물을〉 중에서

　　그물이 찢어질 정도로 물고기가 많이 잡혀 몹시 기뻐하던 제자
들이 다른 배에 있는 동료들을 손짓하여 부른 것처럼 나도 올해

는 주님께서 내 안에 역사하신 크고 작은 기쁨, 놀라운 은총의 체험을 기도 안에서뿐 아니라 행동으로도 이웃과 나누어야겠다고 다짐해봅니다.

"목사님이나 전도사들과는 달리 신부님이나 수녀님들은 종교에 대해서 침묵만 하시던데요. 그 삶이 좋고 행복하면 좋은 점을 구체적으로 말해주어야 우리 같은 사람들이 믿거나 할 것 아닙니까?"

내가 택시를 탔을 때 이렇게 말하는 기사에게 말로 하는 것보단 행동으로 보여주는 게 더 중요하지 않냐고 하니 그렇지 않고, 상대가 어찌 생각하건 간에 좋은 것은 일단 말을 해야 안다는 그의 말에 나는 자극을 받았습니다.

'또 다른 선한 세계가 있다는 것, 신앙인의 기쁨을 좀 더 적극적으로 선포해주시면 우리 같은 사람들이 줄어들 것입니다.'

어느 사형수가 나에게 편지로 했던 말을 떠올려봅니다. 모든 것을 버리고 즉시 주님을 따라나선 제자들처럼 나도 가장 익숙한 것 정든 것과 결별하고 새로운 부르심의 길로 떠날 준비를 해야겠다는 다짐을 해봅니다. 더구나 지난해 말과 연초에 내가 매우 위독하다거나 죽었다는 오보가 나가면서 발견하게 된 나를 향한 추모 글과 여러 댓글까지 읽게 되면서는 더욱 그러합니다.

글방을 방문하는 친지들에게 아끼던 물건들도 선뜻 내어주는 나를 보고 "이제 정말 떠날 준비하시는 거예요?" 하고 그들은 농담조로 말을 하지만 더 중요한 것은 물건이 아니라 내 마음의 자세라고 생각합니다. 이기심의 그늘에서 빠져나오는 노력의 표현으로 작은 애덕이라도 꾸준히 실천하는 것, 도움이 필요한 이에게 시간을 내어주는 것, 수도원 동료나 장상들에게 기꺼이 순명하는 것, 그리고 혹시라도 호들갑스럽다는 비난을 받을까 두려워 아껴두었던 감탄사를 더 자주 연발하는 새해를 만들겠다는 다짐을 하며 분홍빛 화살기도를 쏘아 올립니다.

'주님, 저의 삶이 당신을 향해 깨어 흐르는 놀라운 사랑의 감탄사가 되게 하소서!'라고.

4

기 다 리 는

행복

위_ 서울 성일초등학교 3학년 학생들과 함께(2017), 아래_ 팬카페 '민들레의 영토' 정모에서(2016)

기다리는 행복

온 생애를 두고 내가 만나야 할 행복의 모
습은 수수한 옷차림의 기다림입니다. 겨울
항아리에 담긴 포도주처럼 나의 언어를 익
혀 내 복된 삶의 즙을 짜겠습니다. 밀물이
오면 썰물을, 꽃이 지면 열매를, 어둠이 구
워내는 빛을 기다리며 살겠습니다. 나의
친구여, 당신이 잃어버린 나를 만나러 더
이상 먼 곳을 헤매지 마십시오. 내가 길들
인 기다림의 일상 속에 머무는 나. 때로는
눈물 흘리며 내가 만나야 할 행복의 모습
은 오랜 나날 상처받고도 죽지 않는 기다
림, 아직도 끝나지 않은 나의 소임입니다.

책방 골목에서

** 검은 수도복 두 벌이 하도 낡아 새 옷을 한 벌 마련했으나 나는 헌 옷이 주는 편안함이 그리워 아직은 새것을 멀리하게 된다. 1960년대 내가 여중을 다니던 시절, 서울의 한복판에도 헌책방이 많았고 대여점 역할까지 해주어 틈만 나면 책방을 드나들었다. 나는 친구들과 세상의 좋은 책은 이미 그때 다 읽은 것 같기도 하다. 우리에게 열심히 책을 빌려주던 그 책방 주인들, 함께 책방에서 놀았던 그 친구들은 다 어디에 살고 있을까? 문득 궁금해진다.

** 작가에게 직접 편지 쓰는 일은 처음이라며 대전에 사는 어느 독자가 편지를 보냈는데 그 안에 네 잎 클로버로 만든 카드가 하나 들어 있었고 그는 편지 끝에 그 카드에 대한 설명을 아래와

기다리는 행복

같이 써 보냈다.

수녀님 책에서 본 〈작은 기쁨〉이란 시가 너무 좋아서 시집을 사고 싶어 중고 서점에 가게 되었습니다. 책이 여러 권 있었는데 《작은 위로》라는 책이 눈에 띄었습니다. 수녀님 시는 따뜻해서 제게 위로가 될 것 같아 골랐는데 이게 웬걸, 책을 펼치니 네 잎 클로버가 있더라고요.

'뭐지? 수녀님께서 내게 주시는 행운이려나?' 하며 다른 페이지도 펼쳐 보았는데 네 잎 클로버가 두 개나 더 있더라고요. '이 시집을 판 사람이 네 잎 클로버를 일부러 넣고 책을 판 걸까? 네 잎 클로버가 있다는 것을 몰랐던 것일까?' 하고 신기해하며 시집을 사 왔어요. 나는 위로를 받고 자 책을 사러 간 것이었는데 오히려 행운을 더 얻고 돌아왔다는 생각에 너무 기뻤습니다. 제가 받은 이 행운이 해인 수녀님 것이라는 생각이 들어서 나누어드리고 싶어요. 받아주세요, 수녀님. 책 속에서 수녀님께서는 작은 선물들을 가지고 다니면서 나누어준다고 하셨지요? 사랑 표현을 하는 것이 서툰 제가 수녀님의 표현들을 닮고 싶어요. 수녀님처럼 따뜻하게!

수녀님, 오랜만에 편지를 쓸 수 있는 기회를 주셔서 감사합니다. 항상 건강하시고 평안하세요.

이 글을 읽고 나니 나도 문득 중고 서점에 가보고 싶은 마음이 생겼는데 한참을 뜯들이다가 며칠 전 우리 동네에 사는 마리아 김현정 님과 같이 보수동 책방 골목을 가게 되었다.

첫 시집 낸 지도 사십 년이 지나고 보니 초기에 낸 여러 시집은 물론 초판본이 희귀하게 되어 가능하면 구해볼 생각이었다. 그러나 비교적 초기에 찍은 것들 몇 권은 구했으나 진짜 초판본은 살 수가 없었다. 셀로판지에 싸서 귀하게 간직하고 있는 귀중한 초판본을 책방 주인은 저자보다 더 필요한 사람들에게 팔고 싶어 하는 눈치여서 나는 슬그머니 고른 책을 내려놓고 왔다. 몇 군데만 들렀는데도 다들 어찌나 반가워하던지! 서점 주인들은 하나같이 나의 책을 많이 팔았다면서 갖다 놓는 즉시 없어지므로 머무는 시간이 그리 길지 않다고 했다. 책을 사러 온 손님들, 북 카페에서 만난 여고생들과 사진도 찍고 사인도 해주고 정담도 나누면서 나는 오랜만에 책과 책을 좋아하는 이들의 향기에 취하는 아름답고 뜻깊은 시간을 보냈다. 헌책방이 준 새 마음, 책을 더 사랑하는 고운 마음을 새롭게 감사하면서!

** 가끔 가족 친지들이 중고 서점에서 구한 것이라며 내 책을 보내온 일도 있었는데 그중엔 내가 작고한 어느 교수나 작가에게 서명해 보낸 것들도 있고 책 주인의 개성 있는 낙서나 밑줄 친 것들도 눈에 띄어 나는 남다른 감회를 지니고 그걸 읽어보곤

　기다리는 행복

했었다. 이번에도 내가 사 온 열 권의 책을 찬찬히 열어보며 책만이 기억하고 있을 경험을 제삼자로서 이것저것 상상해보는 즐거움을 누렸다. 1983년 4쇄를 찍은 나의 두 번째 시집《내 혼에 불을 놓아》첫 장엔 이렇게 적혀 있었다.

'별 양, 너를 위해 준비하진 않았지만, 영혼이 맑은 한 분의 글귀가 너의 영혼 또한 맑아지도록 하시길. 1983. 9.'

1994년에 초판을 찍었던 내 두 번째 산문집《꽃삽》에는 산 사람의 멋진 사인과 함께 '추석을 보내고 가을의 문턱에서'라는 글귀가 들어 있다.

＊＊ 좋은 책에서는 좋은 향기가 나고 좋은 책을 읽은 사람에게도 그 향기가 스며들어 옆 사람까지도 행복하게 한다. 세상에 사는 동안 우리 모두 이 향기에 취하는 특권을 누려야 하리라. 아무리 바빠도 책을 읽는 기쁨을 꾸준히 키워나가야만 우리는 속이 꽉 찬 사람이 될 수 있다. 언제나 책과 함께 떠나는 여행으로 삶이 풍요로울 수 있음에 감사하자. 책에서 받은 감동으로 울 수 있는 마음이 있음을 고마워하자. 책에서 우연히 마주친 어느 한 구절로 내 삶의 태도가 예전과 달라질 수 있음을 늘 새롭게 기대하며 살자.《꽃샵》안에 들어 있는 이 내용의 일부를 별지에 적고 색연필로 장식해 책방 주인에게 건네며 다음 만남을 약속했다.

＊＊ 올가을에 있을 책방 축제에도 꼭 나를 초대하고 싶다는 '우리글방' 대표님은 내가 잠시 차를 마시는 동안 "이분과 어린 시절 친구시죠?" 하며 가수 박인희의 노래를 틀더니 그녀의 노래 모음 3집 엘피판을 나에게 건네준다. 다시 이것을 친구에게 선물해야지 하며 나오는데 햇살은 얼마나 아름다운지! 새삼 행복한 오늘이었다.

모르는 이웃과의 친교

오늘은 병원에 검진을 다녀왔다. 검사하느라고 아침을 걸러서 무엇이라도 잠시 요기할까 싶어 지하 식당가로 내려가니 나를 알아본 토스트가게 아저씨는 커피 한 잔 건네며 안부를 묻고, 과일가게 아줌마는 키위와 아몬드와 요구르트를 챙겨주며 나의 건강을 걱정해준다. 여러 번 인사를 나누고 싶었으나 기회를 놓쳤다면서 덕담을 건네주는 그 모습에서 나는 평화로움과 정겨움을 느낀다. 이웃에게서 느끼는 이 푸근한 친숙함과 정겨움은 오랜 수도 생활이 나에게 열매로 맺어준 선물이 아닌가 한다.

사실 본래의 내 성격은 좀 차가운 편이고 붙임성도 없이 새침한 편이어서 사람들이 가까이 다가오기 힘들다고 했다. 글에서는 사랑을 노래하면서 실제로 보면 냉정하다고 비난도 많이 받았다. 그래서 힘들어도 사람들에게 먼저 다가가기로 조금씩 더 노력하고 상대방의 입장에 맞추어 말하고 행동하는 이해의 폭을 넓혀가니 요즘은 만나는 이마다 책에서 느끼는 이미지와는 다른 반전이고 파격이라며 "이렇듯 털털하고 소박한 분이신 줄 몰랐어요"라고 한다.

함민복 시인의 《길들은 다 일가친척이다》라는 책의 제목이 좋아서 구매하며 "그래 길뿐 아니라 사람들도 모두가 다 일가친척이야"라고 혼잣말을 했다. 근래에 나는 모르는 이웃이지만 친교가 이루어지는 반갑고 뜻깊은 세 번의 만남을 가졌다.

** 전교생이 삼십 명뿐인 어느 시골 중학교 교사가 국어 시간에 나의 시를 공부하는데 열한 명이 전부인 학생들이 수업 시간에 나와 통화를 하고 싶어 한다기에 기꺼이 들어주었다. 학생들은 나에게 시는 언제 쓰느냐 녹차를 좋아하느냐 왜 수녀가 되었느냐 편지 보내면 답을 해주느냐 등등 물어봤고 나는 친절하게 대답해주었다. 내가 학교 근방에 갈 일도 있으니 중간 지점에서 한번 만나자는 약속까지 하고 전화 수업을 마치고 나니 한 번도 만난 일 없는 어린 학생들이 오래전부터 알고 지낸 친구들같이 여겨졌다. 아이들이 너무도 좋아했노라며 담당 교사는 몇 번이나 문자를 보내왔다. '오늘 정말 행복한 날이에요. 애들이 이렇게까지 좋아할 줄은 몰랐어요'라고.

✳✳ 부산의 어느 초등학교 내의 '함지박'이라는 독서 동아리 주부들 여덟 명이 나의 글방을 방문하였다. 함께 시를 읽고 담소도 나누며 도서 사인도 하고 사진도 찍으며 90분 동안 나눔의 시간을 가졌다. 그냥 가려니 아쉽다고 하여 수녀원 바로 앞에 있는 '백향' 중국집에서 짜장면을 먹고 헤어졌는데 나이를 물으니 다들 내 조카뻘이어서 더 편하게 이런저런 이야기를 나눌 수가 있었다.

'썩썩하고 천진하신 웃음과 미소가 인상적이었어요.'
'따뜻하고 평온한 시간을 선물로 받아갑니다.'
'마음이 부자가 된 것 같아요.'
'너무 행복한 시간이었습니다.'

그들이 방명록에 써놓고 간 글들을 읽으며 빙그레 웃어보는 기쁨! 그들은 여길 다녀간 후에도 종종 근황을 사진이나 문자로 전해온다.

✳✳ 평소에 알고 지내는 분이 자기 후배의 어머니가 난소암 말기로 투병 중이고 남은 시간이 얼마 안 된 것 같으니 서울에 올 기회가 있으면 꼭 같이 가서 한번 기도해주면 좋겠다는 부탁을 하기에 나는 그리하겠다고 하였다. 처음 보는 환자에게 어떤 태도

를 보여야 할지 몰라 살짝 긴장하고 병실에 들어서니 다섯 남매를 둔 환자의 가족들이 거의 다 모여 있었다.

1944년생인 소피아 자매는 입원한 지 삼 개월 정도 되었고 급격히 상태가 안 좋아졌다고 했다.

"엄마. 기다리던 해인 수녀님 오셨으니 눈 좀 떠봐요!"

그는 계속 감고 있던 눈을 떴다. 그뿐만 아니라 웃을 기운도 없을 텐데 고맙다는 몸짓을 하며 가장 밝고 환한 웃음으로 나를 반기는 것이었다. 우리는 아주 오래전부터 그리워하던 친구처럼 서로를 부둥켜안고 한참 동안 바라보았다. 몇 달 만에 엄마가 웃는 것을 처음 본다면서 자녀들은 눈물을 글썽였다. 그녀의 미소가 어찌나 아름다운지 나는 앞으로도 두고두고 기억하게 될 것 같다. 어떤 많은 말보다도 감동을 주는 미소 앞에서 그녀의 남편도 어느새 눈물을 흘리고 있었다. 나는 이번 방문이 지상에서의 마지막 작별인사라고 생각하며 환자의 입장에서 바치는 기도도 대신 큰 소리로 외우고 성가도 부르며 시 낭송도 했더니 그는 주삿바늘 꽂힌 손으로 손뼉 치는 시늉까지 하여 우리를 놀라게 하였다.

부산에 내려오고 나서 그의 딸들이 보내온 문자를 다시 읽어본다.

'수녀님 너무 감사했습니다. 어머님 얼굴에 온종일 미소가 가시지 않았어요. 어머니와 우리 가족에게 소중한 시간과 좋은 추억을 만들어주셔서 감사해요.'

기다리는 행복

'마음에 있는 감사함을 글로 다 표현하기 부족합니다. 고맙습니다. 항상 건강하세요. 수녀님께서 알지 못하는 많은 이들도 수녀님이 아픔을 잘 이겨내시기를 기원하고 있습니다.'

어제 병간호하는 딸들에게 전화하니 "어머니가 통증을 호소하시는 가운데도 수녀님 이야길 하시고 잘 해드리라고 당부하셨어요" 하였다. 나는 환자를 바꾸라고 하여 힘겹지만 친밀하게 짧은 통화를 하였다.

수도자라는 이유만으로 내 인간적인 부족함과 많은 결함에도 불구하고 많은 이들의 벗이 되고 애인이 되고 가족이 될 수 있는 특혜. 오랜 세월 시를 쓰는 덕분에 모르는 이웃을 많이 알게 되고 때로는 가족 못지않은 우정의 친교가 이루어지는 신비. 이 모두를 선물로 받아 안으며 나는 새삼 행복하다. 사랑받는 그만큼 더러는 오해도 받고 구설에 오르고 예기치 않은 힘든 일이 생길 때도 없진 않지만 이미 내가 받은 선물만으로도 나는 모든 어려움조차 축복으로 받아안으리라 기쁘게 다짐해본다.

비워내고 단단해진 저 조가비처럼

바다 어머니

흰모래밭에 엎디어

모래처럼 부드러운 침묵 속에

그리움을 참고 참아

진주로 키우려고 했습니다

밤낮으로 파도에 밀려온

아픔의 세월 속에

이만큼 비워내고

이만큼 단단해진 제 모습을

자랑스레 보여드리고 싶습니다

기다리는 행복

아직 못다 이룬 꿈들

못다 한 말들 때문에

슬퍼하거나 애태우지 않으렵니다

행복은 멀리 있지 않으니

가슴속에 고요한 섬 하나 들여놓고

조금씩 기쁨의 별을 키우라고

먼 데서도 일러주시는 푸른 어머니

비어서 더욱 출렁이는 마음에

자꾸 고여오는 넓고 깊은 사랑을

저는 어떻게 감당할까요?

이 세상 하얀 모래밭에 그 사랑을

두고두고 쏟아낼 수밖에 없는

저의 이름은 '작은 기쁨' 조가비

하늘과 바다로 사랑의 편지를 보내는

'흰구름' 조가비입니다

– 이해인, 〈어느 조가비의 노래〉 전문

나의 글방에는 내가 바닷가 산책을 할 때마다 주워 온 조가비들이 많다. 나의 친지들이 여행 중에 구해다 준 다양한 모양의 조가비 외에도 조가비 무늬가 들어 있는 편지지, 가방, 초, 그림책 등이 많다 보니 자그만 선물의 집을 연상케 한다. 조가비를 보면 바다에 나가지 않고서도 바닷가에 있는 것 같은 느낌이 들게 되고, 어머니나 친구들과 바닷가에서 조가비를 주우며 즐거워했던 기억이 떠오르곤 한다.

특히 근래에는 바다가 가까운 수녀원에서 사는 행복을 하루에도 몇 번이나 새롭게 감사하고 있다. 내가 바다를 본 것은 여중 3학년 시절 겨울, 부산 가르멜 수녀원에 계신 언니 면회를 갔다가 그곳에 온 손님 일행과 해운대 바닷가를 거닐었는데 바다의 첫인상이 얼마나 아름답고 황홀했는지! 탄성을 지르며 감탄하고 감탄했던 기억이 아직도 새롭다. 그때 바닷가에 같이 갔던 신부님 한 분은 몇 년 전 해외성지순례 길에서 갑자기 선종하셨고 여대생 언니는 유명 화가가 되었다. 나와 초등학교 동기인 남학생은 캐나다에 이민 가 살고 있고 또 한 학생은 이름난 변호사가 되어 지금은 미국에 산다.

넓고 푸른 바다는 한평생을 수도자로 살고 싶다는 꿈을 키워주었고, 삶의 기쁜 순간은 물론 견디기 어려운 시련이 찾아와 나를 힘들게 할 적에도 늘 곁에서 내 좁은 마음을 조금씩 넓혀주며 힘과 위로가 되어주곤 했다.

공부하기 싫어 게으름을 부릴 때면 선생님처럼 교훈적인 이야기를 해주고 사소한 일로 힘들어하면 친구처럼 격려를 아끼지 않고, 외롭다고 투정하면 애인처럼 나를 먼 데서도 가까이 감싸 안아주던 바다!

수도 생활에 관심을 두고 우리 집을 방문하는 고운 소녀들과 광안리 바닷가 데이트를 하면서 바다에 대한 시를 읊어주고 조가비도 주워주며 덕담을 나누는 일은 젊은 날 나의 주된 일과 중의 하나였다. 더러는 다른 길을 가기도 했으나 그 시절 함께 바닷가를 거닐었던 앳된 소녀들이 지금은 어느덧 중년의 나이가 되어 각자 수도공동체에서 중요한 직책을 맡은 게 나로선 신기하고도 고마울 뿐이다.

글방을 방문하는 손님들이 내게 사인을 해달라고 하면 조가비에 시를 적기도 하고 예쁜 그림 스티커나 무늬 고운 냅킨을 위에 붙이고 별지에 성서 말씀을 써서 조가비 안에 붙여준다. 이것을 하나씩 뽑으며 멋진 예술품이라고, 나에게 꼭 맞는 말이라고 즐거워하는 모습을 보면 나도 덩달아 행복해진다.

산으로 오르는 언덕길이나 층계, 베란다에서도 바다가 보이는 수녀원에서 벌써 반세기를 살았다. 오늘도 새벽에 바다에서 떠오르는 해를 보며 하루를 시작하고 저녁에 지는 해를 바라보며 하

루를 마무리하는 나. 바다를 보러 멀리 기차나 비행기를 타고 휴
가를 가는 이들도 있는데 나는 걸어서 가는 거리에 바다가 있으
니 늘 휴가를 온 것 같은 느낌도 새롭다.

오늘도 수평선을 바라보며 나의 바다이신 하느님을 가만히 불
러본다. 언젠가 그 바다의 품에서 휴가를 보낼 때까지 나는 내 삶
의 바닷가를 더 열심히 걸어가야겠다.

열여섯 살에 처음으로
환희의 눈물 속에
내가 만났던 바다

짜디짠 소금물로 나의 부패를 막고
내가 잠든 밤에도 파도로 밀려와
작고 좁은 내 영혼의 그릇을
어머니로 채워주던 바다

침묵으로 출렁이는 그 속 깊은 말
수평선으로 이어지는 기도를
오늘도 다시 듣네

기다리는 행복

낮게 누워서도

높은 하늘 가득 담아

하늘의 편지를 읽어주며

한순간도 놓치지 않고

내게 영원을 약속하는

푸른 사제, 푸른 시인을

나는 죽어서도 잊을 수 없네

– 이해인, 〈다시 바다에서〉 전문

나의 '국수 사랑' 이야기

❊❊ 먼 데서 손님들이 오면 동네에서 이름난 어묵집이나 떡볶이
집 또는 밀면집에 갈 때가 있다. 어묵이나 밀면이 부산에서는 유
명세를 타고 있어서 나도 바닷가 산책을 갔다 오는 길에 종종 지
인들에게 밀면을 대접하곤 하는데 그들은 민망할 정도로 나를
추켜세우고 좋아하면서 두고두고 추억을 되새김하곤 한다.

수녀의 주머니 사정으로도 밀면은 충분히 대접할 수 있어 해마
다 여름이 오면 밀면 데이트를 즐기는 셈이다. "원래는 이름이 밀
냉면인데 성질 급한 부산 사람들이 '마 그만 밀면이라 카입시더'
해서 두 글자가 되었다고 해요"라고 설명해주면 다들 재밌어한다.

'수녀님, 날이 더워졌습니다. 냉우동 계절이 왔네요. 시원하게
한 그릇 드시러 오세요.' 지도 신부님이 소개해서 몇 번 간 일이
있는 우리 동네 '다케다야우동' 강 사장님이 문자를 보냈기에 기

먹고 가실래요?
국수 한 그릇

회 보아 손님이 오면 가겠다고 답하였다. 특별한 우동간장을 내게 직접 배달해주기도 한 친절한 젊은 사장님이다.

며칠 전에는 해운대 '구포멸치국숫집'에도 갔는데 값이 저렴한데다 맛도 좋아서 그런지 많은 사람으로 붐비고 있었다. 지난달엔 밀양에 문화답사를 갔다 돌아오는 길에 망미동의 '거창까막국숫집'에도 갔는데 이 집에선 '담백한 국수를 먹으면 마음이 맑고 담백해지는 기쁨'이라고 내가 쓴 메모를 작은 액자에 넣어 걸어두고 있었다. 국수를 먹으러 들어오는 이들의 표정은 하나같이 수수하고 소박해 보인다. 모두 내가 전부터 알고 지낸 사람들 같은 친밀함이 생기는 것도 국수 덕분인가.

＊＊ 나는 음식을 가리지 않고 잘 먹는 편이지만 언제부터인지 국수를 특별히 더 좋아하게 되었다. 전에 잘 먹던 비빔국수는 장이 힘들어하는 것 같아서 요즘은 잔치국수를 즐기는 편이다.

담백한 멸치 다시마 국물에 호박, 당근, 달걀, 부추 등의 고명을 살짝 얹은 국수 한 그릇을 먹으면 마음이 순해지고 입가엔 미소가 번져온다. 우리 수녀원에서는 주로 수요일이나 금요일에 면 요리가 나오는데 어쩌다 안 나오는 날은 서운하다. 국수를 매우 좋아하는 어느 수녀는 저녁 메뉴로 나온 국수를 따로 보관했다가 이튿날 아침에 간장이나 김치 국물에 비벼 먹으며 행복해한다. "다 불어터져도 난 국수가 좋으니 말리지 마세요"라고 고백하는 그 수녀의 지극한 국수 사랑에 감동하여 나는 그와 더욱 가까운 벗이 되었다. 자칭 '국수 애호가'인 우리는 아버지가 국수 공장을 한다는 어느 수녀님을 매우 부러워하기도 했다.

삶은 하나의 축제라는 말을
몇 번이고 되풀이하며

잔치국수를 먹다 보면

외로운 이웃을 불러 모아

큰 잔치를 하고 싶네

우정의 길이를 더 길게 늘려서

넉넉한 미소로 국수를 삶아

대접하고 싶네

쫄깃쫄깃 탄력 있는

기쁨과 희망으로

이웃을 반기며

국수의 순결한 길이만큼

오래오래 복을 빌어주고 싶네

– 이해인, 〈잔치국수〉 전문

어느 날 잔치국수를 맛있게 먹다가 떠올려본 생각이다.

** 밀가루 음식은 환자에게 좋질 않으니 면이 나온 날도 밥을 먹으라고 조언하는 수녀님들에게 나는 늘 변명을 한다. "저에겐 국수가 약이거든요. 너무 힘든 항암 치료를 받을 때도 다른 음식은 먹을 수가 없는데 오직 국수만 먹을 수 있었기에 그 후로는

더욱 국수가 좋아졌어요"라고. 임종하기 직전 나의 어머니도 말갛게 우려낸 멸치 국물에 끓인 콩나물국이나 소면을 찾아 드시며 흡족해하셨기에 국수를 먹는 날은 늘 어머니에 대한 그리움도 모락모락 함께 피어오른다.

  ** 어느 국숫집에 갔더니 하얀 광목에 아래의 시를 적어놓아 베껴 왔는데 '국수 예찬'을 제대로 표현한 것 같아 나도 자주 애송하고 있다.

사는 일은
밥처럼 물리지 않는 것이라지만
때로는 허름한 식당에서
어머니 같은 여자가 끓여주는
국수가 먹고 싶다

삶의 모서리에서 마음을 다치고
길거리에 나서면
고향 장거리 길로
소 팔고 돌아오듯
뒷모습이 허전한 사람들과 국수가 먹고 싶다

세상은 큰 잔칫집 같아도

어느 곳에선가

늘 울고 싶은 사람들이 있어

마음의 문들은 닫히고

어둠이 허기 같은 저녁

눈물자국 때문에

속이 훤히 들여다보이는 사람들과

따뜻한 국수가 먹고 싶다

– 이상국, 〈국수가 먹고 싶다〉 전문

❉❉"국수 한 그릇 먹고 가실래요?" 늘 이렇게 초대하며 이웃을 불러 모을 아담한 국숫집을 하나 갖고 싶다. 기쁘면 기뻐서 슬프면 슬퍼서 부담 없이 들어와 누구라도 위로받을 수 있는 국숫집의 작은언니가 되고 싶다. 이름은 '시가 있는 국숫집'이라고 해야지. 국수를 먹고 나서 짬짬이 시도 읽고 편지도 쓸 수 있는 초록 책상도 준비하리라. 낯선 이들끼리도 금방 정겨운 친구가 될 수 있는 공간, 누구도 차별받지 않고 편안히 쉬어 갈 수 있는 조그만 국숫집을 상상 속에 짓고 있는 것만으로도 나는 행복하다.

오늘은 내 남은 생애의 첫날입니다

'오늘은 내 남은 생애의 첫날입니다'라는 이 말을 나는 요즘도 강연 중에 자주 인용한다. 독자들이 책에 사인을 요청해도 이 구절을 많이 적어 주곤 한다.

아주 오래전 내가 미국 로스앤젤레스에 갔을 적에 어느 날 친지들이 안내하는 선물의 집에 들른 일이 있다. 거기서 조그만 크기의 책갈피를 하나 사게 되었는데 그 안에 적혀 있는 바로 이 글귀가 마음에 들어서였다.

'Today is the first day of rest of your life(오늘은 그대의 남은 생애의 첫날입니다).'

그 순간 이 글이 내 마음에 어찌나 큰 울림을 주었는지! 삶에 대한 희망과 용기, 위로를 주는 멋진 메시지로 다가왔다. 그래서 평소에 늘 "오늘이 마지막인 듯이 살게 하소서!" 하던 기도를 "오늘이 내 남은 생애의 첫날임을 기억하며 살게 하소서"라고 바꾸어서 하게 되었다.

'마지막'이라는 말은 왠지 슬픔을 느끼게 하지만, '첫날'이라는 말에는 설렘과 기쁨을 주는 생명성과 긍정적인 뜻이 담겨 있어 좋다.

오늘도 새소리에 잠을 깨면서, 선물로 다가온 나의 첫 시간을 감사하였다. '나에게 주어진 새로운 시간, 새로운 기회를 더욱 잘 살리도록 노력해야지' 하고 다짐하였다. 해야 할 일을 적당히 미루고 싶거나 게으름을 부리고 싶을 적엔 나 자신에게 충고한다.

'한 번 간 시간은 두 번 다시 오지 않아요. 정신을 차리고 최선을 다하세요. 성실하고 겸손하게!'

불쑥 찾아오는 방문객에게 친절과 사랑을 다하기 어려울 적엔 스스로 이렇게 주문한다.

'이 만남이 이 분과의 처음이자 마지막 만남이 될 수도 있으니 형식적이거나 기계적으로 대하지 말고 마음엔 따뜻한 사랑을 담고, 얼굴엔 환한 웃음을 보이세요.'

나 자신의 약점과 실수가 두렵고 어떤 일로 의기소침해지거나 믿음까지 부족하여 우울해질 적엔 이렇게 상기시켜 준다.

'첫 약속을 잊었군요. 어떤 일이 있어도 실망하지 않고 꾸준히 기도하고 인내하며 힘을 얻기로 했잖아요.'

내가 다 감당하기 어려운 이런저런 심부름이 하도 많아 자꾸 불평이 나오려고 할 적엔 이렇게 권유한다.

　'구슬이 서 말이라도 꿰어야만 보배라는 말을 좋아하는 사람답게, 사람들의 다양한 부탁들을 선(善)과 사랑의 구슬을 꿰는 기회라 여기고 우선 할 수 있는 것부터 열심히 해보세요. 짜증 내거나 찡그리지 말고, 이왕이면 기쁘게 감사하게 침묵하면서 말이지요.'

　성당에서 기도하다가, 방에서 책을 읽다가, 정원에서 산책하다가, 객실에서 손님을 만나다가, 병원에 입원하여 치료를 받다가, 문득문득 다시 생각나는 말, 나를 다시 움직이게 하고 나를 다시 일으켜 세우는 말, 삶이 힘들 때 충전을 시켜주는 약이 되는 말.

　'오늘은 내 남은 생애의 첫날입니다.'

　이 말이 있어 나는 행복하다. 이 말을 계속 되새김하다 보니 이런 기도가 절로 나온다.

　'오늘도 싱싱한 희망의 첫 마음으로 내 남은 생의 첫날을 살게 하소서. 새로운 감탄과 경이로움을 향해 나의 삶이 깨어 흐르게 하소서.'

《누구라도 문구점》이 선물한 우정

　2014년 3월에 나는 《누구라도 문구점》이라는 그림 동화책을 펴낸 일이 있다. 내 상상 속의 문구점에선 물건뿐 아니라 기쁨과 희망과 사랑도 담아갈 수 있다고, 누구나 벗이 될 수 있게 음악도 흐르고 편지도 쓰고 상담도 할 수 있는 예쁘고 정겨운 공간으로 꾸미고 싶다고 썼다. 책에 들어간 화가의 그림이 정겹고 아름다워 나도 여러 권을 사서 선물하곤 했다.

　그해 여름 나는 서울의 어느 성당에서 강연한 일이 있는데 이십 년 전 해인 수녀와 같은 이름으로 세례를 받았다는 초등학교 교사가 담임을 맡은 1학년 어린이들의 그림편지를 한 묶음 우편으로 보내주었다. 둘째 아이 임신 전 내가 나타나 복숭아 두 개를 주었다는 재밌는 이야기도 들려준 그녀는 어린이들에게 "수녀님은 누구라도 문구점을 차리고 싶다는데 너희들은 무얼 차리고

'누구라도' 문구점

싫니?"라고 물었던 것 같다. 누구라도 병원, 누구라도 빵집, 누구
라도 미용실, 누구라도 동물원, 누구라도 옷가게, 누구라도 꽃집,
누구라도 보석가게, 누구라도 음악문구점, 누구라도 놀이문구점
등등 어린이들의 다양한 생각이 담긴 그림편지를 어느 간호사
수녀님에게 보여주니 '당장 나도 실천해야지' 하면서 병실 식당
입구에 '누구라도 커피 코너'를 써 붙이며 즐거워하는 걸 보았다.

그리고 또 삼 년이 지난 이번 여름 그는 다시 지난번과 같은 학교 3학년 5반 어린이들의 그림편지를 보내왔다. 이번엔 내가 번역한《우리 가족 최고의 식사》라는 책에 스무 명의 이름을 일일이 쓰고 그들이 내게 보낸 글에 대한 답신을 짤막하게 곁들여 고운 스티커도 넣었다. 부모님께 드리라고 예쁜 시 엽서 세트도 보너스로 넣었더니 모두 책을 들고 사진 찍은 것을 SNS로 보내주어 얼마나 기뻤는지 모른다. '마침 마지막 단원이 독후감을 쓰는 공부여서 수녀님의《누구라도 문구점》과《밭의 노래》를 읽어주고 자유롭게 표현하도록 했습니다. 아이들이 어찌나 진지하게 정성껏 쓰는지 저도 힐링이 되는 시간이었어요'라는 교사의 메모를 읽고 나서 아이들의 그림편지를 보는 내내 나는 행복하였다.

'수녀님처럼 꿈이 많은 어른은 처음 봅니다. 수녀님이 제가 차린 병원에 오시면 사랑 넘치는 치료를 해드리겠습니다. 돈 없고 아픈 사람도 행복하게 치료해주겠습니다.'(성문선) '누구라도 원하는 물건을 가져가는 부분이 제일 재미있었어요. 누구라도 만물점에 오세요. 강아지를 원하면 강아지를, 꽃을 원하면 꽃을 줍니다.'(김지후) '누구라도 분식집에선 매주 수요일에 돈을 안 받으니 그냥 오세요.'(김현서) '저는 누구라도 분식점을 차려서 사람들에게 떡볶이는 공짜로 그냥 주어 행복하게 할 거예요.'(정현우) '수녀님은 상상 속의 문구점을 차리시지만 저는 상상 속의 마트를 마음속에서 만든 적이 있어요. 다음에는 곤충에 대한 책도 써주세요.'(이선우) '어떤 손님이라도 와서 원하는 빵을 말하면 빵을 만드는 빵집을 할 거예요. 저도 나중에 수녀님처럼 멋진 책을 쓰고 싶어요.'(석민유) '저는 누구라도 공짜 음식점을 차려 사람들이 북적대게 할 거예요. 누구라도 편의점, 누구라도 미용실도 차리고 싶고요. 수녀님, 대단하세요! 수녀님의 책은 누구든 배려하고 베푸는 책인 것 같았어요. 제가 꿈이 방송인인데 저도 사람들에게 사랑을 베푸는 시인 또는 작가가 되고 싶어요. 제가 책을 쓰면 꼭 수녀님부터 먼저 보여드릴게요. 항상 사랑합니다.'(공이현) '저는 누구라도 인형가게를 할 건데 수녀님이 오시면 수녀님 인형을 드릴 거예요.'(정태회) '수녀님의 책을 정말 감명 깊게 읽었어요. 아이들이 문구점에 들어와 생일카드 있어요? 라고 말하는 걸 보기만 해도 기쁘다는 수녀님은 정말 욕심이 없고 남이 행복하면 수녀님도 행복한 것 같았어요. 저는 누구라도 꽃집을 열어 처음 온 손님에게는 손님과 어울리는 꽃 다섯 송이를 선물하고 싶어요.'(김형서) '오늘 선생님께서 《누구라도 문구점》과 《밤의 노래》를 읽어주셨어요. 이미 읽었는데 또 들어도 질리지 않아요. 전에 제가 (반 친구들보다 먼저) 수녀님 답장 받은 걸 보고 엄마가 저보고 멋진 아들이래요. 수녀님 덕분에 칭찬도 받고 기분도 좋아졌어요.'(박기범)

수녀님, 안녕하세요? 선물 받고 즐거워하는 아이들을 보니 저도 무척 행복했어요. 일일이 쓰신 손편지와 스티커, 좋은 글귀에 탄성이 절로 나

222

왔어요. 글씨는 티브이에 보이게 하고 하나하나 읽어주었어요. 책은 아이들이 돌아가면서 큰 소리로 읽었어요. 그리고 편지를 썼어요. 수녀님께 또는 책의 주인공에게. 책은 책가방에 넣어 고이고이 집에 가져갔어요. 엄마, 아빠께 자랑한다고요. 아직은 비밀로 했지만, 내일은 수녀님이 번역한 《마법의 유리구슬》을 읽어줄 거예요. 소중한 추억을 안겨준 수녀님께 다시 한번 감사드리며 건강하셔야 해요!

- 이화용 클라우디아 올림

개학하자마자 내가 보낸 선물을 아이들에게 전달한 담임 교사의 메시지를 다시 읽으니 고운 빛깔의 동심이 꽃으로 피어난다. 올해가 다 가기 전 《누구라도 문구점》으로 인연을 맺게 된 미지의 어린 친구들을 내가 직접 만나러 가는 상상을 해보는 것만으로도 설레는 마음이다.

언제라도 앞치마를 입으면

"내가 널 가졌을 때 말이야. 어느 산에서 생금을 캐는데 하도 양이 많아 담을 곳이 없어서 앞치마에 가득 담아왔거든. 그래서 이 아이는 이다음에 자기 앞가림을 잘할 수 있겠구나 생각하였지."

종종 나의 태몽을 즐겁게 이야기해주시던 어머니가 오늘도 보고 싶다.

어린 시절 어머니가 한복 위에 입으시던 하얀 무명 앞치마는 늘 정갈하고 아름다워 보였다.

나도 어른이 되면 결혼해 어머니가 입던 것과 비슷한 앞치마를 입으려고 했으나, 한복 대신 수도복을 입고 그 위에 앞치마를 입는 삶을 살게 되었다.

수녀원에 와서 식탁 봉사를 할 적에 입는 흰색 앞치마를 입으

기다리는 행복

면 늘 어머니 생각이 나곤 했다.

설거지나 청소를 할 적에도 무늬와 색이 있는 앞치마를 입는다. 규율이 엄격한 우리 수녀원에서도 앞치마만큼은 각자의 기호에 따라 다양하게 입는 편이다. 나는 요즘 반 앞치마를 즐겨 입는데 내가 앞치마를 입고 나가면 수녀님들이 "시인에겐 그 앞치마가 참 어울리네요", "어디서 구한 거예요?" 등등 꼭 한마디씩 말한다.

언제라도 앞치마를 입으면 즐거운 마음이 된다. 굳이 일을 많이 안 해도 무언가를 위해 준비된 마음이랄까, 좀 더 겸손한 마음이 되는 것 같다.

늘 회색, 검은색, 하얀색 옷만 입고 사는 우리에게 적당히 선택해서 입을 수 있는 앞치마의 화사한 빛깔과 무늬는 색다른 기쁨을 선사한다. 더러는 지인들에게 앞치마를 선물 받기도 하는데 차마 입을 수가 없는 사연의 앞치마들도 있다.

나의 첫 시집을 못 구해서 빌린 시집을 통째로 노트에 베껴 썼다는 오랜 독자 변정숙(코르넬리아) 님이 만들어준 앞치마를 보면 눈물이 난다. 파킨슨병을 앓던 그녀가 세상을 떠나기 얼마 전 이승에서의 마지막 선물이 될지 모른다면서 '재봉틀질을 해야 하는데 손이 더 떨리기 전에 수녀님을 위한 앞치마를 꼭 만들어드리고 싶어요. 그러니 원하는 디자인을 보내주세요!'라고 했다. 간청하기에 할 수 없이 주머니는 두 개가 있으면 좋겠고 단추로 멋을 내도 좋으며 수수한 빛깔의 체크무늬면 더 좋을 것 같다는 말을 하였더니 그대로 만들어 보내주었다.

평소에도 베갯잇이나 티슈 커버, 묵주 주머니 등을 즐겨 만들어주던 그의 편지들을 찾아 읽었다. 다 모아서 유족들에게 보냈더니 사진과 함께 멋진 문집을 만들어서 다시 내게 보내주기도 했다.

이태석 신부님이 잠들어 계신 전남 담양의 천주교 묘지에 가서 꽃을 봉헌하면서도 나는 그의 죽음이 실감 나질 않았다. "수녀님, 오랜만이네?" 하고 활짝 웃던 그의 모습이 지금도 눈에 선하다.

'백일기도 하는 마음으로 수녀님께 선물하면 좋을 예쁜 헝겊 주머니와 앞치마를 백 개 만들었는데 기쁘게 만들다 보니 백일이 되기도 전에 완성이 되어 미리 보내드려요. 작은 정성이지만 즐겁게 받아주면 고맙겠어요. 이 선물이 행여 수녀님께 누가 되지 않기만을 바랄 뿐입니다'라고 종종 소포와 편지를 보내오던 권순자라는 서울의 독자분이 있었다.

교보문고 사인회에서 잠시 인사를 나눈 뒤로 언제 한번 따로 만나 이야기하자 약속해놓고 거리상의 이유도 있어 계속 미루게 되었다. 계절마다 같은 솜씨로 앞치마와 주머니를 보내와서 안심

기다리는 행복

하고 있었는데 어느 날 그의 딸이라면서 내게 문자가 날아왔다.

'암으로 투병 중이던 제 친정어머니가 어제 세상을 떠나셨기에 수녀님께 알려드려요. 어머님 생전에 기쁨을 주시고 좋은 벗이 되어주셔서 감사합니다. 기도해주세요!'라고. 그가 만든 주머니들은 아직도 몇 개 남아 있지만, 색색의 앙증스러운 짧은 모양의 앞치마들은 양로원의 어르신이나 봉사자들에게 선물하였다.

사람은 가고 우정의 향기, 사랑의 손길만 남아 있는 앞치마를 애틋한 그리움 속에 바라본다.

나도 서툰 솜씨로나마 멋진 앞치마를 만들어 누군가에게 선물하고 싶다.

앞치마의 아름다움을 묵상하면서 어느 날 나는 이렇게 노래해 보았다.

삶이 지루하거든
앞치마를 입으세요

꽃밭에 물을 줄 땐
꽃무늬 앞치마를

부엌에서 일을 할 땐

줄무늬 앞치마를

청소하고 빨래할 땐
물방울무늬 앞치마를
입어보세요

흙냄새 비누 냄새 반찬 냄새
그대의 삶 냄새를 풍기며
앞치마는 속삭일 거예요

그대의 삶을
있는 그대로 받아들이라고
조금 더 기쁘게
움직여보라고

앞치마는 그대 앞에서
끊임없이 꿈을 꾸며
희망을 재촉하는
친구가 될 거예요

때로는

하늘과 구름도

담아줄 거예요

– 이해인, 〈앞치마를 입으세요〉 전문

봄이 오는 길목에서

＊＊ 글방 앞에 나가면 햇빛이 하도 좋아 한동안 서 있다 들어오곤 한다. 건강이 나빠지고부터는 추위를 더 많이 타서인지 햇빛이 있는 곳을 찾아다니게 된다. 그래서 전에는 달빛에 관한 시를 많이 썼다면 요즘은 햇빛에 관한 시를 자주 쓰게 된다.

긴 겨울이 끝나고 안으로 지쳐 있던 나

봄 햇살 속으로 깊이깊이 걸어간다

내 마음에도 싹을 틔우고

다시 웃음을 찾으려고

나도 한 그루 나무가 되어 눈을 감고

들어가고 또 들어간 끝자리에는

지금껏 보았지만 비로소 처음 본

푸른 하늘이 집 한 채로 열려 있다

- 이해인, 〈봄 햇살 속으로〉 전문

어제는

먹구름

비바람

오늘은

흰 구름

밝은 햇빛

바삭바삭한 햇빛을

먹고 마셔서

근심 한 톨 없어진

내 마음의 하늘이

다시 열리니

여기가 바로

천국이네

- 이해인, 〈햇빛 일기〉 전문

＊＊ 지금 나는 아름다운 제주도에서 며칠 머무르고 있다. 팔십 대부터 십 대에 이르기까지 전국 각지에서 온 129명의 교우와 '눈꽃피정'을 하는 중에 신영복 선생님의 별세 소식을 들으니 슬프다. 그분의 강의록을 모은 책《담론》을 읽으려고 구해두었는데. 감옥에서 이십 년 만에 출소한 그분이 대중 앞에서 첫 강의를 하실 때 나는 마침 서울에 있어 강의를 들으러 갔었다. 선생님의 애독자로서 우리 수녀원에 강의를 와주십사 청했지만, 사정이 여의치 않아 못했고, 그 대신 '평상심'이라는 글씨를 한지에 써 보내셨기에 지금껏 소중히 간직하고 있다. 아직 떠나실 때는 아닌데. 그분을 고통스럽게 덮친 암이라는 존재가 못내 야속하기만 하네.

　옆방 쟌다크 수녀님의 어머니가 계신 요양병원을 방문했다. 아흔여섯 살의 최쾌숙 데레사 할머니는 전보다 쇠약해질 대로 쇠약해지셨는데도 내가 당신 따님이 예비 수녀일 때 잠시 담임 수녀를 했다는 이유만으로 어찌나 반기시는지! "내가 이 세상을 떠난 뒤에도 내 딸을 잘 부탁합니다"라는 말씀도 오래전부터 되풀이하신다. 내 시가 적힌 그림엽서 몇 장을 드리고 나서 수녀 딸이 빵을 내밀며 어서 드시라고 했더니, 지금 아름다운 시가 내 앞에 있는데 먹는 것이 문제냐며 소리 내어 천천히 시를 읽으셨다. 그 모습을 보고 우리 수녀님은 눈물마저 글썽이며 감동하였다. "젊은 날 워낙 독서를 많이 하셔서 그런가 봐요. 이 연세에도 시를 좋아하는 엄마의 모습이 놀라워요" 하였다. 병상에 오래 누워 있다고 해서 노인들을 마치 감정도 없는 사람처럼 함부로 대해서는 안 된다는 것을 우리는 다시 배웠다.

　＊＊ 아흔두 살의 김복엽 루치아 할머니가 혼자 사시는 집을 그분과 중앙성당에서 각별한 인연을 맺은 니콜라 수녀님과 함께 방문하였다. 부산 광복동에서 이름난 미용실을 운영하기도 했던 이분은 연세가 많은데도 어찌나 유머와 활력이 넘치시는지! 우리 앞에서 시도 읊고 노래도 부르며 즐거워하신다. 아름다운 잔

에 손수 끓인 커피를 따라주시며 당신은 평소에 비록 혼자서일지라도 예쁜 잔을 바꾸어가며 기분을 내신다고 했다. 지금 사는 아파트가 허름하지만 정이 들어 옮길 수가 없고, 오래전 세상을 떠나신 당신의 친정어머니와의 추억이 서려 있는 곳이라고 하셨다. 누추한 곳을 찾아와 고맙다며 장갑과 찹쌀떡을 우리에게 선물로 안겨준 할머니가 헤어지는 걸 아쉬워하시기에 마침 그 자리에 함께 있던 그분의 대녀가 추억의 사진을 찍어주었다. 자신의 아픔은 감추고 늘 쾌활한 언어와 미소로 사람들을 대하며 다른 사람을 먼저 배려하던 젊은 날의 모습이 구십 대까지 이어져 온 것일 거다. 소외감에 빠지기 쉬운 노년기에 자기연민에 빠지지 않는 의연함을 나도 배우고 싶다.

　＊＊ 오늘은 4층 담화방의 책임을 맡은 마인라드 수녀님 영명축일이라고 수녀 여덟 명이 따로 식사했다. 100명 가까운 이들이 밥을 먹는 큰 식당과는 달리 좀 더 오붓하고도 정겨운 느낌을 주는 소그룹끼리의 식사가 허용된 지는 사실 얼마 안 되었다. 우리 담화방 이름이 '기쁨'인 만큼 이름에 맞는 기쁨 수녀가 되어야 함을 알면서도 건강상의 이유로, 함께 사는 이들끼리의 사소한 갈등으로 가끔은 우울함에 빠지는 자신을 탓하는 우리. 암으로 투병하다 세상 떠난 같은 층의 수녀들을 그리워하는 우리. 서로 티

기다리는 행복

격태격하는 것 또한 우리가 살아 있기 때문이 아니겠느냐면서 지금 이 순간의 만남을 더욱 소중히 여겨야 한다며 행복해한다.

＊＊ 감기 기운이 있어 레몬차라도 마실까 하고 휴게실에 들어가니 어느 수녀가 8박 9일의 피정 동안 모아두었다는 과자 몇 개와 함께 흰 종이에 만화 캐릭터로 4층 수녀들의 얼굴을 그려놓았다. 감사 쪽지도 눈에 뜬다.

"저희 피정자들 햇살 가득한 방에서 푹 쉬고 푹 내려놓고 다시 기운 받아 소임지로 떠납니다. 공사 중인 본원에서 분주하실 텐데 공간 배려해주시고 마음 내어주신 수녀님들 감사드려요. 수세미로 방바닥 빡빡 닦으며 뒷모습도 정리정돈 정갈히 해서 씩씩하게 내려갑니다."

큰 공동체 안에서 놓치고 살기 쉬운 이러한 표현들은 삶에 기쁨을 더해준다.

＊ 3월 입회자들이 기도하러 왔는데 보기만 해도 흐뭇하다. 공동체는 이들을 설레는 기쁨 속에서 기다릴 것이다. 봄은 나에게도 다시 시작하라고 한다. 다시 희망하라고 한다. 다시 사랑하라고 한다. 누군가를 행복하게 만드는 따뜻한 햇볕이 되라고 한다.

휴가에 대한 단상

＊＊ 어느 해 휴갓길에서 나는 이렇게 기도한 적이 있다.

'여유 없이 살아온 저의 지난날을 반성하면서 겸허히 두 손 모아 기도합니다. 저에게 잘 분별하는 지혜를 주시어 모처럼 주어진 휴가를 멋진 선물로 받아 안고 이 시간을 잘 활용하여 나날의 삶에 은은한 기쁨과 행복이 스며들 수 있도록 도와주소서. 이 기쁨과 행복으로 주님을 찬미하고 이웃을 더욱 사랑하는 일상이 되기를 기도하면서 하늘 한번 올려다보고 들꽃 한번 내려다보는 오늘을 당신께 봉헌합니다.'

＊＊ 휴가는 필경 '게으름의 찬양'에 맛 들이는 시기이다. 내가 좋아하는 러끌레르끄의 책《게으름의 찬양》을 다시 읽어보니 이 구절이 마음에 들어온다.

"아름다움이 아름다움으로 보이고 꽃을 피우게 되는 것은 뛰면서 되는 일도 아니고 군중의 소란 한가운데서 이루어지는 일도 아니고 번다한 일도 아니고 바쁜 일들 틈바구니에서 생기는 일도 결코 아닙니다. 고독, 정적, 한가로움이 있고서야 탄생도 있는 법입니다. 때로는 섬광 짓듯 생각이나 걸작이 피어나는 것도, 이미 오래고 한가로운 잉태기가 그에 앞서 있었기 때문입니다."

✳✳ 계절에 상관없이 휴가 계획을 세우는 이들도 있지만, 특히 여름 한철 8월은 너도나도 다양하게 휴가 계획을 세우는 것을 본다. 다양한 이벤트를 겸한 휴가 상품도 많다.

굳이 이름을 붙이자면 휴가에도 여러 종류가 있는 것이리라. 모든 일을 다 내려놓고 자신의 내면의 뜰을 들여다보며 홀로 고요히 명상과 기도에 집중하는 피정휴가, 오직 자연과 벗하며 지내는 자연휴가, 친구들끼리 만나서 며칠 동안 함께 친교를 나누는 우정휴가, 가족들끼리 뜻을 모아 길을 떠나는 가족휴가, 평소에 읽고 싶었지만 일에 밀려 잠시 비켜두었던 책이나 실컷 읽으며 즐기는 독서휴가도 있을 것이다.

✳✳ 일 년에 이 주 정도 있는 휴가를 나는 어떻게 써왔을까? 돌이켜보면 휴가를 휴가답게 쉬는 시간으로 쓰진 못한 것 같다. 휴가 기간에 오히려 일을 더 만들어서 하고, 많은 사람을 만나느라 지쳐서 막상 수녀원에 돌아와서는 다시 쉬어야 하는 경우가 더 많았던 것 같다. 휴가 기간에 조용히 쉬는 일에만 몰두하는 수녀들을 보면 부럽기 그지없다. 내가 그래도 휴가다운 휴가를 보냈다고 생각되는 때는 수년 전 여름, 암에 걸린 동료 수녀 두 명과 같이 어느 시골집에서 약 열흘간 오롯이 몸과 마음의 안정을 취했던 때이다. 단순한 마음으로 약과 음식을 먹으며 자주 산책도

기다리는 행복

하고 좋은 생각도 많이 했었지.

  *$_*$ 어머니가 살아계실 적엔 어머니를 모시고 버스나 기차를 타고 일종의 효도 여행을 하곤 하였다. 평소에 어머니가 그리워하는 친척 친지들을 함께 만나러 가는 길엔 늘 설렘이 가득하였다. 연세가 아주 많으실 때도 어머니는 소녀 같은 감성으로 수녀 딸과의 여행을 얼마나 행복해하셨는지! 어머니가 세상에 안 계신 지금은 모든 순간이 다 추억의 고운 꽃잎으로 내 기억의 갈피에 접혀 있다.

  *$_*$ 휴가 때는 긴장을 풀고 느슨하게 늦잠도 잘 수 있어 좋다. 한때는 불면증에 시달리던 나답지 않게 요즘은 낮에도 밤에도 잠을 자주 청하고 쉽게 잠들곤 한다. '언젠가는 다시 깨어나지 못할 길고 긴 잠, 영원한 잠을 잘 것이니 지상에서의 잠은 줄여도 되는 거야'라고 생각했다가도 잠이 주는 달콤함과 휴식을 떠올리노라면 쉽게 잠을 포기할 수 없어진다. 잠이 주는 쉼은 그 무엇과도 바꿀 수 없는 축복이니까. 힘들 때일수록 잠은 가장 좋은 약이 되어주니까.

  *$_*$ 휴가 때는 시집을 읽으리라. 성서의 시편들, 그리고 되새김

하고 싶은 시들이 들어 있는 시집 몇 권을 들고 가서 친구에게
시 엽서도 한 장 쓰리라.

기다리는 행복

느티나무 아래서

우리 수녀원에는 느티나무가 몇 그루 있다. 내가 제일 좋아하는 느티나무는 성당 입구에 있는데, 1991년 9월 13일 내가 수녀회 설립 60주년 일을 돕고 있을 때 기념식수로 사 온 묘목이다. 나도 심는 일에 동참하였기에 유난히 더 애착이 가고 정이 들어서 이십여 년이 지난 지금까지도 각별한 관심을 두고 바라보곤한다. 처음엔 어리디어렸던 나무가 이젠 제법 큰 그늘을 드리운모습을 보면 얼마나 흐뭇한지 모른다. '대목은 묘목이 자라서 된것이다'라는 격언도 자주 되뇌면서 그 나무를 바라보곤 하였다. '내가 심은 어린 나무가 / 이제는 나보다 더 커서 나를 내려다보고 있네' 하는 시 구절이 저절로 떠올랐다.

느티나무 아래 둥근 터에는 약 스무 그루의 둥근 향나무도 있고 두 그루의 소나무도 자라고 있고 계절마다 각종 들꽃도 피고 있어서 늘 다양한 즐거움을 안겨주곤 한다. 한때는 어떤 일로 그 나무를 없애자는 의견이 나온 적이 있어 몹시 서운했는데, 지금도 행여 없어지면 어떡하나 조마조마한 마음이 들곤 한다. 적어도 하루에 네 번 성당으로 기도하러 들어가는 수녀들의 뒷모습을 어진 눈길로 내려다보는 나무, 객실로 식사하러 들어가는 다양한 손님들의 모습을 축복해주는 나무, 바로 앞에 있는 수녀원 주방의 반찬 냄새를 제일 먼저 알아차리는 나무.

해마다 2월과 8월, 인사이동을 하는 무렵엔 느티나무도 우리와 같이 만남과 이별을 공유한다. 본원에서 함께 살다 새 임지로 떠나는 이들, 떠나보내는 이들의 쓸쓸한 마음도 헤아리고 밖에서 일하다가 새로 들어오는 이들의 긴장감과 설렘도 나무는 침묵 속에서 따뜻하게 헤아려주리라. 세상을 하직한 수녀의 장례 미사를 마치고 묘지로 향하는 길고 긴 행렬의 엄숙한 침묵을 그윽한 눈길로 함께하는 나무, 크게 소리 내어 울지도 못하고 속으로만 눈물을 삼키는 유족들의 마음까지도 헤아려주는 느티나무다.

나는 몸이 아플 때도, 마음이 아플 때도 느티나무를 올려다보며 위로를 받는다. 우울할 땐 새를 보며 명랑해지라고, 답답할 땐 바다를 보며 시원해지라고 그는 내게 말해주었지. 어떤 고통이 있어도 '모든 것은 다 지나간다'고, 어떤 실수로 너무 부끄럽고 숨고 싶을 때는 '괜찮아 괜찮아 다음부턴 잘하면 되잖아'라고 다독여주곤 했다. 봄에는 연두색 여린 잎으로 여름에는 초록빛 잎으로 가을에는 샛노란 잎으로 그늘을 드리워주는 나의 나무. 나도 누군가에게 기쁨과 희망과 사랑의 넓은 그늘이 되어야 함을 일깨워준다.

겨울이 되면 모든 잎을 다 떨구고 빈 몸으로 서서 청빈의 깊은 의미를 존재 자체로 보여준다. 수녀원을 다녀가는 손님들은 느티나무 아래서 더러 기념사진을 찍기도 한다.

어느 해 부활절 수녀들이 하얀 옷을 입고 활짝 웃으며 고(故) 박완서 작가와 찍은 사진은 다시 보아도 포근하고 아름답다. 오늘은 나도 조금 더 넓어진 마음으로 나의 느티나무에게 한 장의 러브레터를 쓴다. 본원 건물이 개축을 앞두고 몽땅 비게 되니 요즘 따라 느티나무를 보는 것이 더 뜻깊고 눈물겹다.

사계절 내내

햇볕과 비와 바람을 맞으며

늘 곁에 계신

당신을 사랑합니다

말보다 깊은 침묵으로

이해의 눈길을 준

당신이 가까이 있어

오늘도 행복합니다

신을 향한 나의 사랑이

조금 더 높아지고

이웃을 향한 나의 사랑이

조금 더 깊어진 기쁨!

이 기쁨은 당신이 나에게

오랜 세월 가르쳐서 선물한

초록빛 기쁨입니다

참을성, 넉넉함, 따뜻함으로

긴 세월 기다릴 줄 아는

엄마 같고 애인 같은 당신

고맙습니다

나도 당신을 닮아

품이 넓은 사랑을

다시 시작하게 해 주세요, 꼭!

- 이해인, 〈느티나무 연가〉 전문

기다리는 행복

12월의 반성문

한 해의 마지막 달인 12월! 지나온 시간을 돌아보면서 내 마음 속에 있는 일곱 개의 하얀 문으로 잠시 들어가려 합니다.

첫 번째, 감사의 문을 열어봅니다.

나날의 감사가 너무 겉돌거나 피상적이진 않았는가 반성해봅니다. 매사에 감사한다고 말은 쉽게 하면서도 진정 감사하는 사람답게 사람들을 존중하고 예의 바르게 대하고 따뜻한 긍정의 시선으로 삶을 바라보지 못했습니다. 나 자신이 감사하기보다는 남에게 감사하라는 주문을 더 많이 했던 것 같습니다. 다른 이의 상황을 잘 헤아리지도 못하고 감사를 강요한 주제넘은 발언과 행동을 용서하십시오.

두 번째, 용서의 문을 열어봅니다.

순간마다 마음을 넓게 열고 신앙을 단단하게 하지 않고서는 그 무엇을, 그 누구를 용서하는 일이 어렵다는 것을 절감합니다. 남에게 누구를 용서하라는 주문도 함부로 해선 안 된다는 것도 새롭게 배웁니다. 종교적인 이유로라도 어떤 사람과 사람과의 관계를 잘 알지도 못하면서 섣부르게 개입하며 용서와 화해를 독촉

기다리는 행복

하기보다는 가만히 지켜보며 인간적으로 이해하고 어느 순간 용서에 이를 수 있길 기도하면 될 것입니다. 자신도 실천을 잘하지 못하면서 남에게 용서하라는 말을 너무 많이 했던 경솔함을 용서하십시오.

세 번째, 기쁨의 문을 열어봅니다.

   지난 일 년 동안 기쁘게 살겠다고 나름대로 결심은 세웠으나 내 가까운 주변에서 일어나는 일들, 그리고 더 멀리 세계에서 일어나는 아픈 일, 슬픈 일들을 핑계로 웃음과 기쁨을 멀리하고 살았습니다. 마음의 여유가 없는 탓에 웃는 일에 인색하며 우울하고 심각한 표정을 지어 옆 사람까지도 불편하게 만들었음을 용서하십시오.

네 번째, 인내의 문을 열어봅니다.

   삶의 길에서 필요한 참을성과 끈기가 부족한 나이지만 그래도 꾸준히 노력하여 인간적으로 노엽고 화나는 상황에서도 잘 참아낼 수 있었던 순간들도 꽤 많아서 흐뭇했습니다. 그러나 그 인내는 넉넉하고 여유 있고 따스한 사랑이 결여된 메마른 인내였음을 반성하며 용서를 청하고 싶습니다. 앞으로는 좀 더 순하고 즐겁고 너그러운 마음과 표정으로 인내하는 법을 배우겠습니다.

다섯 번째, 사랑의 문을 열어봅니다.

이론과 말로만의 사랑이 아니라 이왕이면 좀 더 구체화한 사랑의 주인공이 되고 싶어서 함께 사는 이들에게는 때에 맞는 애덕의 행위를 찾아 하려고 애썼지요. 모든 이를 차별 없이 환대하도록 노력한 보람도 느낄 수 있어 기뻤답니다. 문화와 종교의 차이를 뛰어넘어 사람 자체를 존중하고 그들이 하는 말을 정성껏 들어주는 것만으로도 아름다운 우정이 싹트는 기쁨을 맛보았습니다. 그러나 때로는 육체적인 피곤함을 드러내고 개인적인 감정이나 기분에 치우쳐 사랑 부족한 만남으로 상대를 서운하게 한 일도 많았음을 용서하십시오.

여섯 번째, 겸손의 문을 열어봅니다.

내 마음의 수첩 속에도, 내가 일하는 공간의 어느 돌멩이 위에도 새겨둔 겸손이라는 아름답고도 부드러운 그 단어! 그러나 돌이켜보니 단 한 번도 올바르게 겸손한 마음을 지니거나 겸손한 사람이 되지 못했음을 부끄럽게 고백하며 용서를 청합니다. 지금껏 그리했듯이 앞으로도 진정 겸손한 사람들을 본보기로 삼고 더 열심히 내가 작아지되 떳떳하고 당당할 수 있는 '겸손 실습'을 다시 해보렵니다.

일곱 번째, 기도의 문을 열어봅니다.

평생을 누구보다 더 많이 더 깊게 기도할 수 있는 삶을 스스로 선택해놓고도 실은 여태껏 제대로 기도하지 못해 고민이 많은 기도의 열등생입니다. 시간이 없어서가 아닌데도 기도 시간을 충분히 떼어놓지 못한 게으름을 용서하십시오. 아름다운 의무로 감당해야 할 공동 기도 외에도 별도로 부탁 받은 기도가 하늘의 별과 같이 많건만 대답만 해놓고 숙제를 못 했으니 마음이 무겁습니다. 기도의 길 위에 서서 슬프고 안타까운 마음으로 고해성사를 준비하는 이 마음 또한 기도이길 청하며 '자비를 베푸소서!' 가슴을 칩니다. 부르기만 하면 낮게 내려앉는 12월의 하늘을 가만히 바라보는데 또 한 번의 새해가 문을 열어주니 고맙습니다. 잘해볼게요!

5

흰구름

러브레터

위_ 설날의 가족사진(1957)
아래_ 가회동 성당 주일학교 소풍에 가서(1955)

우체국 가는 길

세상은

편지로 이어지는

길이 아닐까

그리운 얼굴들이

하나하나

미루나무로 줄지어 서고

사랑의 말들이

백일홍 꽃밭으로 펼쳐지는 길

설레임 때문에

봉해지지 않는

한 통의 편지가 되어

내가 뛰어가는 길

세상의 모든 슬픔

모든 기쁨을

다 끌어안을 수 있을까

작은 발로는 갈 수가 없어

넓은 날개를 달고

사랑을 나르는

편지 천사가

되고 싶네, 나는

법정 스님의 옛 편지

요즘 나는 그동안 내가 받은 수많은 편지를 정리하는 중인데 특히 법정 스님의 편지는 워낙 갖고 싶어 하는 분들이 많아 원본 그대로 나누어주고 났더니 남은 게 얼마 없다. 때론 복사라도 하고 보낼 걸 하는 생각이 들기도 했지만, 이 또한 욕심인 것 같아 잊어버리기로 했는데 그래도 간혹 눈에 띄어 다시 읽어보는 기쁨이 있다.

특히 2005년 6월에 쓰신 편지는 스님의 인간적인 면이 잘 드러나는 자연스러운 분위기가 느껴져 독자들과도 나누고 싶어 이 지면을 빌려 소개한다.

2004년 성탄에 내게 도착한 스님의 글이 예년과 같이 성탄 축하 편지인 줄 알았다가 뜻밖에도 심한 역정과 꾸지람이 담긴 글이어서 나는 적잖은 충격을 받았다. 바람결에 소문을 들었다면

기다리는 행복

서 수녀님이 나에게서 받은 편지로 신간을 준비한다는데 절대로 그럴 순 없다고, 엄밀히 말해서 그 편지의 저작권은 당신에게 있다는 요지의 글을 아주 단호하게 쓰신 걸 보고 나도 속이 상해서 '만인의 존경을 받으시는 대단하신 스님께서 어찌 알아보지도 않고 그렇게 심한 말을 하시느냐, 나는 단 한 번도 편지로 책을 엮겠다는 생각을 해본 적이 없는데 본인에게 사실 확인을 해보지도 않고 그렇게 단정적으로 몰아세우시는 게 야속하다. 스님의 글 때문에 나의 성탄은 기쁨 아닌 슬픔으로 얼룩지게 되었다'

고 답신을 했다. 스님의 이 편지는 아마도 내가 답신을 보내고 나서 온 두 번째 편지일 것이다.

'수녀님이 가까이 있으면 한번 가볍게 안아주며 마음을 풀어주고 싶다'라고까지 하시며 당신이 너무 심했다고 용서를 구했으나 내 마음이 쉽게 풀어지지 않은 걸 눈치채시고 짐짓 더 다정하게 화해의 손길을 내미신 것 같다.

스님의 옛 편지를 읽어보니 어느 해 스님과 함께했던 불일암에서의 시간도 다시 생각이 나고 그분이 세상에 안 계신 지금 그 예리한 눈빛과 정겨운 농담이 그립다. 스님과 함께 마시던 차, 함께 먹던 국수, 함께 감상했던 그림들, 함께 만났던 사람들 모두가 다 그립다. 달맞이꽃을 좋아하시던 스님의 편지 안에 숨겨진 그 소년 같은 순수함과 따뜻한 마음까지도!

구름 수녀님께

편지와 〈좋은 말씀〉 수첩 그리고 〈해바라기 연가〉 시디를 반갑게 받았습니다. 내 괴팍한 성미 때문에 수녀님께 상처를 입힌 일 두고두고 뉘우칩니다.

못된 내 성미는 화가 났을 때는 훨훨 타다가도 그때 지나면 이내 잦아들어요. 그리고 한 번 지나간 일은 까맣게 잊어버리는 그런 성미입니다. 그래서 가까이서 지켜보는 사람들은 나를 어린애 같다고들 합니다. 어쨌든 수녀님 마음에 입은 상처가 아직도 아물지 않았다면 광안리 바다에다 다 쏟아버리셔요. 물결 따라 흘러가도록요.

늘 새롭게 시작하는 것이 수도자의 삶이란 걸 수녀님도 잘 아시지요? 불일암에서 찍은 사진을 보니 세월을 읽을 수 있어요. 정다운 오누이처럼 서 있는 모습이 보기에 좋습니다. 가지고 싶은 이들에게 복사해 나누어드린 일 잘 하셨습니다.

나도 요즘은 나이 탓인지 모나고 급한 성미 많이 누그러지고 모든 걸 받아들이는 쪽으로 기울고 있습니다. 산에서 오래 살다 보면 자신도 모르는 새 산을 많이 닮아갑니다. 지난 70년 세월을 뒤돌아볼 때가 더러 있습니다. 스물네 살에 산에 들어와 50년 가까이 중노릇하면서 나 자신이 무슨 업을 익혀왔는지 스스로 물을 때가 있습니다. 해놓은 일 없이 헛된 이름만 세상에 남긴 일 부끄러워요. 내세울 만한 일은 없고 후회되는 일이 더 많이 떠오릅니다. 수도 생활을 일종의 장애물 경주에 비유해왔는데 돌아보니 장애물 경주에서 겨우겨우 종점에 가까워지면서 상처투성이라는 그런 느낌입니다.

요즘에 와서는 불일(佛日)에서 나를 인연으로 수행자가 된 너덧 사람 소위 상좌(시봉)들한테도 함부로 대하지 않고 조심스럽게 대해집니다. 나는 교훈 삼아 한 말이나 글이 그들에게는 마음에 상처가 될 수도 있겠다는 생각 때문에요. 결국, 수행자의 길은 무소의 뿔처럼 홀로 가는 길임을 거듭거듭 실감합니다.

이제는 무더운 장마철입니다. 개울물이 불어나기 전에 장에 나가 이것저것 소용되는 것들을 챙겨와야겠습니다. 이 사연도 함께 부치게 될 것입니다.

〈해바라기 연가〉 시 낭송을 들으니 수녀님이 내 오두막에 와 있는 듯한 느낌입니다. 더위에 건강하시고 우리 새롭게 시작하십시다. 예전처럼 잘 지내십시다. 수녀님 글씨 흉봤더니 내 글씨도 이래요. 그냥 웃으세요.

- 을유년 6월 장마철 강원도 '수류산방'에서 법정 합장

〈2016. 9〉

기다리는 행복

또다시 새해를 맞이하며

_박완서 선생님께

이름을 부르기만 해도 늘 그리운 여운으로 살아오시는 박완서 선생님. 선생님이 떠나신 지도 벌써 6년이 되었습니다. 해마다 1월이 오면 "수녀님, 어머니 기일에 오실 수 있지요?" 하는 전화가 선생님의 따님들로부터 걸려옵니다. 며칠 전에는 고운 보랏빛 라벤더가 수놓인 하얀 가방을 선생님의 맏따님 호원숙 씨가 들고 왔어요. 따님의 신간도 가져왔던데 선생님께서 살아계셨으면 얼마나 기뻐하실까 싶었습니다.

최근에 몸이 안 좋은 남편을 돌보며 짬짬이 수를 놓는다고 하기에 제가 일부러 흰 천으로 된 가방을 주며 수놓아달라고 부탁했거든요. 제가 휴가 겸 출장 겸 약 일주일 동안 자리를 비웠다 돌아오니 일상의 모든 것이 새롭게 여겨집니다.

성당 안에서 수녀들이 함께 바치는 성무일도, 함께 부르는 성가도 더욱 새롭게 들리고 같은 층에 사는 수녀님들이 저의 침방 책상에 차려놓은 환영의 카드 또한 새삼 반가웠습니다. 심한 태풍에도 쓰러지지 않고 잘 버티어준 장독대의 항아리들과도 인사를 나누고 잘 익은 감귤과 석류 열매들과도 정겨운 웃음을 나누었답니다.

열네 번이나 수술을 해서 성한 데가 없는 식탁 앞자리의 선배 수녀님을 보니 다시 마음이 찡하고, 갑자기 쓰러진 뒤 지금은 힘들게 재활 치료를 받으며 휠체어에 의지해야 하는 동료 수녀님을 보는 일이 안타깝게 여겨졌습니다.

세상엔 어찌 이리 아픈 이들이 많고 슬픈 사연들도 많은지요! 한 해를 제대로 정리하며 마음을 추스르기도 전에 또 한 해를 맞으며 몇 가지 다짐을 저의 자그만 수첩 속에 적어두려 합니다.

새해엔 좀 더 깊이 생각하는 시간을 갖고 싶어요. 생각의 심연으로 깊이 들어가지 못하고 그저 가볍고 안일하게 지나치다 보니 저의 삶도 깊이가 없어지기에 매사에 먼저 신중하게 생각하는 습관을 들이겠습니다.

새해엔 좀 더 잘 보는 사람이 되고 싶어요. 언제 어디서나 예민한 관심을 두고 제대로 잘 보는 사람이 되어야 애덕도 그만큼 잘 실천할 수 있기에 마음의 눈을 좀 더 크게 뜨고 살겠습니다.

기다리는 행복

　새해엔 좀 더 잘 듣는 사람이 되고 싶어요. 때로 다른 이가 하는 말이 비위에 거슬리거나 마음에 안 들더라도 내색하지 않고 끝까지 정성껏 잘 듣는 인내심을 키우겠습니다.

　새해엔 좀 더 잘 말하는 사람이 되고 싶어요. 자기중심적이지 않은 배려의 말, 때에 맞는 말로 주위를 환하게 밝힐 수 있는 지혜를 청하며 뒷말의 유혹에 빠지지 않도록 깨어 있겠습니다.

　새해엔 좀 더 잘 행동하는 사람이 되고 싶어요. 잘 행동하는 사람이란 결국 선한 마음을 길들이며 사랑을 선택하는 노력으로 자신의 감정에 휘둘리지 않고 객관화할 수 있는 현명함을 지니는 것이 아닐는지요.

다시 새해를 맞이하고 새해를 걸어가는 길 위에서 늘 같은 결심을 반복하게 되더라도 새로운 옷을 입은 듯 설레는 마음으로 살 수 있음을 감사하고 있습니다. 오랜만에 깨끗하게 도배된 방에서 새해를 맞으니 얼마나 행복한지요!

이 겨울엔 선생님과 함께 갔던 해운대와 태종대 바닷가를 거닐고 싶습니다. "세상의 우리는 고요한 수도원에 가서 내면을 충전시키고 반대로 수도자들은 종종 세상으로 들어와서 인생 공부를 하고 그러는 게 바람직한 것 같아요"라고 말씀하셨지요?

그래서 올해는 휴가를 내서라도 선생님께서 머무시던 아치울의 그 아름다운 집 2층 다락방에서 하루 묵어볼까 싶어요. 선생님 생전의 초대엔 제가 응하지 못했지만 이번 기일엔 선생님이 차려주시던 맛있는 밥상과 정다운 웃음소리를 기억하며 마음껏 선생님을 그리워할 것입니다.

'올해부터 나도 세배 오는 손자들 키나 재볼까, 해마다 키를 재보고 잘 먹고 무병해서 키가 많이 자란 놈을 칭찬해주는 할머니가 성적부터 묻고 안달을 하는 할머니보다 훨씬 귀여울 것 같다. 젊은이가 들으면 어느새 망령 났다고 할지 모르지만, 이왕이면 귀엽게 늙고 싶은 게 새해 소망이다'라고 어느 수필에서 쓰셨던 선생님, 저는 키를 재볼 손자 손녀가 없으니 어린 예비 수녀들이 커가는 모습을 보며 웃음을 키우는 귀여운 할머니 수녀가 될까 싶어요.

언젠가 제 꿈에 다정한 모습으로 나타나신 것처럼 선생님이 그리 좋아하시던 우리 수녀원 언덕방에 꿈에라도 놀러 오세요. 객실은 얼마 전에 리모델링도 멋있게 하였답니다.

선생님이 영국 여행 중 제게 선물하셨던 워즈워스의 시 〈수선화〉가 새겨진 갸름한 흰 접시를 바라보며 오늘은 하늘빛 새해 인사를 기도 안에 드립니다. 안녕히!

〈2017. 1〉

그리움 익혀서 사랑으로 만들게요

_어머니 선종 10주기에

  ✻✻ 강원도 양구에 사는 독자가 어느 날 내가 태어난 마을의 흙과 솔방울을 예쁜 병에 담아 글방에 두고 갔다. 출생지의 흙을 보니 더욱 어머니 생각이 난다. 어머니가 씨앗을 보내 피워낸 분꽃 사이로 어머니의 그리운 얼굴이 떠오른다.

  "늘 어디론가 가고 있는 꿈을 더 많이 꾸곤 해."

  세상을 떠나시기 얼마 전 어머니는 자주 꿈 이야길 들려주곤 하셨다. 나도 종종 꿈을 꾸는데 어머니처럼 어디론가를 향하다가 마지막엔 꼭 어머니가 계신 집을 목적지로 삼으며 행복해하고 안도감에 싸인 나 자신의 모습을 볼 때가 많다.

  (……)

  언제라도

기다리는 행복

엄마 계신 집에

잠시 들를 수 있다는 것이

꿈길에서도

어찌나 행복하던지요

엄마 계신 곳이

바로 집이라는 걸

다시 알고

어찌나 포근하던지요

＊ 이해인, 〈엄마를 꿈에 본 날〉 중에서

시간이 가면

더러는 잊히는 그리움도 있다는데

어머니를 향한 그리움만은

그렇지가 못하네

세월이 갈수록

더욱 또렷한 소리와 빛깔로

어디서나 나를 에워싸는 그 모습

금방이라도

눈물 글썽거려지는

희디흰 그리움

언제 어디서나 문을 열어 주는

어머니는 나의 집, 그리운 집

– 이해인, 〈시간이 지나가도〉 전문

2007년 가을 어머니를 여의고 2008년에 《엄마》라는 제목의 사모곡 모음을 펴낸 일이 있지만, 독자들의 독후감을 받으면서도 실상 나는 다시 읽어보지 않았다. 이번에 어머니 선종 10주기를 맞아 찬찬히 다시 읽어보니 감회가 새로웠다. 어떤 구절들은 처음 본 듯 새롭고 어느 구절에선 문득 눈물이 나기도 했다.

이 세상에서

나와 가장 친한 한 사람

33년 연상의

언니 같고 친구 같은 엄마가

세상을 떠난 후

나의 매일은

무얼 해도 흥이 없네

슬프고 춥고 외로운

마음의 겨울이

더욱 깊어가네

– 이해인, 〈언니 같고 친구 같은〉 전문

**여동생이 아직 미국에 살고 있던 1990년대 어느 날 어머니는 편지에 이렇게 쓰셨다.

로사가 없으니 언니들 소식도 멀어지는 느낌으로 이모저모 아쉽고 기다려지기도 해요. 그러나 어린 것들을 생각하면 망령된 욕심은 움찔해지지요. 벌써 구정도 지나고 그야말로 한 해가 야속할 정도로 빠르네요. 그동안 수녀는 힘에 겨운 직책을 지게 되어 서울에는 못 오겠네요. 엄마도 나이 먹을 때마다 조마조마한 삶으로 기회 놓칠세라 하는 마음으로 살지요. 작은 수녀 바지와 글라라 수녀님 것 두 개를 떠서 두었는데 다음번에 갖고 가든지 부치든지 좋을 대로 합시다. 참 오늘 성모회합에서 어떤 자매가 해인 수녀 시에서 뽑은 시를 읽었는데 다른 회원들이 너무 좋다고 부탁을 해요. 산처럼 무게 있고 침묵과 겸덕의 내용인데 글 부분마다 '하리, 하리'로 마치던데 내가 기억을 못 해 미안하군요. 밤이 늦어 두루 안부 전하며 이만 끊으리다.

수녀딸이라 그런지 '해라'를 안 하시고 살짝 존칭어를 쓰셨지만 얼마나 따뜻하고 정겨운지! 어머니의 편지에 비교하면 나의 글은 왠지 메마르고 교훈적이며 딱딱한 느낌마저 들지만, 옛 편지 한 통이 눈에 띄어 읽어본다.

찬미 예수님 성모님 그리고 우리 어머님

요즘 우리 수녀원에는 백합이 한창 아름답게 피어 있고 어머니가 보낸 씨앗에서 꽃을 피워낸 고운 분꽃들도 한창이랍니다. 여기 어머니가 좋아하실 만한 여름 이불과 가벼운 담요를 보냅니다. 담요는 글방에서 무릎에 덮으라고 누가 준 것인데 이제 바람이 산들해지면 어머니가 마루에 나가 계실 적에 덮고 계시면 좋을 것 같아요. 동네 시장에서 구한 토종 잣과 호두도 조금 보냅니다.

저는 9월 초에 일이 있어 며칠 가지만 전처럼 며칠 자진 못하고 그냥 잠시 방문만 하거나 하루 정도만 머물게 되더라도 너무 서운하게 여기진 마시길 바랍니다. 주님의 은총 안에 즐겁게 거하는 어린이와 같이 단순하고 신뢰 깊은 마음으로 평화를 얻으시길 바랍니다.

우리 모두 조금씩 우울할 때가 있지만 그런 마음 모두를 잘 봉헌하면 기도가 될 것입니다. 부산 분도 수녀원과 밀양 가르멜 수도원의 두 딸도 복녀, 성녀 되도록 어머니께서 기도 중에 열심히 기억해 주신다면 영광이옵니다. 곁에 마음 착한 아녜스 할머니 도움 천사가 계시고 언제나 편안하게 부를 수 있는 손녀도 있으니 어머니는 복되십니다. 주님께 감사드리셔요.

** 다시 《엄마》 시집의 몇 구절을 읽어보며 어머니의 10주기에 촛불을 켠다.

어머니의 꽃잎 부친 편지들은 내게 어둠 속에서도 빛을 밝혀주는 등대와 같았습니다. 어떤 유혹에도 흔들릴 수 없는 거룩하고 든든한 방패였습니다. 어머니는 가셨지만, 저도 어머니처럼 맑고 고운 사람 되도록 노력할게요. 슬픔 속의 그리움도 잘 익혀서 사랑으로 만들게요. 기도로 봉헌할게요.

마침내는 어머니와 함께 행복하다고 말할 수 있도록, 세상 사람 모두를 조건 없이 사랑한다고 어머니처럼 너그럽게 말할 수 있도록!

〈2017. 9〉

기다리는 행복

이별 연습

_'성바오로 가정 호스피스 센터' 가족들께

이별을 연습하며 산다고
수도 없이 말했으나
사실은 연습도 하기 전에
이별은 갑자기 찾아와서
나를 꼼짝 못하게 하네
실컷 울지도 못하고
슬픔에 익숙하기도 전에
또 다른 이별이 찾아와
나를 힘들게 하는
그것이 삶의 모습일까
'만났다 헤어졌다
그것이 인생이야'

임종 전의 어머니가

시처럼 읊조리던 그 말을

되새기며 내가 나에게 일러준다

이별 연습 따로 한다고 애쓰지 마

그냥 오늘 하루

욕심 없이 겸손하게 살 수 있다면

그것이 곧 이별 연습인 거라고

— 이해인, 〈이별 연습〉 중에서

요즘은 누가 세상을 떠났다는 이별 소식을 듣지 않는 날이 단 하루도 없는데 아마 여러분도 그러실 것 같습니다. 벌써 5년이나 되었다고요? 아프고 슬프고 힘든 이들을 위한 여러분의 진심 어린 노력과 봉사에 깊이 감사드립니다. 배꽃이 흐드러지게 핀 늦봄 어느 날, 제가 처음으로 '성바오로 가정 호스피스 센터'를 방문하고 그곳의 수녀님들, 직원들, 봉사자들이 하시는 일을 잠시나마 설명 듣고 견학할 수 있어 기뻤답니다. 환우들이 종종 와서 치료를 받는 방을 보는 것, 그들이 만든 예술품을 보는 것, 사별 가족들이 기증한 유품을 보는 것 모두가 마음이 짠해 오는 슬픔을 느꼈습니다. 이렇게 저렇게 저에게도 사별 가족이나 호스피스 환자와 얽힌 일화들이 꽤 많이 있답니다.

기다리는 행복

어느 사별 가족 모임의 홈페이지에 글을 남긴 것이 인연으로 이어져 (아직 그분의 얼굴은 모르지만) 암에 좋다는 약을 선물 받기도 하고, 가끔은 사고로 가족을 잃은 사별 가족들이 단체로 저를 찾아와 위로를 청하는 일도 있습니다. 어느 날 잠에서 덜 깬 나에게 일면식도 없는 호스피스 병동의 수녀님이 전화를 걸어 '마지막으로 수녀님을 보고 싶어 하는 환자가 있으니 꼭 오면 좋겠다'고 해 병원으로 달려간 일도 잊히지 않습니다. 제가 병실을 가니 그 수녀님은 '김말다 씨가 초인적인 노력으로 머리를 감고 딸을 시켜 과일을 깎게 하는 등 수녀님을 만날 기쁨에 들떠 있더라'고 말했습니다.

해인 수녀의 글을 좋아한 독자로서 꼭 한번 생전에 만나고 싶었다면서 자기의 일대기를 고해성사 보듯이 제게 다 쏟아놓던 그 환자는 며칠 후에 눈을 감았고 저는 그의 장례 미사에도 가서 가족들과 인사를 나누었는데 신자가 아니었던 그녀의 부군도 세례를 받고 지금은 열심히 호스피스 봉사자가 되었다고 들었습니다.

환자 보호자 봉사자에게 다 같이 필요한 덕목은 무엇일까요?

여러 가지가 있겠지만 우선은 한결같이 고운 말씨와 밝은 표정을 지니는 것, 항상 상대방의 마음과 입장을 먼저 헤아리려 애쓰는 넓은 사랑과 관용을 지니는 것, 힘든 상황에도 화내지 않고 끝까지 인내하는 것, 그리고 인간적인 따뜻함을 잃지 않는 신앙의 언어로 함께 기도하는 정성이 아닌가 합니다.

몸이 아픈 사람들은 마음마저 아프기 쉬워서 돌보는 일 또한 쉽지 않은 게 사실이지만 아주 조그만 친절과 사랑에도 깊이 감사하고 감동할 줄 아는 어린이의 모습을 하고 있기도 합니다.

'성바오로 가정 호스피스'에서 사랑의 수고를 하시는 분들의 따스한 손길과 사랑의 마음이 이미 많은 환우에게 믿음과 평화를 주었고, 사별 가족들에게는 위로와 기쁨을 전해주었음을 알고 있습니다.

앞으로도 더 아름답게 더 지혜롭게 더 선하게 더 성실하게 소임을 다하는 희망 천사, 위로 천사, 평화 천사가 되시길 기도드리며 설립 5주년의 기쁨을 함께 나눕니다. 제가 가장 좋아하는 잠언 두 개를 여러분의 가슴에 작은 선물로 새겨드리고 싶습니다.

'오늘은 내 남은 생애의 첫날입니다.'
'그대가 헛되이 보낸 오늘은 어제 죽어간 어떤 사람이 그토록 살고 싶어 하던 내일이다.'

〈2012. 10〉

기다리는 행복

잘 읽어야 행복한 삶의 길에서

_장재안 수녀님께

＊＊ 수련수녀 시절부터 저의 시들을 멋진 글씨로 써서 다른 사람들에게 선물도 하고 제가 부탁만 하면 언제든지 글씨 심부름을 잘해주던 우리 팀의 막내인 재안 수녀님, 막내라곤 하지만 저보다는 훨씬 나이도 많고 사회적인 경륜도 많아 저는 수녀님께 많은 것을 배울 수 있었지요. 먼저 입회했다는 이유로 수녀회 관습에 따라 저를 깍듯한 예의로 대해주실 적마다 그저 황공할 뿐이랍니다.

누가 시킨 게 아닌데도 지난 수십 년간 수녀님은 신문이나 잡지에 제 글이 실리면 어김없이 오려 보내주시고 지금처럼 서로 떨어져서 소임을 할 때는 짤막한 편지도 자주 보내오곤 해서 저는 수녀님을 해인 수녀의 '대서방 수녀님', '문서 조교 수녀님'이라 부르기도 하였습니다.

오늘은 부산 시내에 새로 생긴 큰 책방에 다녀오며 많은 사람이 독서에 열중하는 모습을 보고 얼마나 즐거웠는지 모릅니다. 여기저기 책을 둘러보는데 내가 부산에 사는 걸 잘 모르는 이들이 "수녀님 서울에서 부산에 볼일 보러 오신 거예요?" 하며 다가와 몇 사람은 저와 같이 사진을 찍고 사인도 받으며 기뻐했습니다. 집에 오니 수녀님이 보내온 편지가 눈에 띄네요. 대전 주보에 어느 교수님이 쓴 칼럼에 해인 수녀의 글이 인용된 것을 오려서 보낸 걸 보고 다시 감동했습니다.

＊＊ 저는 요즘 새롭게 책을 읽는 재미에 빠져 있습니다. 그간 바쁜 것을 핑계로 책상 위에 침대 아래 쌓아두기만 했던 책들을 불러내서 짬짬이 읽으니 한동안 대상포진의 통증으로 힘들기만 했던 저의 건조한 삶에도 갑자기 초록빛 생기가 스며드는 느낌입니다. 다 읽고 나서 어떤 것은 도서실로 보내고 어떤 것은 보관하고 또 어떤 것은 그 책이 어울릴 만한 사람을 찾아 메모와 함께 우편으로 보내주기도 합니다. 언제나 메모를 착실히 하는 습관은 제가 수녀님으로부터 배운 것이기도 해요.

각종 잡지에서는 다양한 그림을 보는 재미가 있고 소설류에서는 상상 속의 현실을 통해 세상을 공부하는 유익함이 있고 수필집 읽기에서는 작가들의 평범한 듯 비범한 통찰을 통해 일상의 황홀함에 매료되는 기쁨이 있습니다.

그리고 시집을 읽는 일에서는 시인들이 구사하는 모국어의 상징적인 아름다움을 새롭게 배우며 삶 자체를 하나의 시로 만들고 싶은 고운 갈망을 지니게 됩니다.

＊＊ 책과 더불어 자연을 읽는 즐거움도 있습니다. 계절에 따라 변하는 하늘, 구름, 바다, 나무의 빛깔, 새소리, 바람의 맛 등등 귀

를 열고 눈만 뜨면 읽을거리가 주위에 너무도 많습니다. 어쩌다 자세히 읽지도 못하고 하루가 갈 때도 있지만 좀 더 마음의 여유를 갖고 잘 읽으려고 노력한 날은 기도도 잘되고 시가 쓰이곤 합니다. 자연의 질서는 안정감을 주고 자연의 변화는 밋밋한 삶에 활기를 줍니다.

＊＊ 책을 읽고 자연을 읽는 것도 중요하지만 사실은 함께 사는 사람들, 이렇게 저렇게 제가 만나는 주변의 사람들을 잘 읽을 수 있어야만 기쁘고 행복할 수 있음을 요즘은 더욱 절감하게 됩니다. 지난번 연수에서 우리가 함께 배운 '깨알 습관'을 수녀님은 어떻게 실천하고 계시는지요?

사람을 잘 읽으려면 사랑의 경청과 친절이 필수 덕목인 것 같아 저는 요즘 바짝 더 긴장하고 누구를 만나든 무엇을 부탁받든 일단 상대의 뜻을 잘 해독할 수 있도록 제 안 깊숙이 숨어 있는 '지혜 천사'에게 도움을 청합니다. 이 방법은 꽤 효과가 있지만 많은 인내가 필요합니다. 상대가 제게 무엇을 직접 달라고 하진 않았지만, 그가 넌지시 던진 말 속에서 필요를 읽어내 주었을 때 그가 감탄하는 것을 저는 여러 번 경험했습니다. 뒷북치는 천사가 아니라 앞질러 가는 천사로 살려면 매 순간 깨어 있어야 하는 것을 갈수록 더 절감하는 매일입니다.

**수녀님이 계신 솔뫼 수녀원을 저도 방문하고 싶네요. 육체적으론 좀 힘들겠지만 넓은 들판에서 그곳 수녀님들과 함께 향기로운 허브도 따고 싶네요. 수녀님들이 만든 꽃차는 (수녀님들의 수고를 알기에) 함부로 못 마시고 늘 아껴가며 마시게 됩니다.

　수녀님, 아무튼 잘 읽어야 행복한 삶의 길에서 우리 오늘도 함께 노력합시다. 사랑으로 책을 읽고, 사랑으로 자연을 읽고, 사랑으로 사람을 읽어 더욱 넓어지고 깊어지는 참 기쁨을 맛볼 수 있도록 말입니다.

　오늘은 수녀님과 마주 앉아 차 한잔 나누며 이 시를 함께 읽고 싶어요.

　　나는 일생을
　　그냥
　　읽는 여자로
　　단순한 수녀로
　　살았습니다

　　끝없이 많은
　　책을 읽고
　　사랑을 읽고

날씨를 읽고

꿈을 읽으며

힘든 적도

조금 있었지만

더 많이 행복했습니다

세상을 잘 읽고

사람을 잘 읽어

도道에 이를 수 있는

지혜를 구하며

오늘도 길을 갑니다

나의 숙제는

아직도 끝나지 않은

기도입니다

– 이해인, 〈읽는 여자〉 전문

〈2016. 10〉

기다리는 행복

고운 말 학교의 주인공이 되세요!

_통영 용남초등학교 학생들에게

어린 시절, 나는 학교에 다녀오면 책상 앞에 앉아 가방 정리부터 하고 일단 숙제 먼저 하는 습관을 쌓았기에 지금 수도 생활하는 데도 많은 도움을 받는답니다. "생각도 목소리도 그렇고 스티커 좋아하는 것도 그렇고 수녀님은 꼭 초등학생 같다니까?" 하고 누가 말하면 "날 보고 철이 없다는 거야?" 하고 서운해하기보다는 오히려 동심을 잃지 않고 사는 것에 대한 덕담으로 해석하며 행복해합니다. 이렇게 나이를 먹어서도 꿈길에 내가 다니던 창경초등학교가 보이고 미래의 꿈을 이야기하던 '도시락 친구들'이 보이는 걸 보면 어린 시절의 체험은 참 소중하고 오래간다는 생각을 새롭게 해봅니다.

학생들의 명랑한 웃음소리가 배어 있는 듯한 통영 용남초등학교 6학년 3반 교실에서 〈사유사제〉 특강(2012년 4월 12일)을 한 일이 벌써 아름다운 추억으로 살아오네요. 내 이야길 듣는 이들의 태도가 하도 유쾌하고 정성스러워 나는 동요까지 불렀던 즐거운 시간이었습니다.

자연환경도 아름다우며 안팎으로 아담하고 깨끗하게 꾸며진 그 학교가 내겐 퍽 인상적이었어요.

얼마 전 나는 초등학교 동기를 아주 오랜만에 서울에서 만났는데 그 친구는 내가 암에 걸린 것을 알고 불가마라는 찜질기를 건네주며 '몸이 차지 않도록 유의하라'고 몇 번이나 당부하였습니다. 한동네 살았기에 시험공부를 함께한 이야기, 누구는 유명한 화가가 되고, 누구는 이름난 빵집 주인이 되었으며, 오래전 북한에 피랍된 대한항공 승무원 성경희가 우리 반 학생이었다는 것 등 그간 잘 몰랐던 여러 소식을 친구는 내게 전해주었지요. 부산에 내려와서 책을 보냈더니 '고마워. 훌륭한 친구가 자랑스럽다. 건강을 기원한다'는 문자가 왔습니다. 통영의 용남초등학교를 다녀와서 그런가? 요즘은 부쩍 바다 풍경과 어린 시절의 일들이 한 편의 그림처럼 펼쳐지곤 합니다.

친구들의 집에 자주 놀러 가던 일, 선생님 댁에 초대받던 일, 글짓기 대회에서 상을 받던 일 등등 즐거운 추억도 많지만 더러는 아프고 슬픈 기억들도 있습니다.

어느 해 여름, 나무 꼭대기에 올라간 짓궂은 남학생이 장난으로 던진 돌이 운동장에서 놀던 내 머리를 다치게 해 피 흘리는 상태로 응급실에 업혀 가던 일, 내가 부반장이던 4학년 때 어느 날 풍금 치며 노래를 가르치던 선생님이 음을 하도 이상하게 내어 일제히 웃음을 터뜨렸는데 몹시 성이 난 선생님이 하필 눈이 마주친 나와 다른 친구 하나를 지목하더니 교실 밖으로 내쫓아 오래 꿇어 앉히던 일도 잊히지 않습니다. 나와 함께 벌을 받던 친구는 내내 울더니 당장 그 이튿날 엄마가 찾아와 학교에 항의하는 바람에 다른 학급으로 옮겨갔고, 나는 나름대로 억울했지만, 선생님의 그 충동적인 행동을 이해하기로 마음먹고 가족들에게 침묵한 것을 지금도 잘했다는 생각이 듭니다. 하지만 우리 선생님도 그때 너무 감정적으로만 대응하지 말고 '얘들아 내가 잘해 보려고 했는데 음이 좀 이상했지? 다시 해볼게. 너희가 많이 웃으면 내가 무안하니까 이번엔 틀려도 웃지 말아줘. 알았지?' 하면 더 인간적이고 좋지 않았을까 생각해봅니다.

교사와 학부모가 서로를 믿어주고 고운 말을 쓰며 학생들을 골고루 배려하는 학교, 학생들이 공부도 열심히 하지만 옆의 친구를 진심으로 사랑하고 우정을 쌓아가게 만드는 학교야말로 좋은 학교가 아닐까요? 끝으로 다시 한번 부탁하고 싶어요. 아름다운 통영 용남초등학교의 교사, 학부모, 학생들은 어떤 경우에도 막

말하지 않고 겸손한 말, 따뜻한 말, 친절한 말, 깨끗한 말, 진실한 말을 애용하는 고운 말 학교의 주인공들이 되시길 바라면서 강현호 님의 이 동시를 읽어드려요.

길 위에 구르는
돌멩이만 돌멩이가 아니다
어제 내가 친구를 향해 던진 미운 말
성난 몸짓
가시 돋친 마음
모두 다 돌멩이가 된다
(……)
누구에게라도 함부로
돌멩이를 던지지 마라
돌멩이도 아프다
돌멩이도 나처럼 속으로 눈물 흘린다

　　　　　　　　　　　　　　- 강현호, 〈돌멩이도 아프다〉 중에서

여러분을 사랑의 기도 안에 기억할게요.

　　　　　　　　　　　　　　　　　　　　　〈2012. 4〉

　　　　　🖋 기다리는 행복

우리의 푸른 나무 친구들에게

_소년원 아이들에게 쓴 편지

파랗게 풀물 든 마음으로
하얗게 흘러가는 구름의 마음으로
그저 가만히
너희의 이름을 부르는데
왜 자꾸 눈물이 나려 하지?

우리 어른들이
너희의 꿈을 제대로
읽지 못한 부끄러움 때문일 거야
너희가 하고 싶은 많은 말들
바쁘다고 시간 없다고
주의 깊게 정성스럽게

들어주지 못한 미안함 때문일 거야

사랑으로 함께하지 못하고
오히려 나무라기만 한
무관심의 시간들
모진 폭언으로
가차 없이 비난했던 그 시간들
미안하고 미안하다
용서해주렴

어떤 일이
잘못인 줄 뻔히 알면서도
어쩌지 못하고 빠져들 때
얼마나 두렵고 힘들었니?
아무도 옆에 없는 외톨이가 되었을 때
얼마나 외롭고 힘들었니?

우리의 맑고 선한 세상은
너희에게 달린 것 알고 있지?
우리의 밝은 미래는

기다리는 행복

너희에게 달렸으니, 친구들아
더 이상 어둠 속에 빠지지 말거라
더 이상 같은 잘못 반복하진 말거라

다시 한번 시작할 용기로
활짝 크게 웃음을 꽃피우렴
마음 깊이 묻었던
너희의 꿈을 일으키렴
열심히 열심히
희망을 노래하렴

우리도 이젠
더 많이 이해하고 사랑할게
더 많이 기도하고 응원할게

힘든 일들 덮쳐와도
끝까지 선과 인내로
승리할 수 있도록
몸은 멀리 있어도
가까운 마음으로

손잡아줄게
언제나 기다릴게

너희는 우리의
푸른 나무 푸른 애인
작지만 크게 될 사람들이니
어떻게 잊을 수가 있겠니?
어떻게 사랑하지 않을 수가 있겠니?

구슬이 서 말이라도
꿰어야만 보배이듯이
우리는 서로에 대한 신뢰로
사랑의 구슬을 다시 꿰어가자
아름답고 소중하게
지혜롭고 성실하게

자, 이제 시작해보자!

〈2012. 7〉

기다리는 행복

시를 사랑하는 선한 마음으로

_신창원 형제에게

요즘 부쩍 시가 좋아졌다고 편지를 보내온 창원에게 나도 오랜만에 편지를 씁니다.

죽는 날까지 하늘을 우러러

한 점 부끄럼이 없기를,

잎새에 이는 바람에도

나는 괴로워했다.

별을 노래하는 마음으로

모든 죽어가는 것을 사랑해야지

그리고 나한테 주어진 길을

걸어가야겠다

오늘 밤에도 별이 바람에 스치운다.

아름다운 〈서시〉가 실린 윤동주 시인의 유일한 시집 《하늘과 바람과 별과 시》를 주문해서 받으니 1948년, 1955년 판형 그대로를 디자인한 시집과 함께 시인의 육필을 복사한 부록도 곁들여 있어 얼마나 행복한지요. 내가 2002년에 창원에게 보내는 첫 편지에 윤동주의 〈서시〉를 인용한 것 생각나는지요? 저 깊은 곳에 감추어져 있는 맑고 선한 마음을 찾아내라고 하였지요.

김화순 집사님을 통하여 《향기로 말을 거는 꽃처럼》이라는 산문집을 보낸 것을 계기로 나는 청송으로 전주로 직접 면회도 몇 번 갔고 화상 접견도 했으며 어쩌다 한 번씩은 통화도 할 수 있었지요.

그리 자주는 아니라도 우리가 종종 주고받은 편지의 분량도 꽤 많아졌군요. 내가 보낸 것들은 거의 없어졌으나 그래도 컴퓨터 안에 몇 개는 보관되어 있어서 다시 읽어보니 새로운 느낌이 듭니다. 언젠가의 편지에서 창원은 데미안 신부님, 마더 데레사의 따뜻한 사랑으로 가득 찬 삶을 보고 너무 큰 감동을 받았다고 했지요. 하지만 마음 안엔 여전히 불평, 불만, 증오심이 자리해 있으며 이런저런 정신적인 고통으로 몹시 괴롭다고 말했습니다.

지금은 이 세상 사람이 아니지만 내가 아는 최고수 형제들을 만나고 편지를 주고받고 하면서 남다른 아픔과 슬픔을 익히 보았기에 '때로는 삶보다 죽음이 더 편하게 느껴진다'는 그 절절한

기다리는 행복

고백까지도 충분히 이해할 수 있다고 나는 답을 했습니다.

착한 마음 될 때까지 기다려서 편지하겠다는 그 생각을 버리고 오히려 힘들고 갈등하고 부대끼는 괴로움을 혼자서 감당하기 어려울 적에 글을 쓰라고 나는 당부했었지요. 자기 자신을 학대하기보다 좀 더 따뜻하게 위로하며 용기를 지니라는 걸 나는 거듭 강조하곤 했습니다.

며칠 전에 받은 창원의 편지에서 시에 대해 언급한 부분을 다시 읽어봅니다.

…… 요즘은 시의 매력에 흠뻑 빠졌습니다. 눈으로 보는 것과 암송을 하는 것은 전혀 다른 세계더군요. 해서 어머니의 젖을 갈구하는 아기의 심정으로 암송을 하다 보니 어느새 스무 편을 훌쩍 넘었습니다.

이런 오묘한 맛 때문에 그렇게 많은 이들이 문학을 꿈꿨나 봅니다. 이모님의 시 중에선 〈민들레의 영토〉, 〈장미의 기도〉, 〈엉겅퀴의 기도〉, 〈사랑의 길 위에서〉, 〈파도의 말〉이 좋아서 우선적으로 가슴에 담았고 한용운님의 〈님의 침묵〉과 〈복종〉, 박인환 님의 〈목마와 숙녀〉 그리고 가슴을 따뜻하게 해주는 여러 시인의 아름다운 이야기를 제 안에 담았습니다. 3월까지 오십 편을 암송하는 게 목표예요.

문학을 지도해주시는 정군수 교수님께서 세 편의 시를 암송하라는 숙제를 주셨지만, 너무 좋아서 멈출 수가 없습니다. 그리고 처음 시를 쓴다는 의식을 갖고 시를 써봤는데 다섯 편이 모이면 보내드리겠습니다.

유치하고 유치원생 수준의 형편없는 습작에 불과하겠지만 용기를 내어

시작한 첫걸음입니다……

기다리는 행복

시를 외우는 것에서 이젠 쓰는 것까지도 시도해보겠다고 하니 반가운 일입니다. 내가 쓴 시들을 다른 이의 음성을 통해 듣는 것도 특별한 기쁨이던데 다음에 만나면 나의 시나 자작시를 암송해주길 바랍니다.

여기서도 가끔 팔십 대, 구십 대의 할머니들과 함께 시를 읽을 기회가 있는데 그분들이 띄엄띄엄 틀려가며 천천히 낭송하는 시들이 얼마나 감동을 주는지 모릅니다.

내가 쓴 글이 아니더라도 많은 경우에 시는 공감의 힘으로 우리를 웃고 울게 만듭니다. 간결한 상징 언어를 통해서 삶의 이야기를 풀어내는 시, 가장 짧은 말로 깊은 뜻을 전하는 시가 좋아 나도 어린 시절 밤새워가며 시집을 읽고 시를 짓곤 하였습니다.

어느 독자가 가려 뽑아 비매품으로 만든 《시사랑 수첩》이라는 시집을 내가 보냈는데, 그걸 읽으니 내가 이별을 준비하는 것 같은 정서가 담겨 있어 몹시 슬프고 안타깝다고 했지요?

이별과 죽음에 대한 시들이 더러 있는 것은 사실이지만 내가 당장 이승을 떠난다는 뜻은 아닌데 창원을 비롯해 많은 이들이 '좀 더 우리 곁에 오래 머물러주세요!'라는 염원을 내비치지만 그건 내 맘대로 결정할 수 있는 문제가 아니라서 딱히 답을 하기가 어렵네요. 하하. 살아 있는 동안 주어진 여건 내에서 건강을 관리하는 노력 정도는 할 수 있겠지만 말입니다.

본인의 글은 매우 유치해서 오글거린다고 썼던데? 내게 보낸 창원의 편지글들을 보면 자연과 사물을 묘사하는 표현법이 충분히 시적이라서 습작을 거듭하면 멋진 시를 쓸 수 있을 거라고 믿어요. 그러니 자신을 비하하진 말고 자신이 보고 느낀 것을 솔직하게 자연스럽게 시로 표현해보세요.

단, 누구의 흉내도 내지 말고 자신만의 빛깔로 표현하는 노력이 필요합니다. 부디 시를 통해서 좀 더 선하고 진실하고 아름다운 것을 갈망하는 가운데 행복한 사람이 되길 바라며 응원할게요.

부산 광안리 솔숲길에서 오늘도 창문 너머 푸른 하늘 흰구름의 자유를 그리워할 창원의 이름을 불러보며 기도 한 톨 날릴게요. 몸과 마음의 건강도 잘 챙기세요. 안녕히!

〈2016. 5〉

기다리는 행복

사랑하는 젊은이들에게

　며칠 동안 많은 비가 내리더니 오늘은 모처럼 활짝 갠 날씨에 내 마음도 환해집니다. 빨래하고 나서 수녀원 언덕길을 내려오는데 잔디밭을 서성이던 조그만 새 한 마리가 힘차게 날아오르는 모습을 보니 나도 모르게 눈물이 핑 돌더군요. 아마도 그것은 생명의 비상이 주는 아름다움에 대한 감탄이 아닌가 싶습니다. 오늘은 내가 인생의 선배로서 이 땅의 젊은이 여러분에게 몇 가지 부탁을 드리고 싶으니 진부한 잔소리라 여기지 말고 사랑의 덕담으로 들어주시면 고맙고 기쁘겠습니다.

1. 여러분의 마음을 맑고 선하게 가꾸는 노력을 하십시오

　우리가 나태하게 한눈파는 사이 마음은 잘 부서지고 빗나가고 가끔은 자신이 원하지 않는 방향으로 달음질쳐 주인인 나를 힘

들게 할 수도 있으므로 매일 새롭게 마음을 다스리고 훈련하지 않으면 안 됩니다. 그러기 위해서 우리는 자신의 삶을 돌아보며 정리하는 일기도 쓰고, 기도도 하고, 좋은 책을 읽으며 내면의 양식을 공급하는 것일 테지요. 이런저런 일들로 너무 바쁘고 기계적으로 움직이느라 마주할 수 없던 마음을 향하여 '마음아, 지금 어디 있니?' 하고 자주 물어보십시오. 잃었던 마음을 찾아 겸손하고 성실하게 대화하고 기도하는 가운데 내적인 충전을 매일의 의무로 하는 여러분의 모습을 기대합니다.

2. 여러분에게 주어진 시간을 잘 관리하는 노력을 하십시오

가기도 하지만 오기도 하는 시간이란 선물을 잘 관리하기 위해서는 '하고 싶지만 하지 말아야 할 것'과 '하기 싫지만 꼭 해야 할 것'들을 잘 분별하는 지혜의 덕목이 필요하다고 봅니다. 덜 중요한 것과 더 중요한 것을 잘 식별하여 우선순위를 정하고 자투리 시간까지도 잘 활용할 수 있으려면 때로 단호한 의지와 용기와 절제가 필요합니다. 거의 환자 취급을 받을 만큼 중독된 어떤 '불건전한 취미 생활'에 빠져서 헤매는 이가 있다면 그런 시간 중 몇 분의 일을 쪼개어 발전적인 배움에 투자하거나 이웃돕기로 활용할 수도 있을 것입니다. '내가 아니면 누가? 지금 아니면 언제?' 하는 태도로 '영원의 축소판'인 오늘의 시간을 날마다 새롭게 살아 뛰는 빛과 소금으로 만들어가시길 바랍니다.

3. 여러분의 사랑을 넓혀가는 노력을 하십시오

사랑의 속성은 한없이 크고 넓은데 우리는 너무도 좁고 근시안적인 사랑을 하는 게 아닌가 싶을 적이 있습니다. 국제화 시대라고 외치면서도 행동으로는 나만의 세계, 나만의 가정에만 갇혀 있진 말아야겠지요. 좀 더 시선을 넓혀 세상의 문제에 관심을 갖고 모든 이를 사랑하는 여러분의 모습을 기대해봅니다. 요즘 신문을 보면 우리나라가 '자살률 1위, 불법 낙태율 1위' 이런 제목도 자주 눈에 띕니다. 이렇듯 반생명적인 분위기에 사는 우리가 날마다 사랑을 말하고 생명을 경축할 자격이 있는 것인지 암담해지곤 하는데…… 부디 우리의 미래이며 희망인 여러분이 생명을 존중하는 참사랑의 모범과 표지가 되어주시길 바랍니다. 우리는 예수님처럼 온 세계에 속해 있으며, 아무리 하찮은 것이라도 모든 사랑의 행동은 평화를 위한 일이 된다는 마더 데레사의 말씀도 종종 기억하면서 말입니다.

4. 일상의 삶에서 감사를 발견하는 노력을 하십시오

감사를 많이 하면 할수록 감사할 거리가 더 많아지고 불평을 많이 하면 할수록 불평할 거리도 더 많아짐을 우리는 자주 경험합니다. 가족과의 불화, 친구 사이에서의 소외감, 원만하지 못한 대인관계 등등 여러 문제로 나에게 상담 요청을 해오는 이들의 이야길 들으면 아주 평범한 것, 사소한 것에서 의미를 발견하고 감사하는 노력이 부족한 경우가 많음을 보게 됩니다. 그들에게 나는 '남이 나에게 해주길 원하는 것을 내가 먼저 실천하다 보면 삶에 탄력이 생기고 감사할 일도 그만큼 많아진다'는 말을 자주 해줍니다. 감사는 나의 삶이 변화될 수 있는 희망의 시작이고 행복의 시작임을 믿는 마음으로!

이 밖에도 하고 싶은 말이 많지만, 오늘은 이만 쓸게요. 눈부신 태양 아래 백합과 치자꽃 향기가 가득한 수도원 정원에서 여러분의 건강과 평화를 기원하면서 안녕히!

〈2011. 8〉

어서 오십시오, 프란치스코 교황님

　나이를 이렇게 많이 먹었어도 늘 해방둥이로 불리며 어린이 마음으로 살고 있는 저는 프란치스코 교황님의 이번 한국 방문이 아주 특별한 광복절 선물로 여겨져서 얼마나 기쁜지요! 날씨가 너무 더워 힘이 들어도 설레는 기다림에 웃음이 얼굴에서 마음에서 떠나지 않는 이 여름을 보내는 가운데 드디어 당신이 이 땅에서 많은 사람들을 만나 축복해주신다고 생각하니 간밤엔 잠이 오질 않았습니다.

　가난한 사람들을 우선적으로 선택하는 삶의 모습이 어떠한 것인가를 실제로 보여주고 계신 당신을 존경하고 사랑합니다. 사람들이 가까이 가길 꺼리는 약자들을 향한 자비와 연민, 그 누구도 차별하지 않는 애정은 우리의 차가운 이기심과 편견을 부끄럽게

만듭니다. 우리도 따뜻하게 열려 있는 당신의 그 보편적인 인간
애를 닮고 싶습니다.

교회와 예수님의 가르침을 난해하거나 현학적으로 말하지 않
고 가장 쉬운 일상의 언어로 알기 쉽게 말하는 당신의 지혜를 존
경하고 사랑합니다. '실재가 생각보다 중요합니다. 곧 천사 같은
순수주의, 상대주의의 독재, 공허한 미사여구, 현실과 동떨어진
목표, 반역사적 근본주의, 선의가 없는 도덕주의, 지혜가 없는 지
성주의 등을 거부하여야 합니다. 실재와 동떨어진 생각은 헛된
이상론과 유명론을 낳습니다'라고 《복음의 기쁨》 회칙에서 말씀
하셨지요. 우리도 뜬구름 잡는 이론가가 아니라 삶의 땅에 뿌리
내리고 현실을 통찰하고 예리하게 직시하는 당신의 지혜를 닮고
싶습니다.

언제 어디서든지 먼저 기도를 부탁하시며 스스로를 항상 죄인
으로 자처하시는 당신의 겸손을 존경하고 사랑합니다. 한 종교의
최고 리더로서도 권위를 내세우고 군림하는 자세보다는 인종과
종파를 넘어 누구하고나 좋은 친구가 되고자 자신의 키를 낮추
는 그 모습에 많은 사람들이 환호하고 있습니다. 우리도 그렇게
온 세상 사람들과 친구가 되는 당신의 폭넓은 우애와 겸손을 닮

기다리는 행복

고 싶습니다.

정의를 위한 일이라면 체면에 매이거나 미루지 않고 결단을 내리는 당신의 자유롭고 결연한 의지와 단호함을 존경하고 사랑합니다. 바티칸 은행의 쇄신은 물론, 그릇된 길로 가는 성직자들을 엄중하게 다스리셨지요. 주위의 눈치를 보며 망설이는 비겁함으로 정의의 편에 선뜻 서지 못하는 우리는 당신의 용기 있는 선택에 신선한 매력을 느낍니다. 미지근하지 않은 뜨거움과 단호함으로 성화의 길을 걷자는 당신의 초대에 우리도 기쁘게 동반하고 싶습니다.

시와 음악과 축구를 좋아하고 한때는 우표 수집에도 열심이었던 아르헨티나의 어린 소년 호르헤 마리오 베르고글리오가 멋지게 성장해 교황이 되어 동양의 이 작은 나라까지 오신 일이 바로 기적이 아니고 무엇이겠습니까? 불볕더위에 두꺼운 제의를 입는 긴 미사 예절은 얼마나 더우실까, 방탄차를 안 타신다니 안전에 이상은 없는 걸까. 젊은이도 감당하기 어려운 닷새 동안의 그 빡빡한 일정을 소화하느라 병이 나시면 어쩌나 온갖 종류의 근심 걱정이 고개를 들지만 이러한 마음도 다 기도 안에 봉헌하리라 다짐하며 하늘을 봅니다.

흰구름이 아름답게 떠 있는 하늘길로 새처럼 날아오실 당신께 겸손되이 강복을 청하고 싶습니다. 순교자의 피로 꽃피운 한국교회를 축복하여주십시오. 남북한으로 갈라져서 슬프고 아픈 우리 나라와 겨레를 가엾이 여겨주십시오. 사는 게 너무 힘들다고 걸핏하면 자살을 생각하고 가장 사랑해야 할 이들이 서로를 좀 더 용서하고 배려하지 못해 불행한 사고도 많이 생기는 이 나라의 형제자매들에게 당신께서 어버이 마음으로 용기와 희망을 주시고 넓고 따스한 기도의 품 안에 더 많이 품어주시기를 부탁드립니다.

진정한 의미의 '프란치스코 효과', '프란치스코 특수'는 외적인 행사에 있지 아니하고 당신을 뵙는 우리 각자의 마음속에 탄생할 새로운 희망과 사랑에 있음을 당신의 그 백만 불짜리 미소가 미리 말해주고 있습니다. 어서 오십시오. 교황님, 한 손에는 성모님의 백합을, 또 한 손에는 우리나라 꽃 무궁화를 들고 기도하며 기다릴게요. 감사합니다.

〈2014. 8. 14〉

기다리는 행복

기도 항아리를 채우는 기쁨

_허금자 수녀님께

　며칠 동안 출장 겸 휴가를 다녀오니 봄꽃들은 거의 다 지고 무성한 나뭇잎들이 먼저 눈에 띄네요. 그래도 나무들 사이사이 붉은색, 노란색 튤립들이 환히 웃고 라일락 향기들이 바람에 실려와 얼마나 기뻤는지 모릅니다. 자목련과 모란꽃의 자색이 새삼 황홀하군요.

　적당히 어질러진 채 내가 자리를 비웠던 침방에는 누군가 환영의 뜻으로 두고 갔을 앙증스러운 꽃병과 정리된 빨래 보따리가 눈에 띄었습니다. 하복을 입자마자 외출을 해서 그냥 걸어둔 검은 수도복과 머릿수건을 빨아서 메모해둔 글씨를 보고 단번에 나는 수녀님의 손길인 줄 알았지요.

　아무리 허물없이 지내는 수녀원 동기이고 친구지만 수녀님의 묵묵한 애덕 실천에 늘 감동하지 않을 수가 없습니다. 수녀님이

나보다 겨우 두 살 위인데도 사람들은 십 년 이상 차이 나는 줄 알고, 나도 종종 그렇게 느낄 때가 있답니다. 그것은 수녀님의 과묵하고 깊이 있고 몸에 배어 있는 봉사 정신, 수도자다운 겸허한 인품 때문일 것으로 생각합니다. 특히 내가 병원에 입원했을 때 수녀님이 옆에서 병간호해주고 힘이 되어준 일은 평생 잊지 못할 것입니다.

수도원 밖을 나갔다 오면 하도 많은 기도 부탁을 받아 오늘은 아예 기도 항아리 하나를 준비했답니다. 지금은 하늘나라에 가 있는 장영희 교수가 준 자그만 병엔 마침 'prayers'라는 단어가

기다리는 행복

적혀 있기에 '기도지향'이라 쓰고 부탁받은 내용을 메모해 넣었어요.

남편을 살리고자 자신의 콩팥을 떼어준 보람도 없이 며칠 만에 사망해 오열하는 내 독자이며 시인인 자매를 위한 기도, 성 정체성으로 혼란을 겪으며 고민하는 어느 친구를 위한 기도, 여자친구가 자살로 생을 마감해 실의에 빠진 청년을 위한 기도, 가까운 이들도 이해 못 하는 우울증에 시달리며 괴로워하는 어느 주부를 위한 기도, 수십 년 만에 출소해도 갈 곳이 없어 고민하는 재소자를 위한 기도, 어렵게 직장을 구했으나 상사와 동료들이 따돌려 사표를 쓰고 싶다고 하소연하는 우리 동네 아가씨를 위한 기도, 9.11테러와 세월호 참사에 자식을 잃은 부모를 위한 기도, 실연과 실직에서 오는 좌절로 종종 자살 충동을 느낀다며 편지를 보내오는 이들을 위한 기도, 술을 끊고 싶어 단주 모임에도 나가지만 뜻대로 되지 않아 속상하고 자기가 술을 끊을 때까진 결혼도 못 할 거니 계속 지켜봐달라고 고백하는 어느 일용직 청년을 위한 기도, 반복되는 항암 방사선 치료에 힘들고 지쳐서 인제 그만 중단하고 호스피스 병동에 들어가는 것이 현명할 것 같지만 사실은 살고 싶다고 고백하는 내 오래된 독자를 위한 기도 등등.

써도 써도 끝날 것 같지 않은 명단을 일단 정리해서 항아리에 넣어두고 촛불을 켜니 나의 글방이 하나의 자그만 경당이라도 된 듯 흐뭇합니다. 기도 항아리를 채워가는 일은 부담이 되더라도 가장 기쁘고 보람되며 아름다운 일이라 여겨집니다.

　부탁만 많이 받고 제대로 하지 못한 기도를 잘 시작해야만 그동안 넘치게 받은 기도의 빚을 조금씩이라도 갚는 것일 테지요? 기도 여정의 동반자로서 수녀님도 저의 부족함을 채워주시고 잘 기도할 수 있도록 곁에서 도와주시길 바랍니다. 늘 푸른 소나무처럼, 숨어 피는 꽃처럼 은은한 덕의 향기를 지닌 수녀님과 오늘은 자비의 덕을 간구하며 마음에 꼭 드는 이 기도문을 함께 바치고 싶어요. 이렇게 살 수 있도록 노력하는 과정 또한 기도가 될 것이라 믿습니다.

　　주님, 제 눈이 자비로워지도록 도우소서. 그래서 제가 누구라도 겉모습만 보고 의심하거나 판단할 것이 아니라, 이웃의 영혼 안에 존재하는 아름다움을 알아차리고 그를 도울 수 있게 하소서. 제 귀가 자비로워지도록 도우소서. 그래서 제가 이웃에게 필요한 것들에 마음을 기울이며, 이웃의 고통과 탄식에 귀를 막지 않게 하소서.

　　주님, 제 혀가 자비로워지도록 도우소서. 그래서 제가 이웃에 대해 부정적으로 말하지 않고, 각자에게 위로와 용서의 말을 하게 해주소서. 제

손이 자비로워지고 선행으로 가득 차도록 도우소서. 그래서 제가 이웃에게 좋은 일만 하고, 어렵고 힘든 일은 제가 대신 짊어지게 하소서.

제 발이 자비로워지도록 도우소서. 그래서 제가 늘 이웃을 도우러 급히 달려가며 저의 무기력과 피로를 잘 다스리게 하소서. 저의 참된 휴식은 이웃에 대한 봉사에 있나이다. 제 마음이 자비로워지도록 도우소서. 그래서 제가 이웃의 모든 고통을 느낄 수 있게 하소서. 제가 누구도 미워하지 않게 하시고, 저의 감정을 악용할 사람들과의 관계도 성실히 돌보게 하소서. 저 자신은 예수님의 자비로운 마음속에 굳게 가두어 두겠나이다. 저의 고통에 대해서는 입을 열지 않겠나이다.

오, 저의 주님, 제 안에 당신의 자비가 머물게 하소서. 당신께서는 저에게 세 가지 자비를 익히라고 명하셨나이다. 한 가지는 온갖 형태를 지닌 '자비로운 행위'이고, 다른 한 가지는 '자비로운 말'입니다. 행동으로 베풀 수 없는 자비는 말로 실행해야 합니다. 나머지 한 가지는 '기도'입니다. 행동이나 말을 통해 자비를 베풀 수 없을 때는 늘 기도로 실행할 수 있습니다. 저의 기도는 제 몸이 도달할 수 없는 곳까지 이릅니다. 저의 예수님, 당신 안에서 저를 변화시켜 주소서. 당신께는 모든 일이 가능하나이다.

- 성녀 마리아 파우스티나 코발스카

〈2016. 6〉

《죽음과 죽어감》을 읽고

_엘리자베스 퀴블러 로스 박사님께

'오늘은 어제보다 한 치 더 죽음이 가까워도 평화로이 별을 보며 웃어주는 마음.' 아주 오래전에 어느 시에서 이렇게 표현했지만 막상 암에 걸려 생사의 기로에 있다 보니 낭만적인 시 표현과는 달리 죽음에 대한 두려움을 안고 사는 제 모습을 보았습니다.

이미 당신의 책을 여러 권 읽었고 더러는 그 책에 추천의 글을 적기도 했던 한 한국인 독자가 십여 년 전 큰 별이 되어 세상을 떠나신 당신에게 한 장의 편지를 씁니다.

바로 오늘이 지금부터 13년 전(2004년 8월 24일) 당신이 78세를 일기로 세상 여정을 마치신 날이군요. 제가 살고 있는 수도공동체엔 식구가 많다 보니 공동체의 수녀이든 수녀들의 가족이든 거의 매일 누군가의 별세 소식을 듣게 됩니다. 매일 보도되는 신

기다리는 행복

문의 부음 기사를 보면 개인적인 친분이 없더라도 숙연한 마음으로 잠시 기도하곤 합니다.

한 사람의 죽음 소식을 깊게 슬퍼할 겨를도 없이 또 다른 사람의 부음이 걸려 있는 게시판을 보며 삶과 죽음이 늘 함께 있음을 절감하지 않을 수 없습니다. 그래서 저는 이런 글을 쓰기도 했지요.

매일 조금씩
죽음을 향해 가면서도
죽음을 잊고 살다가

누군가의 임종 소식에 접하면
그를 깊이 알지 못해도
가슴속엔 오래도록
찬바람이 분다

'더 깊이 고독하여라'
'더 깊이 아파하여라'
'더 깊이 혼자가 되어라'

두렵고도

고마운 말 내게 전하며

서서히 떠날 채비를 하라 이르며

가을도 아닌데

가슴속엔 오래도록

찬바람이 분다

- 이해인, 〈죽음을 잊고 살다가〉 전문

이제는 그야말로 '불후의 명저'로 자리매김한 책《죽음과 죽어감》을 찬찬히 다시 읽으며 여러 가지 상황적인 어려움에도 굴하지 않고 수백 명의 죽어가는 환자와 진심어린 인터뷰를 감행한 당신의 그 겸손한 용기, 지극한 인내, 반대하는 이들조차 설득시키는 그 지혜로움에 새삼 감동하였습니다.

십 년 가까이 암으로 투병하는 제가 평소에 느끼고 체험한 모든 이야기가 갈피마다 살아 있는 이 책을 얼마나 깊은 고마움 속에 공유하며 읽었는지 모릅니다.

어린 시절부터 제가 좋아한 시성(詩聖) 라빈드라나드 타고르의 시구를 자주 인용하는 당신에게 더 깊은 애정과 친밀감을 갖게 되었습니다.

기다리는 행복

《죽음과 죽어감》은 누구나 적어도 한 번은 읽어야 할 필독서로 추천하지 않을 수가 없습니다. 이 책은 죽음에 대한 책인 동시에 삶을 이야기하는 책이기에 더욱 그렇습니다.

'사람들은 나를 죽음의 여의사라 부른다. 삼십 년 이상 죽음에 대한 연구를 해왔기 때문에 나를 죽음의 전문가로 여기는 것이다. 그러나 그들은 정말로 중요한 것을 놓치고 있는 것 같다. 내 연구의 가장 본질적이며 중요한 핵심은 삶의 의미를 밝히는 데 있었다'고 당신은 말했습니다. 인터넷 검색을 하다 보면 당신은 인간의 죽음에 대한 연구에 일생을 바쳐 미국 시사주간지 《타임》이 20세기 100대 사상가 중 한 명으로 선정한 인물로 묘사되어 있습니다.

'그대가 헛되이 보낸 오늘은 어제 죽어간 어떤 이가 그토록 살고 싶어 하던 내일'이라고 제가 자주 기억하는 그 말을 당신의 책을 보며 더 오래 더 깊이 생각하게 되었습니다.

'오늘은 내 남은 생애의 첫날'이라는 말 또한 여러 사례들을 통해 더욱 생생히 실감하였습니다.

당신의 연구 중에도 죽음학이나 호스피스 교육을 담당하는 이들이 가장 자주 인용하는 그 다섯 단계(부정과 고립, 분노, 협상, 우울,

수용)가 아니더라도 400페이지가 넘는 《죽음과 죽어감》 책에는
제가 밑줄 쳐놓고 묵상하고 싶은 구절들이 너무도 많습니다.

시한부 환자들에게 스스럼없이 다가가 '그들에게 스승이 되어
달라고 부탁하며 그들의 갈등과 두려움, 희망이 공존하는 삶의
마지막 시간에 갖게 되는 고통과 소망, 분노를 있는 그대로 전하
고자 했다'는 당신의 책 에필로그를 읽으려니 눈물이 핑 돕니다.

'시한부 환자는 종종 아무 권리도 의견도 없는 사람 취급을 당

한다. 그러나 아픈 사람에게도 자신만의 감정과 소망과 의견이 있고, 무엇보다도 자신의 생각을 표현할 권리가 있단 사실을 기억하는 것은 그리 힘든 일이 아니다'라는 말에선 그간 시한부 환자들을 그냥 기계적으로 건성으로 대했던 저의 태도를 성찰하게 됩니다. 죽어가는 이들에게 생생한 연민보다는 메마른 감정으로 일관했던 시간들을 반성하게 됩니다.

'죽어가는 환자들의 곁을 지켜주는 일은 인류라는 거대한 바다에서 개개인이 지니고 있는 고유함을 생각하게 한다. 그 일은 우리 자신의 유한함, 생명의 유한함을 일깨워준다. 그러나 그 짧은 시간 동안 우리 인간은 저마다 독창적인 삶을 살아감으로써 인류역사의 한 올로 우리 자신을 엮어놓는다'는 당신의 감동적인 말을 마음에 새기며 지금 제가 해야 할 일이 바로 사랑과 돌봄의 영성을 기초로 한 인간적인 배려이고 따뜻한 관심인 것을 다시 깨닫습니다.

오늘을 마지막인 듯이 최선을 다해 살고 싶은 새로운 의지와 열정, 일상의 삶을 더욱 충실히 살고 싶은 고운 갈망을 심어주신 당신께 감사의 인사를 드리고 싶습니다.
아픈 사람들을 좀 더 따뜻하게 이해하고 사랑하고 싶은 마음의 눈을 뜨게 해주셔서 고맙습니다.

이웃 가족 친지의 죽음뿐 아니라 언젠가는 저 자신에게 다가올 죽음을 삶의 일부로 받아들이고 잘 준비할 수 있는 용기를 주신 것도 이 책이 저에게 준 선물입니다.

아직 살아 있을 때 잘 죽는 사랑의 겸손을 연습해서 진짜 죽을 때는 고통 중에도 환히 웃으며 떠나고 싶다는 용기와 희망을 갖게 해주신 엘리자베스 퀴블러 로스 박사님, 당신은 진정한 죽음과 삶의 박사로 인류 가족에게 모범을 보이셨습니다.

한 번도 직접 만난 일 없는 당신에게 존경과 사랑을 드리며 이토록 훌륭한 책《죽음과 죽어감》을 써주신 노력의 여정에 깊이 감사드립니다.

당신은 멀리 떠났지만 우리가 죽음을 통해 삶을 더욱 깊이 이해하고 사랑하는 존재가 될 수 있도록 글 속에서 살아 움직이며 빛나는 지혜의 별이 되어주십시오. 아직도 안 죽을 것처럼 아둔하게 살고 있는 우리를 환히 비추어주시길 바라면서 가만히 당신의 이름을 불러봅니다.

엘리자베스 퀴블러 로스 님, 다시 고맙습니다! 끝으로 이렇게 기도해봅니다.

(……)

하루에 꼭 한 번은

자신의 죽음을 준비하는 마음으로

화해와 용서를 먼저 청하는

사랑의 사람으로 깨어 있게 하소서

지금 이 순간이 마지막인 듯이

생각하고 말하고 행동하는

지혜의 사람으로 거듭나게 하소서

(……)

이미 세상을 떠난 이들의 죽음을

언젠가는 맞이할 저 자신의 죽음을

오늘도 함께 봉헌하며 비옵니다

— 이해인, 〈마지막 손님이 올 때〉 중에서

— 《죽음과 죽어감》을 공부한 수녀 학생 올림

〈2017. 7〉

어여쁜 달항아리로 받아주십시오
_언니 데레사 말가리다 수녀님을 위하여

우리의 시작이며 마침이신 주님!

우리의 둥근 달님 언니 이인숙 수녀님을

어여쁜 달항아리로 받아주십시오

1932년 가을에 태어나

1955년 갈멜산에 입회하여

일생을 달처럼 살아서

이제는 꽉 찬 보름달로

당신 품에 안긴 우리 수녀님을

큰 사랑으로 받아주십시오

어머니가 달 속의 선녀를 보고

곱게 낳은 아기여서 그런가

세상에 살 적에도 그녀는 유난히
부끄럼이 많아 햇빛을 피해
양산으로 책받침으로 얼굴을
가리고 다니더니
달빛처럼 은은한 영성을 덮어쓰고 살아가는
갈멜 봉쇄 수도원에 입회하여
일생을 그 이름처럼 어질 인 맑을 숙으로
살아오며 늘 행복하다고 말했습니다
'잘 죽어야 할 텐데'라고
입버릇처럼 말했습니다

나날이 몸이 쇠잔해가는 고통 중에도
달빛 미소를 간직할 줄 알았던 수녀님은
리지외의 성녀 소화 데레사의 애틋한 섬세함
아빌라의 성녀 대데레사의 대범한 명랑함을
동시에 버무려서 맛있게 멋있게 요리할 줄 알던
우리 모두의 큰언니 큰누나
큰 이모 큰 고모 그리고
어머니 같은 존재였습니다

공동체 안에서는 스스로 꽃꽂이를 담당하며

늘 작은 일에 충실한

숨은 꽃 천사가 되고자 했습니다

병상에서 그윽히

주위를 둘러보고 바라보던

그 아름답고 커다란 눈을

잊을 수가 없습니다

가벼운 말은 입으로 하지만

더 깊은 말은 눈으로 하는 법을

언니 수녀님은 알고 계셨던 거지요?

울면 안 된다는 간곡한 당부에 따라

눈물이 샘이 되는 슬픔을

침묵 속에 봉헌하며

이 마지막 고별의 순간에도

그냥 가만히 웃어볼까요?

가만히 눈을 감으며 울음을 참아볼까요?

지상에서 함께해준

세상 가족 수도 가족과의 모든 시간들

싹이 트고 꽃을 피우고
잘 익은 열매로 행복하게 해주심에
진심으로 감사했습니다

사랑과 평화가 넘치는
하느님의 나라 영원의 나라
은은한 빛이 출렁이는 달나라에서
부디 편히 쉬시고
아직 여기 남아 있는
우리들을 꼭 기억하여주세요
떠나서도 머무는 빛이 되어주세요

마지막 가는 길에 하고 싶은 말이 무어냐고
특별히 아픈 데는 어디냐고
제가 무심히 물었을 때
'그냥 다 바치는 거지 뭐' 하시던
그 대답을 삶의 화두로 삼고
힘들지만 아름다운
사랑의 먼 길을 가겠습니다

사랑합니다, 달님 언니

존경합니다, 달빛 수녀님

우리의 시작이며 마침이신 주님!

우리의 둥근 달님 언니 이인숙 수녀님을

어여쁜 달항아리로 받아주십시오

　　　　　　　　　- 늘 부족한 아우 이해인 클라우디아 수녀 올림

　　　　　　　　　　　　　　　　　　〈2017. 11. 20〉

기다리는 행복

슬픈 고백

_세월호 추모시

진정 어떻게 말해야 할지

어떻게 울어야 할지

어떻게 기도해야 할지

내내 궁리만 하다 일 년을 보냈어요

하염없이 바다를 바라보아도

기도의 향불을 피워 올려도

노란 리본을 가슴에 달고 있어도

2014년 4월 16일 그날

세월호에서 일어났던 비극은

갈수록 큰 배로 떠올라

우리 가슴속 깊은 바다에 가라앉질 못했네요

함께 울겠다고 약속해 놓고도

함께 울지 못하고

잊지 않겠다 약속하고도 시시로 잊어버리는

우리의 무심한 건망증을 보며

아프게 슬프게 억울하게 떠난 이들은

노여운 눈빛으로 우리를 원망하는 것이 아닐까요

문득 부끄럽고 부끄러워

세월호 기사가 나오면 슬그머니 밀쳐두기도 했죠

일주기가 된 오늘 하루만이라도

실컷 울어야 하지 않을까요

우리의 죄와 잘못을 참회해야 하지 않을까요

인간의 끝없는 욕심과 이기심과 무책임으로

죄 없이 희생된 세월호의 어린 학생들과

교사들 승무원들과 일반 가족들

구조하러 들어가 목숨을 잃은 잠수부들

그들의 마지막 모습을 기억하면서

더 많은 눈물을 흘려야 하지 않을까요

미안하다 미안하다

기다리는 행복

잘못했다 잘못했다
두 주먹으로 가슴을 쳐야 하지 않을까요

그들의 희생이 헛되지 않으려면
끝나지 않는 슬픔이 그래도
의미 있는 옷을 입으려면
여기 남은 우리가
더 정직해지는 것
더 겸손하고 성실해지는 것
살아 있는 우리 모두 더 정신 차리고
다른 이를 먼저 배려하는 사랑을
배우고 또 실천하는 것
공동선을 지향하는 노력으로
신뢰가 빛나는 나라를 만드는 것
나비를 닮은 노란 리본보다
더 환하고 오래 가는 기도의 등불 하나
가슴 깊이 심어놓는 것이 아닐까요

아아 오늘은 4월 16일
진달래와 개나리

벚꽃과 제비꽃은

저마다의 자리에서 곱게 꽃문을 여는데

그들은 우리와 같이 봄꽃을 볼 수가 없네요

바다는 오늘도 푸르게 출렁이는데

물속에 가라앉은 님들은

더 이상 웃을 수가 없고

더 이상 아름다운 수평선을

우리와 함께 바라볼 수가 없네요

죽어서도 살아오는 수백 명의 얼굴들

우리 대신 희생된 가여운 넋들이여

부르면 부를수록

4월의 슬픈 꽃잎으로 부활하는 혼들이여

사계절 내내 파도처럼 달려오는

푸른빛 그리움, 하얀빛 슬픔을 기도로 봉헌하며

이렇게 슬픈 고백의 넋두리만 가득한

어리석은 추모를 용서하십시오, 앞으로도!

〈2015. 4. 16〉

기다리는 행복

6

처음의 마음으로

기도 일기

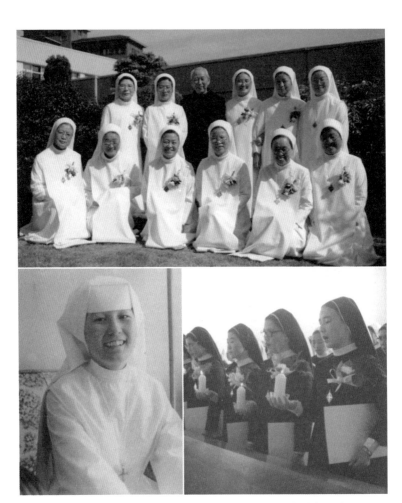

위_ 수도서원 25주년(1993. 5. 23)
아래(왼쪽)_ 첫 서원(1968. 5. 23) 후 어느 날
아래(오른쪽)_ 종신서원식(1976. 2. 2)

일기

언젠가
나의 글은
유작이 되고
나의 말은
유언이 되겠지요

내일 일이
자꾸만
걱정될수록

느긋하게
마음 달래며
하늘을 봅니다

행복하다
감사하다
말하는 동안

바람 속에
환히 떠오르는
기쁨의 얼굴

2018년 5월 23일이면 수도서원 50주년이 된다. 1968년 5월 23일 첫 서원을 하고 첫 소임을 나간 곳이 한국천주교중앙협의회(CBCK) 경리부였다. 복잡한 퇴계로에 사무실이 있어서 처음엔 잘 적응하질 못하고 힘들었다. 시간 여유도 부족해 제대로 된 일기가 아닌 메모식 단상을 적어둔 게 있어 최근에 다시 읽어보았다. 힘든 중에도 열심히 살아보려는 한 젊은 수녀의 노력과 고뇌의 흔적이 엿보이는 글이라 일 년간의 단상을(1968. 5. 23~1969. 5. 23) 추려 독자들과 나누고 싶다. 초심으로 돌아가 서원 50주년을 자축하고 기념하면서…….

*

첫 서원 날. '주님 저를 받아주소서.' 장미 속에 파묻힌 사랑의 여인들. 바들바들 떨리는 환희의 오늘. 주님, 당신은 제게 이렇게도 크게 갚아주시는 것입니까? 이제부터 내 이름은 클라우디아 수녀라고 불린다. 내 생애 최고의 날. 기쁘고 기쁜 날. 5. 23

*

'가슴 한복판에 꽂아놓은 / 단 하나의 성스러운 깃발 / 그것은 사랑'
'이 사랑은 살아갈수록 민첩해야 하고 원기 왕성해야 한다. 그리스도의 시선에 들지 않는 일체의 것을 버리고, 자아의 것을 모두

기다리는 행복

그이 것이 되게 해야 한다'고 지도 사제는 일러주셨다. 그러나 나는 너무 느린 걸음을 걷고 있다. 사랑하는 이의 걸음걸이는 확실히 쾌활하고 경쾌하며 매사에 민첩해야 하거늘? 좀 더 정신을 가다듬어야겠다. 5. 27

*

'요긴한 것은 오직 하나', 이 서원 모토는 정말 잘 선택하였다. 그러나 내가 찾는 것은 둘이 되고 있으니 안타깝구나. 내가 본원을 떠난다고? 소임에 대한 약간의 불안, 놀라움. 그러나 신뢰만이 나의 부(富). 나의 학교는 그리스도 예수님 안에 있지. 5. 28

*

성모의 밤 헌시 : 장미. 소나무. 촛불. 고운 초승달. 연못가의 고운 자태들. 아름다운 한밤의 조화. 나는 왜 자꾸 울어야 하는 것일까? 값싼 눈물은 극도의 자애심의 소치라고밖에 볼 수가 없다. 무능력, 게으름, 소극적, 나약함, 내향성, 답답함……. 나를 침체로 이끈 나쁜 요소들이 머리를 드는 것인가. 5. 30

*

오전 10시 서울행 기차! 정든 집 내 고향 광안리 산과 숲 그리고 바다를 눈물겹게 떠났다. 새로운 임지(한국천주교중앙협의회)에서도 기쁘게 살 수 있다. 내게 열린 문이 얼마만큼 좁든지 간에 나는 기어코 들어갈 것이다. 노력하자. 용기를 내자. 피곤과 아픔을 힘 있게 극복하는 것도 사랑, 오직 사랑뿐이다. 우리를 정답게 환영 해주신 이곳 모든 수녀님들께 나는 앞으로 작은 하녀가 되어 봉 사해야 할 의무가 있다. 자동차 소음이 가득한 도시 한복판. 나는 그 소리를 파도 소리로 들어야겠네. 6. 4

*

현충일. 소사 분원에 갔다. 기쁘게 살겠다는 내 삶의 모토를 다시 새롭게 하자. 사랑은 기쁨 중에 성장한다. 어제 미국 대통령 후보 자 로버트 케네디 피격 사건은 너무도 안타까운 일. '비극은 살아 있는 이가 지혜를 얻을 수 있는 도구다. 그러나 인생의 지침서는 될 수 없다.' 이것은 그가 한 말. 주여 자비를 베푸소서. 6. 6

*

정릉 본가에 다녀옴. 어머니의 얼굴을 마음속에 깊이 새겨둔다. 정릉의 산바람은 무척 상쾌하다. 아름다운 풀숲, 바람의 향기. 그 러나 더 아름다운 것은 마음과 마음이 주고받는 뜨거운 무엇. 그 것은 사랑이겠지. 나는 영원히 안주해야 할 나의 땅을 알고 있다.

기다리는 행복

그래서 피곤해도 기쁨은 크다. 보이느냐고? 보이지 않아도 확신하는 그 마음은 보는 것보다도 위대한 게 아닐는지! 6. 16

*

한 싹이 나뭇가지에서 고개를 들고 하늘 위에 있는 해에게 물었습니다. "행복을 어떻게 얻을 수 있습니까?" 해가 말했습니다. "베풀면 베풀수록 행복하지. 너에게는 너만의 향기가 있으니 그것을 베풀어보라. 그것이 바로 사랑이니라." 주님, 당신이 제 마음에 들어올 수 있는지 없는지 결정하는 사람은 저 외에 아무도 없나이다. 6. 20

*

초록색 산과 숲에 가고 싶다. 즐거운 새소리가 듣고 싶다. 광안리 산은 내 고향. 나는 그 푸른 고향을 생각하며 오늘도 기쁘게 바쁘고, 기쁘게 피곤했다. 6. 26

*

주여, 나를 부르십니까? 깊은 데로 가서 그물을 치라고 하셨습니다. 그러나 깊은 곳이 어디인지를 알지 못하는 아이, 예수님 바로 곁에서 즐겁게 그물을 치겠습니다. 오늘 매우 깨끗한 영신적 기쁨이 흘러와서 나의 지저분한 먼지를 날려 보냈습니다.
6. 30

*

서울의 공기는 혼탁하다. 그러나 그 탁한 공기 속에서 우리는 생을 배운다. 수도자를 향한 시민의 눈길이 그리 따스한 것은 아님을 느끼는 날들. 숨고 싶다. 자꾸만. 7. 1

*

비야 내려라. 빗소리에…… 지는 세월. 바람이 불면 또 시간이 간다. 시간은 결코 양보하지 않는다. 바람을 따라 내가 성장하네. 오, 바람이여. 더 불어다오. 단체 안에서 늘 함께 움직이는 것을 배울 것. 사소한 도움, 친절의 기회를 그냥 지나치지 말 것. 7. 4

*

구름 아가씨 들어보세요. 나의 얘기를. '사람들의 마음 깊이에는 얼마나 아름다운 보화가 숨어 있는가를 당신은 순간마다 발견해야 합니다. 사람 자체가 악한 것은 아닙니다. 세상 사람은 모두 아름답습니다. 나는 모든 이의 작은 친구가 되고 싶고 산새였으면 합니다. 아직 언어를 배우고 있는 은하 아기의 목소리를 멀리

서 들었습니다. 그의 엄마는 내게 고운 그림을 보냈습니다.' 7. 9

*

저를 이만큼 키워주신 당신……. 태양이여, '괴로움'을 보내주시
면 즐거워하겠습니다. 갈수록 더욱 기뻐하겠습니다. 때로 감정
이 용납하질 않더라도 그 아픈 괴로움에도 기뻐하는 푸른 의지
를 키우겠습니다. 사람들의 기억에서 잊히게 하십시오. 저를 부
디 잊히게 하십시오. 그래야 저는 더욱 작아질 수 있습니다. 7. 10

*

주님, 저는 기쁨을 창조하였습니다. 그리고 이 기쁨은 저를 살게
합니다. 그리 크지 않은 모든 일, 극히 자그맣고 범상한 모든 일
에서 말입니다. 주님, 그래서 오늘도 이렇게 행복합니다. 저는 기
꺼이 이 행복을 자랑하고 싶습니다. 7. 12

*

토비아 신부는 '고독은 기도의 보금자리'라고 말한다. 퍽 긍정하
고 싶은 이야기.
'주여. 기쁨마다 나에게 하나의 고난을, 저녁마다 나에게 하나의
죽음을 주소서. 내가 무뚝뚝하게 당신에게 고집을 피울 때면 당

신 스스로 내 깊이의 추(錐)가 되어주소서.' – 독일 시인 루트 샤
우만 7. 15

*

'사랑하는 나의 수녀야, 평범한 일상생활 안에서 비범한 사랑을
찾을 수 있는 삶의 가치를 살리되 싱싱히 살리도록 하여라. 대인
관계에서 늘 매사에 절제 있고 무게 있는 언어로 행동하기를!' –
언니 수녀님의 편지에서 7. 18

*

오늘은 타인의 자그마한 말 한마디가 내 마음을 아프게 괴롭힌
다. 나는 왜 이리 못난 모습을 하고 있을까. 나는 결코 실망하지
않을 수 없다. 조그만 어려움을 극복해야만 성장할 수 있다. 나의
자존심이 상처를 입었다고 생각이 들 때. 주여, 그것이 대체 무어
란 말입니까? 당신을 보다 높이 사랑하지 못하는 저의 나약함은
오늘 저를 슬프게 합니다. 7. 24

*

우울한 것은 영혼의 병입니다. 사소한 일에 곧잘 마음을 어둡게
갖는 나의 극히 협소한 마음이 슬퍼지는군요. 잔치에 초대받을

기다리는 행복

수 없는 사람, 그것은 우울한 사람입니다. 참으로 늘 명랑하게 한결같이 기쁘게 사는 것이 얼마나 중요한지요. 7. 25

*

이사. 퇴계로에서 동자동으로 숙소를 옮김. 훨씬 조용하고 아늑하고 수도원다워서 좋다. 다시 출발! 또 살아야 한다. 열심히! 사랑하지 않고는 기쁠 수가 없다. 조금의 희생을 지불하지 않고서는. 7. 26

*

마음에 이유 없이 엷은 파동이 인다. 나는 감정의 사치를 잘 수습해야 할 것이다. 온갖 자질구레한 회색빛 근심들. 나는 좀체 그것들을 떨쳐버릴 수가 없다. '작은 채로 만족하십시오. 그러나 이해하는 데는 가장 큰 사람이 되십시오.' 내가 나에게 건네고 싶은 말이다. 8. 5

*

이 여름에도 나는 늘어지지 않고 싱싱히 살아 있어야 한다. 참으로 오랜 세월 만에 처음으로 확 트인 숙부님과 즐거운 대화. 내겐 꼭 아버지 같으셨다. 감사합니다. 하느님, 당신은 모든 가족에게

기쁨을 주십니다. 8. 9

*

얼굴은 모르지만 돌아가신 친할머니의 연도(煉禱) 날. 모든 가족이 모인 자리에 나도 함께했다. 사는 일의 기쁨과 고뇌를 동시에 읽을 수 있었지. 사촌 동생 란이에게 〈초록 바다〉 등 예쁜 노래를 몇 개나 배웠다. 늙지 않는 동심 속에서 오래 살 수 있었으면 하고 바라는 마음. 8. 10

*

성모승천대축일. 광복 23돌! 오늘은 종일 비가 내리고 있네. 오후엔 단편소설 몇 개를 읽었다. 갑자기 시에 대한 초록빛 그리움이 파도쳐 오네. 얼마쯤 빛을 잃어가는 나의 시를 다시 찾고 싶은 마음. 8. 15

*

바람 서늘한 저녁. 나의 기도는 다시 승화되기 시작한다. 하나둘씩 떠오르는 별을 헤아리며 나의 자매들과 시를 이야기하는 아름다운 밤. 높고 차가운 지성으로 별은 나를 키운다. 신앙이 기초가 되어 있지 않다면 나는 결코 노래 부르지 않겠다. 시는 나를

기다리는 행복

신께로 인도하는 음악이어야 한다. 8. 17

*

첫 서원 후 석 달. 첫 열심의 변함없음을 항상 간직해야 한다. 어쩌면 시간이 지날수록 나의 호수에는 근심이 많고 인내가 없고 자꾸만 흐려지니 어찌 된 일일까? 마땅히 울고 통회해야 한다. 받은 은혜는 너무나 크고 나는 바보같이 늘 제자리걸음. 왜 좀 더 성숙하지를 못하는 것일까 모르겠다. 슬픔이여……. 8. 23

*

내적 생활은 끊임없는 마음의 경계. 그리고 쓰라림을 겪어야 하는 것이라고? 높이와 깊이! 깊이 없이는 높이가 없다. 절제하는 것을 습관화하자. 극기하지 않는 수도자가 참수도자인가? 8. 28

*

8월의 마지막 날인 오늘. 아침엔 경솔하게 화분을 하나 깨고 오후엔 또 실수! 병환 중이신 선배 수녀님의 마음을 상하게 했다. 나는 보다 많은 어려움과 시련을 통해서 좀 더 강해지지 않으면 안 되겠다. 수도 생활에는 뜨거움과 더불어 칼에 베이는 듯 아프고 쓰라린 냉정함도 필요한 것이 아닐까. 겸손하지 못해서 남의 충고를 제대로 못 받아들이는 일이 없기를 기도한다. 내일은 월피정. 나는 또다시 새로운 마음으로, 미소하는 마음으로 나의 길을 가야겠다. 8. 31

*

'보석상은 천 개의 유리구슬보다도 한 개의 다이아몬드를 더 소중히 여긴다'는 말을 내내 묵상하였다. 9. 4

*

'원인은 결과보다 크다', '우리 교회에 수도는 녹슬 만큼 있지만, 수원지는 극히 적다'는 성벨라도의 말씀을 새겨본다. 먼저 자신이 풍부해 있지 않으면 타인에게 무언가를 줄 수 없다. 남에게 주고도 자신의 내면은 텅 비어 메마르고 가진 게 없다면 그건 헛일이겠지. 9. 7

*

샛노란 국화를 한 아름 안고 어릴 적 친구 현숙이(배우 최민수 장모)가 왔었다. 오 년간 소식 없이 지냈지만, 예전처럼 명랑하고 소탈한 모습 그대로여서 좋았지. 벗들과의 대화에서 나는 늘 좋은 사랑을 베풀고 싶다. 9. 19

기다리는 행복

*

오늘도 이 일 저 일 겉으로만 바쁜 척 뛰어다니면서 나는 무엇을 했는가? 기껏해야 형제의 표정만 흐리게 해놓고 날이 갈수록 교만해지는 자신을 미워한다. 그러나 실망하진 않으리라. 9. 30

*

산다는 것 자체가 이미 훌륭한 기도인 것 같다. '인생은 죽음으로 잃어버리는 것이 아니라 시시각각으로 조그마한 많은 무관심한 태도 속에서 잃어버린다'는 말의 뜻을 생각해본다. 10. 2

*

침묵은 공백 상태가 아니다. 침묵은 너와 나 사이에 더욱더 아름다운 비약의 대화를 예비한다. 침묵하고 싶다. 그러나 극히 우울하진 않은…… 기도를 좀 더 정성 있게 바치기를! 10. 8

*

휴일. 시복경축연주회 성황. 예술의 조화. 그 아름다움. 그건 분명 신의 것이다. 주님, 시를 쓰고 싶습니다. 해마다 아낌없고 어김없는 나의 가을과 함께. 10. 9

*

고해성사. 모처럼 오랜만에 맑은 강이 흘러내린다. 내 마음 얼마나 초조하고 번거로웠던가. 나에게 중요한 것은 생활이다. 이 생활에 장애가 되는 것은 누가 뭐래도 용감하고 과감하게 치워야 할 것이다. 10. 12

*

생활의 순결함과 신성함을 잃지 않는 것. 좋은 모범보다 더 힘 있고 더 큰 설교는 없다. 10. 16

*

나의 기도는 엉뚱하게 어디에 가서 잠들고 있는가. 어서 깨우자. 현실을 향해 움직여야 한다. 나는 나의 모든 부조리와 모순 그리고 야비한 표리를 그대로 모두 긍정하고 그것을 용감히 극복하지 않으면 안 된다. 나는 무엇보다도 성실한 인간이어야 한다. 10. 19

*

달팽이같이 자꾸 숨어들고 있는 자신이 밉다. 좀 더 긍정적으로 생을 살면서 기뻐하고 더욱 안으로 웃을 수 있으면 참 좋겠다. 나의 웃음이 늘 겉으로만 맴돌고 참된 내적 미소를 지닐 수가 없는 건 내가 노력하지 않기 때문이겠지. 10. 23

*

고해성사. 감정과 의지의 갈등이 묘하게 지속하고 있다. 웬만큼 냉정해지지 않고서는 나를 지탱하기 어려울 것 같다. 오늘은 소사에 갔지. 아름답게 풍성한 가을이 들판 가득히 깔려 있다. 10. 27

*

빛나는 것만으로는 소용없다. 타는 것만으로도 대수롭지 않다. 빛나고 타는 것이야말로 만족한 상태이다. 10. 28

*

시의 빛깔을 생각해본다. 어쩌면, 이리도 마음이 차분하고 조용하게 신비로워지는 걸까. 나는 시를 생활화해야 한다. 그러기 위해서 기도는 더욱 간절히 계속되어야 한다. 참 아름다운 시를 읽고 싶다. 너무나 쓰고 싶다. 그리고 당신 안에서만 노래를 부르며 나의 생활을 정리하는 습관을 갖고 싶다. 나는 왜 흩어지고 산만해져 있을까? 생활하면서 항상 시를 생각하고 살아야지. 10. 31

*

잎이 진다. 소리 없이 하나둘 떨어지고 있다. 11월의 첫 아침. 피곤한 눈길을 잠시 안으로 돌려보자. 참 많은 허물을 발견하지만 역시 기뻐할 줄 알고, 나에겐 희망이 있으므로 슬픔은 없다. 신앙생활! 그것은 곧 기쁜 소리의 응답이다. 하느님은 나의 능동적인 응답을 원하고 계신다. 좀 더 '네!' 할 수 있는 클라우디아가 되기를……. 아멘! 11. 1

*

기도의 필요성을 얼마나 절실히 느끼고 있는지! 무슨 일을 하려고 할 때 실상 기도보다 더 효과적인 방법은 없다. 내면생활에 젖어 있지 않으면 그 누구와도 나는 이야기할 자격이 없다. 11. 6

*

너무 추워졌다. 갑자기 오스스 떨려 와서 참기 어려울 정도. '아직 나뭇잎이 다 지지도 않았는데 / 벌써 내리는가 흰 눈이여 / 어두운 구름이 흩어져 내려오는 그 흰 눈송이…… / 어제만 해도 자랑스럽던 그 정원에 / 향기 그윽하던 그 국화 위에…… / 죽음이 우리를 손짓하여 떠나려고 하는구나' - 오스틴의 시
예정대로 고해성사를 받지 못해 조금 우울하다. 11. 9

*

날마다 순교자와 같이……. 더 멀리 위대하고 거대한 무엇을 찾으려고 애쓸 필요가 없다. 일상생활에서도 순교의 기회는 너무나 많다. 나의 잘못된 생각을 단호히 꺾어버리는 것. 순결하지 못한 지향들을 칼로 내리쳐야 한다. 11. 12

*

기도 생활은 언제나 끝없는 갈증이며 그리움이다. 나에게는……. 오늘은 사도 바오로의 말씀이 새롭게 가슴을 뛰게 한다.
'죽을 뻔했으나 보라. 살아 있으며 슬퍼하는 것 같아도 기뻐하며, 가난한 것 같아도 많은 이를 부유케 하며, 아무것도 가지지 않은 것 같아도 모든 것을 소유하는 자로서 천상의 일꾼임을 드러낼지어다.' 11. 13

*

수도자의 적당주의는 차라리 타락이 아니겠는가? 남의 허물을 보기 전에 먼저 자신에게 채찍을 주자. 11. 14

*

오늘의 시대는 성인을 요구하고 있다. 교회는 한 사람의 거룩한 영혼을 원하고 있다. 노력하기를 쉬지 않는 것 또한 성덕의 첫 걸음임을 절대 잊지 말 것. 항상 지향을 바로 갖고 살아야 한다. 11. 17

*

지도 신부님 말씀 : 첫째, 사람의 무게는 사랑의 무게다. 둘째, 잘 살고 있는 사람은 결코 환경을 나무라지 않는다. 불행을 환경 탓으로 돌려서는 안 된다. 셋째, 겸손은 기초, 사랑은 완성. 11. 18

*

겸손에 의해서만 극히 하찮은 악기에 불과한 나는 자신의 빈약한 소리를 더욱 크게 하고 아름다운 음향을 내게 할 것이다. 겸손에 의해서만 성체의 한 조각에 불과한 나는 성체의 빛깔을 더욱 더 맑게 순백하게 빛나게 할 것이다. 신앙의 결핍은 나를 슬프게 한다. 11. 29

*

동 쇼따르의 《사도직의 비결》은 좋은 책이다. 오늘은 주일. 조용한 기쁨이 샘솟아온다. 나의 월피정 결심 : 첫째, 형제가 없는 데서 그를 비난치 않음. 둘째, 언어의 순화. 셋째, 화장실 청소 잘하

기. 주의 길을 나에게 보이시며 내 갈 바를 가르쳐주소서. 12. 1

*

강하고 줄기차게 깨어 있지 못하면 나는 곧 넘어질 것이다. 오직 확실한 신앙만이 나에게 기쁨을 더해준다. 월피정의 결심을 순간마다 새롭게 하자. 원장님께 편지를 썼다. 내가 원하는 것은 유명한 문학인이나 이름 있는 수녀가 되고 싶은 게 아니라는 것을. 생활에서 오직 나의 마음과 영혼이 문제라는 것을. 12. 3

*

실망의 유혹에 빠지는 것은 신앙의 결핍이다. 나는 내 수도 생활 자체에 대해 부끄러움을 느끼진 않는다. 오히려 나에 대한 수치를 느낄망정. 나는 성 베네딕도 회원의 일원으로서 그의 가르침을 본받는 삶에 긍지를 갖는다. 그래서 나는 행복한 것이고 어려움이 오더라도 그마저 의미가 있는 것이다. 12. 4

*

누가 뭐래도 빼앗을 수 없는 마음의 평화를 누리고 싶다. 내 안에 희망이 차츰 더 발돋움하여 나는 사랑하는 여인으로 태어나리라. 주님께선 바로 가까이, 너무도 가까이에서 나를 바라보고 기다리고 계신다. 나의 일들은 조금씩 기도화 하고 있음을 노력으로 느낄 수 있다. 온종일 마음을 드높이! 12. 5

*

갑자기 상경하신 야누아리아 원장 수녀님. 그분은 나의 뜻을 아주 많이 기꺼워하셨고 또한 위로된다고 하셨다. 이제 나는 더 바쁜 걸음을 재촉하여 그분의 지혜로운 정녀가 되기를 힘써야 한다. 아, 주님, 저로 하여금 참되이 울고 진실히 기뻐할 줄 알게 하소서. 12. 11

*

일이 많아 바쁜 날이었다. 가슴속에 그득히 고여오는 시의 언어들을 좀 더 여유 있게 다듬지 못함에 유감. 이 고요한 친구로 말미암아 나에겐 언제나 기쁨이 있다. 12. 16

*

남에 대해서 좋게 말할 줄 알아야 한다. 누가 오류를 범했더라도 함부로 죄인으로 심판해선 안 된다. 형제의 눈에 있는 티끌을 보고 자기의 들보는 보지 못하는 미련함. 거짓 없이 밝고 참되고 진실한 수도 생활을 할 수 있어야 한다. 12. 20

기다리는 행복

*

미사 속에서 하루를 열심히 살아야 해. 새벽 미사에서 나는 모든 것을 새롭게 봉헌하고 또다시 서원을 갱신해야 할 것이다. 번거로운 축하, 외적인 일에 너무 신경을 쓰진 말자. 고요한 기도 가운데 모든 이를 기억하면 더 좋다. 12. 21

*

밤새 흰 눈이 쌓였다. 미소하는 마음으로 모든 것을 긍정하는 마음으로 현실을 직시하고 싶다. 오늘이 가고 새해가 오면 나에겐 무슨 변화가 있을 것인가? 좀 더 숙연해진 마음으로 잘 반성할 수 있어야 한다. 그리고 좋은 시라도 쓸 수 있는 마음의 순수를 나는 되찾고 싶다. 늘 무엇엔가 쫓기는 듯 먼지 낀 도시에서의 생활, 생활에서 도피하는 게 아니라 생활이 주는 어두움 내지 번거로움은 좀 제거되는 게 좋겠다. 12. 22

*

'가하'라는 이름의 벗님이 준 성탄 시를 읊어본다.
'당신이 마리아라면 이 밤에 어떤 예수를 낳으시렵니까 / 당신이 어두운 들에서 목동이라면 누구의 음성에 귀를 기울이시렵니까 / 그리고 또 한 번 당신이 예루살렘의 가난한 시인이라면 / 아무

도 갈채하지 않는 시간으로만 갈바리아의 언덕을 찾아오는 그리
스도의 밤을 / 그 밤처럼 맞이할 촛불에 조용히 불을 댕기지 않
으시렵니까 / 정녕 당신이 마리아라면 이 밤을 위해 어떠한 기도
를 준비해야겠습니까' 12. 24

*

일에 매여 사는 날들이 계속된다. 기쁘게 피곤하다. 그러나 이 기
쁨이 어디로부터 비롯되고, 누구의 것이고, 누구를 위해 오는 것
인지를 생각하자. '저에겐 늘 영혼의 깊이에서 오는 간절한 굶주
림과 갈망이 있습니다. 이것은 저에게 늘 용기를 더해줍니다.'
12. 30

*

1968년의 마지막 날. '주님, 저의 기도는 오늘도 이것으로 충분했
습니다. 감사합니다! 지난 일 년 동안 살아온 많은 시간 속에 저
는 아마 얼마쯤 성숙했으리라 믿습니다.' 연피정 준비가 되질 못
했다. 내일 부산으로 출발 예정. 오늘은 송년의 날. 나는 눈을 감
고 싶네. 12. 31

*

비둘기호 기차 타고 부산에 옴. 45분 연착으로 오후 4시 30분에
부산 도착! 연중피정을 하기 위해 많은 수녀가 모임. 모두 반가
웠고 고향에 돌아온 이의 마음이 얼마나 흐뭇할 것인가를 생각.
바다와 산들이, 나의 형제들 얼굴이 다시금 새로웠다. 하느님 감
사합니다(Deo Gratias)! 1969. 1. 1

*

기쁨을 잃은 것 같다. 마음 깊숙한 곳에서 우러나는 참된 미소가
없는 나의 모습을 본다. 나는 자신을 잃었다. 투지력이 약하다는
지적을 받았지. 주님, 부디 용기를 주십시오. 이 안개를 용감히
헤치고 나아갈 수 있는 극히 범상한 용기를 주십시오. 누가 저더
러 어리석다 할 것입니까? 주어진 삶에 너무도 충실해지려는 그
것이 오히려 죄가 된다고 나를 때리는 듯한 어떤 눈길에 나는 갈
피를 잡을 수가 없네. 1. 3

*

빛나는 햇빛, 바다는 고요하다. 내가 너무 소극적이고 유약하다
는 것을 슬퍼할 이유는 마땅히 있다. 그러나 무엇보다도 나의 산
보다 더 높은 그 교만을 오만한 얼굴을 미워해야 한다. 나는 어이

하여 개성을 잃고 그 대신 좋지 못한 오류만을 이렇게 키웠을까. 새해부터 나는 푸념으로 시작을 하는구나. 올해는 닭띠! 십이 년을 두 번이나 살았어도 나는 별로 성숙하지도 못한 채 그 모양이다. 나는 지금 몹시 추운 겨울을 살고 있다. 나의 영혼은 한없이 춥고 배고프고 헐벗은 그대로 오늘 이 순간을 살고 있다. 무엇이 나를 황무지로 이끄는 것일까. 참으로 참된 내적 평화와 안정된 마음의 기쁨을 되찾고 싶다. 수도 생활도 이제부터 시작이다. 내가 인형이 아닌 것을 보여주어야 한다. 떳떳이 책임 있는 생을 살아야겠다. 이번 피정 동안 내가 해야 할 일은 본연의 나를 되찾고 성소에 대해 좀 더 깊은 확신을 하고 앞으로의 생을 설계하는 것이다. 나는 용감히 일어서야겠다. 1. 4

*

오늘은 삼왕내조축일! 나의 별은 어디에 숨어 있는가? 보이지 않더라도 끝까지 가야 한다. 1. 6

*

오전 8시 부산 출발. 오후 3시 서울 도착. 안온한 마음. 피곤해진 마음. 소임에 대한 얼마간의 불안과 두려움. 여러 가지로 복잡해지는 것 같다. 나는 살아가는 지혜를 모르는 것일까. 내게 신앙

기다리는 행복

은 대체 어떠한 크기만큼 존재해 있는 것일까. 나는 더욱더 새로워지기를 희망하고 있다. 얄팍한 감정 따위에 정신을 빼앗겨서는 안 된다. 좀 더 충실한, 좀 더 불평이 없는, 좀 더 말이 적은 조용한 여인이어야겠다. 나의 유일한 안식처가 오직 하나인 것을, 나의 굳센 바위도 오직 하나인 것을 이번 기회에 좀 더 절감했다. '오, 주여 내 영혼이 고요히 당신께 속해 있나이다.' 1. 8

*

오늘의 독서 : 비천하며 겸허함은 속옷 같은 것이다. 속옷이 꼭 있어야 하지만 결코 속옷을 보여서는 안 된다. '피정 동안 내가 무엇을 했는지? 아픈 가책을 느껴야 할 텐데 오히려 덤덤하기만 하다. 내가 때 묻었음을 자인하면서도 슬픔을 못 느끼는 이유가 무엇인가. 여러 사람 앞에서 쉽사리 감정을 노출하고, 깊은 생각 없이 화를 잘 내는 나. 그것은 확실히 인격의 문제이다. 때로는 혼자 있고 싶다. 아주 간절하게! 그리고 좀 더 깊이깊이 생각해보고 싶다. 그리고 오랫동안 울어보았으면! 네, 아니오의 대답은 얼마나 어려운가. 매사에 필요한 참된 지혜와 용기. 수녀인 사람은 좀 더 충분히 좋은 방향으로 슬기로워야 한다.' 1. 9

*

성모님. 어머님. 흰 눈이 오는 겨울밤에 타오르는 촛불 밑에서 빨간 사과를 깨무는 싱싱한 멋으로 진정 아름다운 한 편의 시를 쓰고 싶습니다. 보다 창조적인 매일을 갖고 싶은 저의 갈망을 당신은 아십니다. 지금쯤 저는 좀 더 성장해 있는 마음으로 하나의 좋은 시를 쓰고도 남음이 있어야 할 것입니다. 가슴 안으로 넘치는 감사의 정. 오늘도 아멘. 1. 10

*

사랑하는 딸과 그 가까운 친구들을 위하여 꽃 골무를 정성껏 깁고 앉아 계시던 조용한 엄마의 고운 성품을 나도 닮고 싶다. 어머니 앞에 나는 얼마나 모자라는 철부지인가. 조금이라도 내가 효도하는 길은 오직 이 수도의 길을 잘 걷는 것뿐이다. 1. 12

*

새롭고 기쁨에 넘친 마음으로 나의 일을 다시 시작하리라. 소임에서 오는 작은 어려움은 모두 침묵으로 삼켜두는 것이 훨씬 현명하다. 너무 쉽게 나팔을 불지 마시게. 클라우디아. 매일매일 대하는 사람들에게 좀 더 친절히 미소하기를 배우지 않는다면 그대는 결코 진보할 수 없으리. 1. 13

기다리는 행복

*

오늘의 독서 : '명랑한 사람은 웃고 즐거운 사람은 미소한다. 즐거운 자의 마음에는 언제나 감사의 마음이 가득하다. 행복하겠노라고 결심하십시오. 그러면 당신의 기쁨은 어려움을 이기는 불패의 주인공이 될 것입니다. 쾌락은 광폭하며 번쩍이는 불과 같다. 기쁨은 고정된 별처럼 여일하다. 즐거움은 낮의 밝음처럼 은은하다. 기쁨은 입술의 미소가 아니라 눈의 미소, 마음의 미소이다. 행복은 발견하는 것이다. 유전을 파서 부자가 되는 것같이.' – 풀톤 쉰 주교 1. 14

*

남의 말이나 행동에 흔들림이 많은 내가 싫어진다. 나에겐 용기가 없고 신념이 부족하다. 나는 어딘가 잘못 형성되어가는 인간 같이 느껴지고 요즘은 열등의식이 나를 괴롭히지만, 정신을 빼앗기지는 않을 것이다. 나는 먼저 선택한다. 나는 수도 생활을 사랑한다. 모든 것은 역시 그다음 문제이다. 더욱 근본적인 것 본질적인 것을 다른 것과 바꿀 만큼 어리석지는 않을 것이다. 나는 적어도 나의 긍지를 지켜야 한다. 1. 17

＊

가까운 이웃의 어느 교회에서 너무나 밝은 음향의 종소리가 크고도 은은하게 울려 퍼지고 있다. 저 맑은 노래의 종소리 안에 우리는 서로가 친구이며 사랑하는 형제이다. 1. 19

＊

비록 꿈속에서였지만 전쟁을 예감하는 사건들을 여러 번 겪었다. 어젯밤에는 갑자기 전선에서 고생하는 군인들을 위해 더 열심히 기도해야 할 필요를 느꼈다. 요즘은 시대적으로 그리된 것인가? 사람들은 너무나 이기에 밝고 남에게는 몰인정하다. 지금 이 세상에 가장 필요한 것은 기도의 힘, 기도의 무기이다. 1. 23

＊

중앙선을 타고 양평행. 양평에서 오십 리 떨어진 군부대에서 신·구교의 연합 예배. 우리는 노래를 불렀다. 눈도 아닌 비가 내려 질퍽하고 음산한 날, 먼 여정이라 꽤 고단했지만, 수녀 여덟 명은 모두 보람을 느낀 것으로 만족하였다. 좀 더 실제적인 사목활동이었다고 생각한다. 팔백여 명의 군인들이 참석했고 군악대의 찬송가. 목사님의 설교가 나에겐 처음이라 그런지 더욱 이채로웠다. 그들은 열동녀의 비유를 이야기했지. 때를 알고 자기를 알고 사명을 알아 이에 아낌없는 충성을 목숨을 다하려는 의지의 힘이 곧 올바른 슬기라고 했다. 1. 26

*

눈이 너무도 많이 쌓였다. 앞이 가려 아무것도 보이지 않을 만큼! 흰 꽃잎같이 바람에 나부끼는 귀여운 나비들. 그 눈길을 걸어 고해성사를 보고 왔지. 담화 시간에 종종 즐기는 올 마이트(all might) 게임. 즐겁긴 하지만 어느 정도의 자제가 필요한 듯? 간혹 담화 시간에 농담할 때라도 비어를 쓰지 않도록 각별히 유의할 것이다. 1. 28

*

오늘도 계속해서 눈이 내렸다. 밤새 쌓인 아침 눈길을 걸어가는 게 꼭 꿈속같이 고운 오늘이었다. 하루가 시작되는 일에 즐거움보다는 아픈 전율을 느끼고 어두운 시간을 벗어버리고 싶어 했다. 한 형제의 거리를 둔 시선 앞에 얼마쯤의 위압을 느끼던 날들. 그가 숨기면 숨길수록 그것은 더 짙은 색채로 나에게 전달이 되었지. 오늘 좋은 기회를 포착하여 구름의 옷을 어두운 벽을 한 꺼풀 벗을 수 있었다. 아직도 광명은 아니지만, 그런대로 내 마음

은 평화롭다. 1. 31

*

예수봉헌축일. 초 축성. 눈에 보이는 이 불빛이 밤의 어둠을 몰아내듯이 보이지 않는 성신(성령)의 빛으로 우리 마음을 비추시어 죄악의 어둠을 없애주소서. 또한, 우리 마음의 눈을 밝혀주시어 주의 뜻에 맞는 것과 우리 구원에 유익한 것을 깨닫게 하소서. 이 세상의 위험한 어둠이 끝난 다음에는 꺼지지 않는 천상 광명에 이르게 하소서. 교회헌장(Lumen Gentium)! 자신을 태우고 남을 비추는 촛불의 희생. 그것은 곧 그리스도의 사명. 나의 사명이다. 태우다 보면 자신은 점점 작아지고 또 스러지는 사랑스러운 촛불! 2. 2

*

또 눈. 요즘은 왜 자주 피곤을 느끼는지 모르겠다. 스스로가 그렇게까지 꼬장꼬장하게 여유 없이 살고 자기를 학대할 필요가 있는 것일까. 갑자기 시를 쓰고 싶은 갈망, 문학을 공부하고 싶은 포부가 뭉게뭉게 피어오른다. 그러나 나에겐 가능성이 없는 듯. 내가 살아가는 것이 아니라 흐르는 세월 속에 덧없이 밀리는 것만 같은 느낌. 내 하루의 색채 없는 무늬의 빛깔은 한겨울 아침,

기다리는 행복

투명한 유리창에 얼어붙은 성에처럼 희게 고독으로 핀다. 나는 문득 방향 잃은 나비가 되어 오만한 자존을 통곡하는 것일까. 이미 살아온 많은 날. 하늘로부터 이어받은 소중한 은혜마저 꽃피우지 못하고 신앙의 탑 무너지랴. 늘 같은 지점에서 제자리하다 돌아오는 나의 되풀이 노래는 한숨. 그러나 아직 빛이 있는 동안 나는 나의 세월을 아끼며 걸어가야 한다. 2. 4

*

영하 12~15도. 제법 춥고 매서운 날씨. 아침에 미사가 없었으므로 저녁 미사(후암동)에 다녀옴. 나의 하루하루가 너무도 안일하고 무기력하게 느껴지는 건 결국 나 자신의 성격에서 오는 결핍보다는 정신 문제이다. 내적생활이 결함이 된 원인은 신앙과 사랑, 그리스도에 대한 나의 봉헌이 아직도 부족하기 때문이다. 스테파노 신부님이 '한국토착화문제'를 내게 일부러 타이핑해 오셨는데 그곳에 쓰인 바와 같이 한국인의, 인류의 '채워지지 않는 마음'을 아주 강하게 느끼고 있다. 특히 나 자신 안에서의 폐허. 그것은 무엇으로 채워질 것인가. 결코, 세상에서는 채워지지 않음을 나는 예감한다. 2. 5

*

내가 아는 S가 그의 친구를 일부러 데리고 와서 그에게 복음의 씨앗을 뿌려 잘 키워달라고 부탁했을 적에도 나는 얼마나 차갑고 냉정히 바쁜 체하고 일에만 열중해 있었던가. 한마디의 따스한 말, 구김살 없는 미소 한 가닥으로도 영혼을 끌어올릴 수 있는 사람이어야 할 것이다. 노력하지 않으면 나의 영신 생활에 차질이 생길 것이다. 오늘도 몹시 바람이 차다. 동시 세 편을 월간《소년》의 편집장 이석현 님에게 보냈는데 그가 어떠한 마음으로 읽었을지 모르겠다. 2. 6

*

한국천주교중앙협의회에서 퇴근할 무렵 마주한 참으로 송이송이 큰 눈. 함박눈이 내렸다. 마구 눈을 받아먹으며 걷고 싶었다. 눈이 쏟아져 내리는 먼 하늘을 올려다보면 나도 나비같이 팔랑팔랑 날고 싶은 마음 88.88 클라우디아. 하늘을 올려다보는 내 고개가 아프다. 오랜만에 받은 데레사 승자의 글로 따뜻한 기쁨이 더했던 하루. 내 가슴 그리움으로 출렁이는 작은 바다 위엔 희게 희게 겨울눈만 자꾸 쌓여가는가. 친구야 나는 너를 위해 기도한다. 오늘도 우리 사이에 놓인 우정의 흐름은 분명 신이 축복해 주신 것임을 믿는다. 2. 7

*

장충동 베네딕도 수도회에서 베다 신부님과의 대화. 나를 비롯한 동기 수녀 세 명은 신부님이 소개하는 아름다운 음악을 들었고 감동했다. 한없이 깊고 푸른 신비의 숲속으로 이끌리는 듯한 그 아름다운 선율. 음악을 빼놓고도 신부님의 방에는 얼마나 아늑하고 따뜻한 분위기가 있었던가. 나는 나의 약점을 좀 더 용감히 자랑할 수 있어야겠다. 사도 바오로의 말씀처럼 허약한 그것으로 나는 더욱 강해진다는 걸 믿으면서. 2. 8

*

씨 뿌리는 자의 비유. 복음서의 테마는 정말 멋있고 훌륭한 것들로 짜여 있다. 모든 예술가와 시인들이 좀 더 복음을 중심으로 자기의 예술을 창조할 수 있다면 그건 얼마나 더 위대한 것일까. 주님, 당신은 오늘도 씨를 뿌리십니다. 내 마음속에 조용히, 친구의 마음에도 조용히 뿌려주고 계십니다. 길가, 돌재악, 가시덤불이 아닌 더욱 윤택하고 좋은 땅에 받고 못 받는 것은 우리 자신의 문제입니다. 착하고 곧은 마음으로 당신의 말씀을 끝까지 고이 간직하여 꾸준한 노력으로 열매 맺기 위해서 나의 오늘이 흐릴 수도 슬플 수도 있습니다만 후에 오는 그 환희로움에 비길 수가 있겠습니까? 주님, 당신을 사랑하고 그 사랑 속에 머무르기 위하

여 오늘도 저는 당신의 많은 씨앗이 필요하나이다. 2. 9

*

성녀 스콜라스티카. 순결한 성녀의 날이라서 그런지 오늘은 참으로 화사하고 아름답고 순결의 이미지를 가득 담은 듯한 날씨, 퍽 사랑스러운 날씨였다. 서서히 봄을 예비하고 있는 대지에 이미 생명은 싹트고 있다. 겨울은 생각보다 빨리 지나가버리는 것일까. 어젯밤 촛불 켜고 있다가 책상 위에 있던 나의 검은 머릿수건을 태워 구멍이 나게 했다. 원장님께 책망을 들었지. 종일 조금 언짢기도 했으나 결국은 나에게 당연한 결과이고 현재의 나를 깊이 반성하는 좋은 기회가 될 것이다. 수련소에 있을 때와 같은 깨어 있는 상태의 긴장감이나 조심성을 지금은 찾아볼 수가 없네. 이제부터라도 다시 분발하지 않으면 멸망하리라. 존재하는 것은 이 순간뿐이다. 오직 현재가 있으므로 하여 과거가 의미 있고 미래도 빛이 있다는 진리를 새롭게 인식해야 할 것이다. 나는 다시 수련자로 돌아가보자. 안으로 밖으로 좀 더 조용해지기를 크게 힘써라. 2. 10

*

진종일 내리는 비. 왜 비가 오는 것일까. 봄을 예비하는 음악인

기다리는 행복

것일까. 몸은 더욱 피곤해오고 할 일은 가득한데 공연히 마음만 급해진다. 좀 더 조용히 있고 싶다. 혼자 있는 곳에서 마음 깊이 들어가 나는 많은 이야기를 그분과 길고 오래도록 나누고 싶다. 2. 13

*

커튼을 젖혀 보니 밤새 쌓인 많은 눈. 참으로 멋진 설경이었다. 마당에 서 있는 나무들은 눈의 무게에 눌려 아픔을 느끼는 듯. 그러나 너무도 아름답다. 자연은 갈수록 신비하게 보인다. 나이를 먹을수록 더욱. 2. 14

*

명절을 앞두고 흥청거리며 소란한 거리에 종일 진눈깨비가 내린다. 오늘 오후엔 청소와 정리를 하고 안온한 마음으로 주일을 예비! 가난한 마음을 끝까지 지켜가는 것이 나에겐 좋다. 어디에고 깊이 부착되어 끈적거리는 비굴한 괴로움은 지혜로 미리 예방할 수 있다. 2. 15

*

오늘은 그 어느 때보다 평온하고 조용한 기쁨으로 충일된 하루였다. 미사가 집에 없었으므로 본당 미사에 다녀옴. 밤새 쌓인 흰 눈이 20센티도 넘을 듯? 도저히 걸을 수가 없는 새벽 눈길을 걸어가노라면 나무는 나의 나무는 얼마나 경건히 기도하고 있었던가. 이제 곧 사순절이 시작되는데도 늘 부끄러움으로 가득 찬 나의 죄스러운 마음. '네 소원이 무엇이냐?' '주여 나로 하여금 보게 하여 주소서.' 극기나 희생이라는 말이 어쩜 이리 멀리 있는 것일까. 나의 미적지근한 신앙, 평신도만도 못한 진부한 신앙의 사고방식, 좁은 견해, 근시안적인 사고방식, 그러면서도 겸허하지 못한 자존에 속고 있는 스스로가 정말 슬프다. 나는 저항과 분열을 의식한다. 오늘은 음력 그믐날. 나는 또 한 살 나이를 먹는구나.

2. 16

*

정월 초하루. 어린 시절의 색동옷이 문득 그립다. 할아버님께 세배. 귀가 잘 안 들리는 구순의 조부님. 그 주름진 얼굴에 숱한 연륜의 인생 체험자를 우린 존경하지 않을 수 없다. 어머니의 곱고 애잔한 모습도……. 어머니도 이젠 초췌하고 피곤하게 늙으셨다.

2. 17

기다리는 행복

*

어제 새벽 니콜라(Nicola) 수녀님께서 선종하셨다는 소식. 스위스 인으로 일생을 한국에서 헌신과 희생으로 바치셨다. 그분의 생애 는 줄곧 사랑으로 일관된 것이었으리라. 아, 우리는 결국 모두가 떠나는 것이다. 죽음을 목전에 두고도 우리는 모두가 그것을 멀 리 생각하다니. 2. 18

*

어려운 숙제 하나. 새로 나올 성무일 도서를 번역 중이신 코르비 니안 신부님께서 내게 초역된 노래 부분을 적절한 말로 수정해 달라고 부탁하셨다. 이번 부활절까지 할 수 있도록. 자신은 없지 만, 의무로라도 하고 싶다. 2. 22

*

독서 시간을 충분히 갖지 못하는 건 나에게 어려운 고통이 된다. 2. 25

*

안나 수녀님의 목소리. 감사하고 정겹다. 내 어린 시절 유일한 추 억 속의 수녀님. 서울 가회동 성당 주일학교 교사였던 수녀님을

십 년이 넘어 기적같이 만났지. 내겐 아직도 빛이 있고 희망이 있다. 남의 말에 좌우되어 흔들리는 신앙이라면 그런 믿음은 소용없다. 오히려 어둠 속에 별은 빛나듯 신앙도 어둠 속에 그 빛을 더할 것이다. 내가 괴로울수록 나는 좀 더 깊어지기를 기대해본다. 2. 26

*

'자연은 결코 우리를 배반하지 않는다. 우리들 자신을 배반하는 것은 항상 우리들이다.' – 루소

할아버님 생신날. 직접 드리려고 써놓은 축시를 휘델리스 수녀님이 멋진 붓글씨로 써주었다. 모든 예술은 참으로 고요한 기도의 자세에서 이루어짐을 다시 느낀다. 아무런 잡음도 소란한 분심도 들어오지 않는 하얀 무념의 상태. 온전한 정신 통일에 이르렀을 때 예술은 비로소 무한히 아름답고 높은 가치를, 진실한 감동을 줄 수 있다. 2. 28

*

본당 첫 미사에 가려고 아침에 일어나서 커튼을 여니 천지는 온통 하얗다. 꽃피는 봄인데 웬일로 많은 눈이 쌓인 걸까? 순백의 옷을 입고 서 있는 나무들이 오늘따라 더욱 경건해 보였다.

기다리는 행복

'나무같이 아름다운 시는 없으리라', '시는 나 같은 바보가 짓지만, 나무를 만드는 건 하느님뿐!', '가슴에 눈을 받고 비와도 다정히 지내는 나무'

조이스 킬머의 시를 외우면서 나는 오늘도 나무에 대한 나의 애정을 보낸다. 오후가 되어 눈이 녹아내리는 소리를 들으며 성당에서 기도하자니 참으로 그 심오한 기쁨은 진실로 나를 황홀하고 감미롭게 이끌어준다. 주님께서는 아직 나의 노력이 너무도 부족하다는 것과 자기완성의 길에 소극적인 것을 일러주신다. 마음에 소란함이 많고 단순하지 못하다는 것을 조심스럽게 내가 마음 상하지 않게 찬찬히 일러주시는 듯하다. 현대에 와서 모든 것이 물적으로 풍부해지고 과학 만능의 시대가 되었다 할지라도 인간의 마음이 풍족하게 만족을 얻는 건 절대 아니다. 오히려 마음은 더욱 빈곤하고 허전해지는 게 아닐까. 그리고 지금같이 참으로 기도가 필요하고 신의 존재가 절실하게 사람의 심중을 파고 들어오는 적도 없는 것 같다. 우리는 기도해야 한다. 생활로써 기도해야 한다. 교회를 위하여 교회와 함께 교회 안에서 우리들이 참으로 세상의 빛은커녕 상처를 주는 존재여서는 안 될 것이다. 아, 진정 꺼지지 않고 타오르는 신앙의 불씨는 가장 고귀한 보물이다. 3. 16

*

〈별〉, 〈나무〉, 〈들국화〉, 〈해바라기 마음〉, 〈출발〉. 이 시들을 조금
다시 손질하여 검돌 선생님께 보내야겠다. 글레멘스 수녀님과 종
로서적에 갔다. 그는 학교에서 필요한 기생충학 책을, 나는 파스
칼의 《팡세》를 샀다. 내가 아저씨라는 별명까지 붙였어도 언제나
너그럽게 웃어만 주는 좋은 수녀님. 모가 없고 원만한 성품으로
한결같은 사람. 나는 그와 비교하면 깨진 유리 같다. 3. 17

*

오늘은 서점에 갔다. 서점마다 사람이 붐비는 것을 보니 흐뭇하
였지. 학문이 주는 심오한 기쁨을 나는 아직 경험하지 못했지만,
충분히 이해할 것 같다. 왜 학문에 목숨을 걸고 자기의 연구에
그렇게도 몰두하는지를! 올바른 정신을 갖고 꾸준히 자신의 길
을 달리는 지성인들이 해마다 더 늘어나 주었으면 좋겠다. 한국
을 위하여 또는 교회를 위해서도. 거리엔 웬 사람들이 그렇게도
많은지! 이리 밀리고 저리 밀리고 도대체 정신을 차릴 수가 없었
다. 눈에 거슬리는 행동, 퍽 언짢은 느낌을 주는 젊은이들도 많고
꽤 다양한 그 옷차림과 표정들. 그러나 거리엔 삶이 흐르고 있다.
3. 18

기다리는 행복

＊

성요셉축일 노래 미사. 타오르는 촛불 속에 용해되어가는 나의 기쁘고 즐거운 마음. 매일 조금씩 살아가는 과정에서 만나는 어려움에 아픔이 없는 건 아니다. 그러나 어쨌든 기쁜 것은 틀림없다. 우리는 가능한 한 친절을 베풀고 봉사하는 즐거움이 몸에 배도록 좋은 습관을 지녀야 한다. 우리가 남에게 선을 베푸는 데 있어 자기가 쓰고 남은 여분의 것을 주는 게 아니고 오히려 자기의 필요한 몫에서 나누어줄 수 있음이야말로 크리스천다운 행동이라는 것을 〈사목 헌장〉이 묵상시켜 준다. 3. 19

＊

바람이 몹시 분다. 파도 바람같이 거세고 짭짤한 바람. 부산에서 원장님과 두 수녀님 상경. 한 분은 영양학을 공부하기 위해서. 또 한 분은 이곳 분원의 주방 책임자로! 열한 명의 언니 수녀님들이 이 작은 수녀를 위해 인편으로 격려를 보내주셨다(3월 20일 영명축일 축하로). 나는 이미 정신적으로 많은 재산을 지니고 있는 부자가 아닌가 싶다. 그것은 지식의 재산도 명예의 재산도 아니고 다만 사랑을 받을 줄만 아는 바보의 재산이다. 바치고 줄 줄은 모르면서 염치없이 받을 줄만 아는 게으름뱅이. 모두 나를 '아가'라고 불렀다. 하지만 있는 그대로의 천진하고 순수한 아가의 맑음을 못 가진 나는 이제 그런 소릴 들어도 멋쩍고 부끄럽기만 할 뿐. 나의 모든 것, 모든 날들을 천주께 감사(Deo Gratias)! 3. 22

*

고난 주일. 가까운 역에서 기적 소리가 들리는 새벽. 아침은 서서히 밝은 소리를 내며 열려오고 있었다. 일찍 잠을 깨어 부원장님이 부탁하신 부활에 대한 시와 수녀회 회가에 넣을 시를 생각해 보려 하니 잘되진 않고 마음만 초조하다. 분명 하루 이틀로 될 성질이 아닌데도 시일을 짧게 잡으신 걸 보면(급한 것도 이해가 되나) 무능한 나로선 좀 무리가 아닐까 싶다. 3. 23

*

마음의 평정을 잃은 상태. 내가 약하다는 증거. 바람이 불면 어쩔 수 없이 쉽사리 흔들리는 습관의 나무. 감정이 파도친다. 마음이 산란해진다. 유감일까? 3. 24

*

주변의 형제와 대립되는 미묘한 심리적 갈등. 나 자신의 부조화된 마음의 자세. 용기를 다해 극복해야 하는데도 나는 왜 손 하나 까딱하기 싫을까? 너무나 피곤하다, 무기력하다. 생활에 우울 같

은 큰 병은 없다. 확실히 그렇다. 어머니, 도와주십시오. 3. 25

*

'기도를 끝낸 다음 더욱 뜨거운 기도의 문이 열리는 그런 혼령을
갖게 하소서', '영원한 것만 진실이라면 이 고독 참으로 사랑에게
영원하다.'
헬레나 언니가 준 김남조 시인의 시를 읽었다. 부산의 라우데스
부원장님께 '부활송가'와 '수녀회 회가' 가사를 보냈음. 동무들을
잊은 지 오래된 사람같이 요즘은 모두에게 무관심해졌다. 아무래
도 생활과 환경의 빛깔이 다르다 보니 대화도 얼마쯤 허전하고
아쉬운 채로 끝나버리곤 한다. 현숙이, 광순이, 춘호, 현자 그리고
또 다른 아이들도 모두 무척 바쁘겠지? 어떻게 지내고 있을까?
친구들은 이제 누군가의 아내가 되거나 어머니가 되려고 서서히
준비하는 과정에 있는 것 같다. 3. 26

*

어제 못다 한 《경향잡지》 4월호의 발송을 끝내고 그 일을 하면서
우린 물레방아 노래를 했었지. '뒷동산이 솟아 있고 맑은 시내 앞
에 흘러 빙빙 도는 물레방아 그게 우리 집이란다.' 편집부의 이
선생님이 집에서 가져오신 개나리를 화병에 꽂으면서 나는 다시

환히 웃는 봄을 보았다. 어제와 마찬가지로 일이 늦었고 오는 길에 약간의 냉기가 있는 바람 속에서 경찰에게 택시를 잡아 달라 해서 타고 왔는데 오늘은 무척 멀미가 나고 머리가 아프다. 3. 27

*

입회한 지 오 년 되는 날. 세월이 빠르다고밖에는 표현할 길이 없네. 검은 치마 흰 저고리 단발머리 소녀 벨라뎃다. 정말 그때 새같이 즐겁고 나비같이 날아다니는 소녀인 것 같았다. 클라우디아, 깨어나세요. 우리 함께 손잡고 분발합시다. 그동안 살아온 수도원에서의 날들을 축복하고 싶습니다. 머물러서 배운 진리의 의미를 더욱 깊이 파악하고 성숙할 수 있었다고 믿고 싶습니다. 헛되이 꿈꾸던 시간이여, 안녕. 사랑받던 시간들 그 얼굴들이여, 안녕. 나를 그리스도의 사랑에서 갈리게 하는 것이라면 그 아무리 좋은 것일지라도. 모두 다 안녕, 안녕! 3. 28

*

아침에 기쁜 소식. 한국의 김수환 대주교님이 추기경이 되셨다고? 환호의 목소리가 사방에서 들린다. 또한, 미국의 전 대통령인 아이젠하워의 서거 소식. 3. 29

기다리는 행복

*

주일 밥 당번이어서 온종일 서서 보냈다. 일에 숙련되지 못한 나 스스로가 얼마나 민망하고 부끄러웠는지. 저녁마다 들려오는 저 맑은 종소리에 나의 모든 불결함을 씻어버리고 싶다. 수녀는 무릇 영혼의 어머니가 되어야 한다고 잘도 말은 하면서 어머니가 되기엔 너무도 자격 없는 행동을 한다. 3. 30

*

벌써 3월의 마지막 날. 화병에 꽂은 개나리 봉오리가 방실 웃으며 피고 있었다. 오랜 수고와 노력 끝에 경리계의 계산이 정확하게 맞았다. 소임장인 휘델리스 수녀님과 나는 후련한 마음에 즐거웠다. 오후 7시. 빈 소년 합창단 공연에 초대받음. 소년들의 목소리엔 신비가 있고 말로는 다 표현할 수 없는 놀라운 아름다움이 있었다. 천사의 목소리. 영원히 멈추지 않는 하늘의 이야기를 노래로 표현하는 것. 그들이 성가를 부를 적엔 얼마나 더 감동적이었는지! 밤늦게 집으로 왔고 나는 자꾸만 생각하고 있었다. 너무나 환희에 찬 신앙의 노래들을. 3. 31

*

다른 이의 약점을 들추어내는 일. 본인이 없는 자리에서 여러 사람에게 그를 비난하게끔 유도하는 건 확실히 좋지 못한 일. 아무리 정당한 이유를 내세우더라도. 사랑이란 어떤 것일까? 그런 행동을 하는 이들은 어떠한 개념의 애덕 정신을 가졌는지 알고 싶다. 아무도 없는 성당에서 촛불을 밝히고 묵주기도를 바치면 나는 평화로운 가슴이 된다. 조금씩 타고 있는 촛불! 나도 촛불이 되어야 하는데…… 부끄럽지만 하나도 태우지를 못하는 바보. 살아가는 데 있어 기도보다 더한 밑천은 없다. 그렇죠? 그것은 나의 존재를 정당화시키니까. 노래를 불러야겠다. 목청을 돋우어 쉼 없는 노래를. 비록 아프고 괴로운 가시를 받아야 한대도 나는 걱정이 없다. 오늘을 만족히 살기로 노력하는 것은 가장 뛰어난 덕행의 하나이다. 4. 1

*

내가 어느 형제에게 털어놓은 이야기를 그가 좀 더 깊이 생각해 보지 않고 무작정 수도원의 장상에게 상정한다는 것은 그것이 아무리 나의 유익을 위해서 행한 것일지라도 확실히 불쾌한 일이다. 항상 직접 듣는 얘기가 좋지 간접으로 이리저리 전해오는 이야기들에는 오류가 많으니까. 어쨌든 수도 생활은 범상한 것이 아니다. 4. 2

기다리는 행복

*

성금요일. 아침부터 뿌연 하늘이 촉촉이 봄비를 뿌리는가 싶더니 어느새 하얀 눈발로 나부끼고 있었고 바람은 몹시 싸늘하였다. 오후 6시 명동성당 예절에 참석. 3시엔 십자가의 길을 걸었었고. 열심히 모여 온 신자들의 그 경건한 모습들은 나에게 얼마나 아름다운 모습으로 자극됐는지. 우연히 성당에서 기도하는 어느 분의 얼굴을 보니 도봉동에 계시는 작은어머님이셨다. 언제 보아도 마음 좋아 보이는 유순한 표정. 너무나 작은 일상의 행위를 비범한 사랑으로 덕행이 되게 했던 성녀 소화 데레사 님의 그 슬기. 그야말로 놀라운 용기를 필요로 한다. 나는 그가 얼마나 놀라운 영웅적 성녀였나를 거듭 생각하지 않을 수가 없다. 4. 4

*

봄이 주는 참 쌀쌀한 바람. 바람이 차다. 피곤이 전신을 엄습한다. 병이 날 것 같은 예감. 엄마의 편지. 특별한 기도를 부탁하셨다. 시 〈부활송가〉도 칭찬해주시고. 아, 엄마 그리운 사랑으로 영원히 살아 있을 엄마. 감사합니다. 명동의 YWCA회관에서 '아가회' 꽃꽂이 전. 튤립의 색채가 유달리 곱고 카네이션이 퍽 많은 작품 속에 있었다. 4. 8

*

'사람은 바람과 같이 변하기를 잘한다.' '자기 마음을 잘 배치하고 정돈한 자는 남의 탄복할 행위와 망측한 소행을 살피지 않는다.' 사람이 무슨 일에 관심을 가지면 갖는 그만큼 분심이 된다. 《준주성범*》을 읽으면 마음이 차분해진다. 책이 아무리 옛날식이라고 해도 진리에는 변함이 없으니까. 간밤에 아버지의 편지를 받고 너무나 기쁘고 간절했던 그 꿈을 잊을 수가 없다. 아, 아버지. 그리운 나의 아버지. 4. 9 (*현재는《그리스도를 본받아》가 더 익숙한 명칭이다)

*

노란 개나리꽃이 흐드러지게 피었다. 그 노란 꽃 속에 얼굴을 묻고 나는 조그맣게 울고 싶은 마음. 진달래는 또 얼마나 귀여운 웃음으로 나를 부르는지. 봄, 봄을 기다린다. 그러나 나는 봄을 타는 여인이 되어가는 듯. 어느 피조물에 대한 나의 애정. 아직은 깊게 깊게 실감 못 했던 느낌. 왜 갑자기 파도같이 밀리는 것일까. 나는 와락 겁이 난다. 그리고 기도해야지. 나는 아무에게도 내 생활, 내 자유를 빼앗길 수 없다. 시간을 손으로 만질 수 있는 것이라면 못 가게 해놓고 싶다. 시간은 가혹할 정도로 빈틈이 없네. 4. 10

기다리는 행복

*

어지럽고 피곤하다. 봄 햇살을 느끼며 하늘을 보다가 왜 자꾸 현기증이 났는지? 나는 건강해지고 싶은데 오후에 일찍 와서 쉬었다. 누워 있는데 B 수녀님이 빵 한 조각과 커피 한 잔을 주셨다. 참으로 엄마같이 다정한 마음. 4. 12

*

하늘은 비를 뿌릴 듯 흐려 있다. 앞집 옆집 마당엔 노란 개나리가 쭉쭉 뻗어 있고 그것을 보니 문득 고향의 이미지 같은 것이 느껴진다. 어디선지 새들이 쩍쩍거리는 아침. 교회에서는 〈새 나라의 어린이〉를 종으로 노래하고 있었다. 하루에도 몇 번이나 종소리와 더불어 새로운 부활을 갖는 나에게 제발 하느님 외에 다른 번거로운 그림자는 존재하지 말았으면! 나는 왜 마음조차 야위어가는 것일까. 요즘 며칠간은 확실히 분심이 잦았었다. 무언가에 쫓기고 방황하는 눈길. 내가 두렵다. 주님, 저는 저의 전체를 드리겠습니다. 그것은 저의 원입니다. 버리는 용기가 없는 사랑이 어떻게 좋은 것을 선택할 줄 알까요. 주님 저를 가져가십시오.

4. 13

*

비가 많이 내리는 날. 수목에 적셔준 비. 비에 젖은 수목처럼 나도 싱싱했으면……. 아, 자연과 더불어 살고 싶다. 언제나 말없이 하늘을 기리는 나의 나무들. 참 믿음직한 친구들. 4. 14

*

오늘의 묵상 한마디 : '변변치 않은 이익을 구하러 먼 길을 가되 영원한 생명을 위하여는 많은 사람이 발 한 자국을 땅에서 떼어 놓지 않는다.' -《준주성범》4. 15

*

바람이 싸늘하다. 마음마저 추운 듯. 하늘도 종일 흐려 있다. 열심히 일했다. 또한, 내가 할 수 있는 한 열심히 일하려고 한다. 참으로 자신에게 틈을 주어선 안 되는 것. 악마는 기묘하게 인간을 유혹하므로. 저녁 담화 시간에 동료 수녀에게 '아냐. 그치?' 하다가 대선배 B 수녀님께 꾸중을 들었다. 가까운 사이라도 함부로 반말을 쓰면 안 된다고. 4. 16

*

사랑은 자면서도 깨어 있고, 자면서도 숙면하지 아니한다. 곤하여도 게으르지 않고, 묶여도 눌리지 않고, 무서운 일을 보아도 요동치지 않고, 오직 활활 타오르는 불꽃과 같이 위로 솟아오르며 무사히 지나간다. 나의 주시여, 영혼이 갖는 뜨거운 사랑 외에 내가 가져야 할 것이란 아무것도 없습니다. 사랑하고 기도하고 괴로워하는 것 외에 더 소중한 의무가 저에겐 없습니다. 4. 17

*

엊저녁부터 A. W Medely의 〈삼위일체〉를 숙독하기 시작. 정말 재미있었고 공부하는 기쁨을 오랜만에 느꼈다. 반드시 어느 목적을 위해서라기보다 틈틈이 혼자서라도 공부해두어야겠다. 정신의 한가함을 피해서 나는 어느 모로나 강해져야 한다. 하루에 몇 장씩이라도 좋으니 이해하려고 노력하면서 깊이 있게 할 것이다. 4. 18

*

착한 목자 주일. 오늘은 신학교에 갔다. 비 내리는 신학교 교정에서 정말 뜻밖에 만난 여고 동기 정련(안젤라)과 순자(마리아). 그들은 바오로딸 수녀회 옷을 입은 수련자들이었지. 졸업 이후 처음이라 너무 반가웠다. 옛날 같지 않게 서로 높임말을 쓰면서 조심성 있게 대화하는 우리들. 벗들과 같이 이 길을 가는 것 또한 큰 기쁨이다. 4. 20

*

바람이 어찌 이리 훈훈한지! 봄의 입김이 무르익는 오후. 그러더
니 저녁엔 비가 몹시 내리고 번개가 친다. 복숭아꽃, 벚꽃, 살구
꽃 온통 꽃 바다로 찬란한 봄의 숲길을 걷고 싶은 마음. 4. 23

*

종일 궂은 비가 내리고 사람들의 표정도 모두가 시무룩. 목련꽃
이 피었더라. '목련꽃 그늘 아래서 베르테르의 편질 읽노라. 빛나
는 꿈의 계절아 눈물 어린 무지개 계절아.'
〈사월의 노래〉를 부르고 있는데 외출했다 돌아오시는 김남수 안
젤로 신부님(1974년부터 1997년까지 수원 교구 2대 교구장으로 계셨다)께
서 살짝 엿들으며 웃고 계셨다. 4월. 아름다운 4월. 말이 수다하
지 않게 안으로 나무를 심고 차분히 속으로 눈물을 다지며 이 봄
을 살아야겠다. 4. 24

*

레낫다 수녀님과 같이 소사에 가서 고해성사. 바람은 너무 맑고
향기로워 정신이 깨끗해지는 시골. 과원엔 복사꽃이 한창 피어
있었다. 신부님의 말씀대로 천년만년을 살아도 허약한 인간은 거
듭 실수하고 넘어지고…… 할 수 없는 거야. 필요한 건 용기. 정

기다리는 행복

말 길은 더 아득해 보이는구나. 평범한 인간은 비범한 인간을 비범한 인간은 평범한 인간을 서로 이해하기 어려울 것이라 하셨다. 오늘은 말체리나 수녀의 주보일. 그는 잘 참고 즐겁게 지내고 있을까? 그는 나의 좋은 벗. 4. 26

*

본당 미사에 가는 길. 라일락이 많이도 피었다. 때가 되면 자기를 꽃피우고 또 때가 되면 살며시 자신을 감추는 그 온갖 식물들은 얼마나 정직한 것일까. 해가 좀 길어진 것 같다. 주일에는 평온한 마음으로 내 영신 생활이 윤택하도록 기름을 부어주어야 한다. 스크랩북 위한 신문을 좀 오리고 조금 쉬었다. 참된 예술인이 되고 싶다. 창조하는 인간이 되고 싶다.
'예술가는 그의 순수성 때문에 세상에서 도피하지 않고서도 그것이 가지고 있는 수준 이상으로 자신을 끌어올릴 수 있는 법이다.' – 토마스 머튼 4. 27

*

한겨울 흰 눈만 쌓여가던 남산 위에 지금은 어느새 그리도 잎이 무성하고 푸르게 푸르게 봄이 피고 있는가. 세월은 어느새 가고 또 오는 것일까. 나의 차가운 손까지도 따스하게 녹여줄 것 같은

봄. 나는 나의 새로운 성소를 꿈꾸어본다. 아무리 거듭 생각해보
아도 나의 성소는 '작은 이'로 머물며 이 길을 가는 것이다. 나는
나의 가장 행복하고 소중한 나의 성스러운 의무를 왜 자꾸 소홀
히 하는 걸까. 창문에는 초저녁의 새파란 어둠이 내리네. 아, 꽃
과 노래 속에서 영혼이 즐거운 계절. 나도 글을 좀 잘 써보았으
면. 마음의 샘은 열리어 무엇이나 꼭 알맞은 표현으로 모든 걸 노
래할 수 있으면 얼마나 좋을까. 그러나 나는 너무 느리고 무디다.
노력하지 않음으로 하여 더욱 녹이 슬었다. 4. 28

*

말레이시아 국왕의 방한. 거리엔 푸른 제복과 태극기의 빛깔이
환호 속에 빛나고 있다. 벗 혜숙이와 같이 월간 《세대사》 방문.
구수한 경상도 사투리의 직원들 모두가 재미있었다. 사랑하는 이
와의 문제로 방황하며 고민하는 친구. 결혼을 전제로 한 인간을
사랑한다는 것도 확실히 단순한 일은 아닌 것 같다. 월말이라 마
음이 바쁘다. 4. 29

*

종일 일에 시달리는 건 내가 너무 서툴고 모자라는 데서 오는 탓
이 아닐까. 좀 더 눈치 있게 살펴가며 재빠르게 하면 될 일을 나

기다리는 행복

는 한없이 꾸물거리고 있다. 일에 먹힌 인간이 되어서는 안 되겠다. 바쁜 것은 좋지만 너무 여유 없으면 사람이 인색해지고 궁해진다. 같이 일하는 언니 F 수녀님과 나 사이엔 실상 부자연스러운 계산 없이 서로를 믿을 수 있다. 하지만 일에서는 너무도 빈틈없이 우리를 혹사시킨다. 숫자는 원래 정확한 것이어서 아무도 그것을 속일 수는 없다. 착오가 된 것은 반드시 이유가 있다. 수련수녀 소피아가 퇴회했다는 소식. 서원을 눈앞에 두고 갑자기 웬일일까. 벌써 많은 자매의 떠남 소식을 들었는데 퍽 우울한 이야기들이다. 수도 생활! 가장 소중한 것은 생활이고 십자가이다. 절대 쉽지는 않지. 혼자서 그 길을 가지만 결코 혼자서 할 수 있는 게 아니다. 나의 소란스러운 감정들을 차분히 정돈해놓고 무언가 열심히 공부해보고 싶다. 일에 열중하고 또한 정신세계에 좀 더 새로운 성숙한 씨앗들을 뿌려야 할 것 같다. 4. 30

*

일 끝내고 돌아오는 길. 하늘이 유난히 푸르게 빛났다. 봉사하는 일에 좀 더 뛰어다녀야겠다. 다른 이가 뭐라 하든지 나만이라도 설거지 청소를 철저히 하는 법을 더욱 잘 배워야겠다. 매일이라도 좋으니 주방에 그릇 치우는 일을 거들어주고 청소는 정해진 시간 외에도 깨끗이 돌보며 특히 화장실을 청결히 할 것이다. 덕행은 평범한 일을 비범한 사랑으로 하는 것이니까. 얼마나 많이 알고 배움을 터득해야 하는가보다도 실은 어떻게 어떠한 지향으로 매일을 사느냐가 정말 문제이다. 좀 더 영신적으로 나아지지 않고 자기부정과 희생에 몸을 적셔 성숙하기 전에는 누가 수도 생활에 의미를 붙여줄 것인가. 나는 알지 못한다. 세상의 소금은 커녕 오히려 남이 걸려 넘어지게 한다면 그건 얼마나 무서운 노릇인가. 마리아 어머니, 푸른 어머니. 수녀들이 더욱 더 넓고 큰 마음을 갖도록 도와주세요. 5. 2

*

아름다운 봄날. 안젤로 신부님을 모시고 베네딕다, 비안네, 레낫다 수녀님과 동행하여 오후에 비원을 돌아 창경궁으로 빠져나왔다. 벚꽃은 거의 졌고, 철쭉이 한창! 푸른 수목들이 갈수록 싱싱한 향기를 뿌려주어 참으로 오랜만에 자연을 만끽할 수 있었다. 조선시대의 여러 가지 유물과 고궁의 뜰은 우리에게 길고 긴 기쁨과 한숨의 역사를 조용히 생각하게 해주었다. 사람들의 시선이 언제나 우리에게 머물러 있으므로 우리도 구경시킨 값을 받아야겠다고 해서 한참 웃었고 많이 걸었더니 몹시 피곤하다. 버스 안에서 손에 쥐었던 지폐를 분실해 맘이 언짢다. 사슴의 뿔이 좋고 코끼리의 눈매가 착하다고 생각하면서 공작이 날개를 펼 때의 그 현란한 빛깔이 아름답다고 생각하면서 창경궁 담을 걸으니 어린 시절 생각이 났었지. 창경초등학교 다닐 적에 혼자서도 심심찮게 걸었던 그 길을 걷자니 머리를 길게 땋고 새침하게 입 다문 쪼끄만 여자애인 내가 보였다. 이제는 커서 수녀가 되어 걸어오는 그 소녀. 플라타너스 잎새들은 나를 알아봤을까? 하늘이 차츰 어둡기 시작하더니 비가 쏟아졌다. 거리에서 일찍 들어가지 못한 이들은 비를 못 피하고 당황하였겠네. 주님, 오늘은 즐거웠습니다. 5. 3

*

월피정 결심 : 미소한 희생의 꽃을 즐겨 따기로 기회마다 노력하되 불만하지는 말 것. 소리 없이 행동함의 필요. 장소를 보는 눈, 선을 식별하는 눈이 정말 필요하다. 5. 4

*

어린이날. '날아라. 새들아 푸른 하늘을. 달려라 냇물아 푸른 벌판을. 오월은 푸르구나. 우리들은 자란다. 오늘은 어린이날. 우리들 세상.' 노랠 부를 때마다 즐겁게 뛰놀던 그 어린 시절이 떠오른다. 지금은 어디에 가고 나 홀로 쓸쓸히 미소 지어보는 것일까. 사실 나의 어린 시절은 필요 없이 조숙했던가. 나의 감각과 민감한 성격 등으로 일면 어두운 빛을 띠고 있었지만, 엄마라는 존재 때문에 슬프지 않았었다. 내가 옛적에 그리 골똘히 생각했었던 '미래의 명숙'은 분명히 지금의 내가 아니었음을 거듭 생각하게 된다. 오, 신비한 기적이어서, 오늘 나는 잠시 나의 지난날을 돌이켜보고 한껏 감사드리고 싶다. '나는 한 가지 것만 주께 청하고 바라나니 영원토록 주의 집에 머무르는 것.' 5. 5

*

코스모스가 피기 시작할 무렵의 너무도 투명한 가을 하늘 빛깔. 오늘은 구름 한 점 없이 바람이 차갑도록 참 향기로운 가을 같은 봄날. 오후엔 비안네 수녀님과 같이 계성여고 도서관에 가서 발바라를 만났고 시인 허영자 님을 소개받았다. 그의 시를 읽고는 좀 차갑고 냉정한 사람일 것같이 생각되었는데 뜻밖에도 매우 상냥하고 따뜻하게 고운 여인이었다. 경상도 사투리가 약간 친근감을 더해주던 로즈메리 선생님은 나더러 무척 발랄하고 젊고 활기 있는 수녀라고 웃어주었지. 5. 6

*

어머니날. 그 위대한 이름 속에 영원히 포함된 신비를 하루 또 하루 연륜을 헤아리며 삼켜봅니다. 어머니들은 사랑하기 위해 기꺼

기다리는 행복

이 자신을 희생하는 이들. 너무도 황홀한 5월의 숲으로 모두 오세요. 어머니들. 그리고 마음껏 당신들의 사랑과 사랑이 주는 그 깊고 빛나는 고뇌를 자랑하세요. 생각의 방향이 전혀 다른 사람들끼리 한데 어울려 산다는 건 조그만 기적일까. 부딪치면 큰소리를 내고, 각자의 노력으로 지혜롭게 처신하면 별로 소리도 내지 않고 무난히 해결할 수 있다. 그 다양한 빛깔의 신비한 미여. 우리는 서로를 느끼고 인식하고 바라보고 받아들여야 한다. 타인의 것들을 배우면서 성숙해야 한다. 엄마, 가장 진한 꽃의 향기와 그 숨결 같은 조용한 그리움으로 당신을 불러봅니다. 안녕! 5. 7

*

갑자기 부산에서 원장님이 오시게 되어 서원을 23일에서 열흘이나 앞당겨서 하기로 했다. 그래서 비안네, 레낫다, 글레멘스 수녀들과 피정을 했고 저녁엔 안젤로 신부님의 강론. 여러 가지 좋은 이야길 많이 해주셨지만 '이웃이 나를 보고 기뻐할 수 있도록, 나를 보고 마음 상하지 않도록 웃는 얼굴을 잘 보존해주세요. 그러면 성덕은 맡아놓은 것입니다' 하는 말씀이 기억에 남는다.
고해성사. 용기를 내어 '저에게 따로 주실 말씀(충고)은 없으십니까?' 작은 소리로 말했더니 '괜찮아. 행복하게 살아' 하시는 고해사제의 낮고 부드러우면서도 박력 있는 그 음성이 이상한 감동을 하게 했다. 난 정말 잘못한 것이 많아. 너무 많아. 서원 후 아직 일 년도 채 되지 않은 나이지만 나아진 것은 하나도 없고 나쁜 것만 늘었다. 이 년 동안 다시 잘 살아보겠다는 기간 서원을 말한다. 일 년마다 갱신을 이제부터는 삼 년에 한 번씩 한다는 점이 좀 달라졌다. 5. 10

*

나 클라우디아 수녀는 올리베따노 수족의 성 베네딕도 수녀원에서 전능하신 천주와 지극히 복되신 성 마리아와 우리 사부 성 베네딕도와 모든 성인과 공경하는 원모님 야누아리아와 지도 신부님과 자매 수녀님들 앞에서 나의 서원을 갱신하고 성 베네딕도의 성규와 회헌을 따라 다시 이 년간 청빈과 정결과 순명의 서원을 발하오니 천주는 성총으로서 내가 종신토록 주의 성업에 충실하게 하시고 항구하게 하소서. 이를 증명하기 위하여 이 증서에 자필로 서명하였나이다. 서울 1969년 5월 11일, 이 클라우디아 수녀. '주님, 아무것도 가진 것 없고 영혼 중에도 지극히 가난한 클라우디아입니다. 두려운 약속을 감히 당신께 드렸으니 끝까지 살펴주옵소서.' 5. 11

*

기다리는 행복

향기로운 바람이 불면 푸른 물결같이 신나게 출렁이는 5월의 그 푸른 보리밭이 지금쯤 얼마나 멋있을까 생각하면서 나는 오늘도 결코 조용하지 못한 고층 건물 한가운데 앉아 있다. 마음은 간간히 숲으로 간다. 숲에 가서 하늘을 보고, 기도 한 모금. 그리고 잠깐 가장 즐겁게 노래 부르는 조그만 산새가 될까.

생글생글 귀여운 벗 현숙이가 그 동생, 엄마와 같이 신문에 나타나 있는 모습. 꽃꽂이에 마음을 담은 세 모녀. '6월 초에 친구는 캐나다에 있는 약혼자에게 간다'는 소식. 내 초등학교 시절의 단짝이었던 벗이 지금은 아름답게 성숙한 숙녀가 되어 있네. 그 앨 볼 적마다 반갑고 나는 또한 검은 옷 속으로 숨어버리고. 5.14

*

스승의 날인 오늘. 벗 혜숙이와 함께 여중 시절 음악 선생님, 영어 선생님이었던 안경심, 안온신 선생님을 만났다. 십 년 만에 처음 가져보는 대화. 그분들은 나를 퍽 대견한 눈길로 조용히 바라보셨고 수도자가 된 일에 새삼 놀라워하시는 표정. 혜숙이가 산 빨간 카네이션 세 송이에 정을 나누며 우리는 서로 다시 옛날을 이야기했었지. 혜숙이는 나더러 단순하고 착하다고 하는데 그렇게 느끼는 것은 아마도 내가 몸담은 수도 생활의 질서가 복잡하지 않은 데서 오는 결과이리라. 5. 15

꼭 필요한 일이 아니면 되도록 외출하지 않도록 노력하는 것, 아무래도 외부와 접촉을 너무 자주 하지 않기로 애쓰는 것은 대단히 슬기롭고 바람직하다. 앉아서만 하는, 똑같이 반복되는 그 일에 엷은 권태가 오는 것일까? 게으름을 피우려는가. 숫자와 씨름하다가 종종 창 너머의 푸른 하늘을 보고 신록의 숲을 보는 것은 역시 나에게 기도하는 시간, 행복한 시간이다. 부디 나에게도 마르지 않는 언어와 그 언어를 잘 다스려 시를 쓰는 마음이 언제나 있었으면!

오늘의 습작 : 〈어머니〉
'숨찬 세월 돌으시며 / 깊은 한숨 감추시고 / 뼈를 깎는 괴롬조차 / 기쁨으로 달래시니 / 핏빛 같은 그 고운정 / 나의 목숨 태우는 별'

〈봉숭아〉
'가신 님을 기다리다 / 흐느끼는 한숨 소리 / 안으로 눈감으면 / 사무치는 서러움을 / 끝내 참기 어려워서 / 타오르는 빨간 숨결'
5. 16

*

밤. 차가운 정적의 밤. 나는 무언가 할 말이 가득한 것 같은데 표현하자니 능력은 적다. 누가 지금 나의 곁에 있었다면 분명히 미소하리라. 그리고 가슴 안에 굽이치는 이 행복한 이야기들을 한껏 즐거운 표정으로 말해야겠다. 수도 생활이 줄 수 있는 것, 오직 수도하는 사람만이 맛볼 수 있는 그 맑고 신비한 마음의 경지를 나도 때로 느낄 수 있다면 너무 외람된 표현이 되는 것일까? 아, 오늘은 정말 왜 이렇게 즐겁고 행복하게 자꾸 웃고 싶을까. 5. 17

*

시 읊어 주를 찬미하라. 태고의 하늘, 그 하늘 오르신 주를 찬미하라, 알렐루야. 오전엔 좍좍 비를 뿌리더니 오후엔 갠 하늘. 바람이 꼭 산바람같이 너무도 맑아서 자꾸 심호흡하고 싶다. 곧 다가온 이별. 베네딕다 수녀님이 부산으로 가신다. 분원에서 함께 사는 동안 서로의 일치를 위해 노력할 것을 후배들에게 당부하신다. 어제 한바탕 나의 주변을 정리하고 나서 말끔한 정신을 갖게 되어 기쁘다. 이번 25일 새로 서원하신 열두 명의 수련 수녀님들을 위해 기도하자. 5. 18

*

6~7년 전 어느 날. 교정에서 주워 모은 낙엽과 꽃잎들이 모습도 변하지 않고 그대로 책갈피 속에서 조용히 숨 쉬고 있는 것을 보았다. 날짜까지 적혀 있는 은행잎, 코스모스꽃잎과 줄기, 장미 잎사귀. 그중에는 친구 데레사가 사인해준 것도 있다. 문득 두꺼운 책장들을 넘기다가 하나하나 그것들을 끄집어내면서 나는 얼마나 새삼 놀랍고 반가웠는지! 꽃을 모을 때의 그 마음은 너무도 철저히 순수하고 아름다운 것이었다. 지금 멋없이 어른이 되었다고 생각하면(아직 되지도 못했지만) 쓸쓸해지는 마음. 명숙 소녀의 그 찬란했던 꿈을 나는 사랑한다. 지금도 사랑하고 있다. 소망은 높이 높이 뻗어 올라서 미루나무가 되었네. 오직 예수그리스도 안에서 그의 사랑 속에서 꿈은 오늘도 자꾸만 새로워진다.

음식의 절제 : 여분의 특별한 것은 다른 형제에게 양보할 것. 편식하지 말 것. 결코 불평 섞인 말을 하지 말 것 5. 19

*

경축 : 대주교 김수환 추기경 서임. 오전 10시 소신 학교 교정에서 축하 미사 및 축하식.

'부활의 증인들이 팔도를 적시던 피 / 이백년 오늘 / 더욱 싱그러워졌네 / 그 피는 당신 옷에 타는 듯 빨갛게 되살아났네 / 그 피

기다리는 행복

는 팔십 만을 / 하나의 생명애로 뭉쳤네' 5. 20

*

〈가슴엔 듯 눈엔 듯〉이 실린 허영자 시인의 시집을 받음. 참 예
쁘고도 맑은 시로 짜여 있다. 피곤하니 우울함이 짙어간다. 알게
모르게 남에게 어려움을 주는 미운 모습. 용기를 가져야지. 물러
서는 용기가 아니라 앞으로 전진하고 투쟁하는 용기를! 아, 주여
눈길을 돌리십니까. 불쌍한 이 소녀를 돌봐주지 않으시면 그것은
아득한 절망입니다. 살아 있습니다. 기뻐하려고 살아 있습니다.
5. 21

*

예술을 이해하고 창조하려면 많은 어려움을 극복해야 한다. 그것
은 곧 수도의 길, 가시밭길이다.

오늘의 습작 : 〈시간의 얼굴〉
'너무 보고 싶어 / 내 작은 키를 발돋움 해도 / 당신은 왜 숨어
계시나요 / 참 맑고 따습게 여울지는 강물같이 / 하도 조용해서
두려운 당신의 음성 / 가까이 새기려고 귀를 모으면 / 더욱 별같
이 멀어만 가시네요 / 보일 듯 말 듯 함께 계시온 님 / 그 얼굴에

피고 지는 무수한 계절 따라 / 나는 환히 등불을 밝힐까요 / 사랑
합니다, 창조의 기쁨 당신을' 5. 22

*

오늘 나의 첫 서원 1주기!

오늘의 습작 : 〈촛불이 되어〉

'어제 잊고 오늘 사는 / 어여쁜 보람으로 / 가는 세월 오는 세월
/ 기도하며 지새운 밤 / 육신 타는 아픔일랑 / 사랑 땜에 잊었네'
만사에 있어 지금 내게 가장 필요한 것 그리고 더욱 필요한 것은
자제이다. 노력이 필요하다. '우리는 하느님과 차츰 가까워질수
록 또한 인간과도 가까워진다.' '무릇 인간은 사랑하는 인간은 더
욱 괴로워해야 한다.' 5. 23

· 수록 시 색인 ·

고해성사 · 126

구름의 연가 · 177

기다리는 행복 · 193

기쁨의 맛 · 169

기차 안에서 · 26

길 위에서 · 77

깊은 데로 가서 그물을 · 186

꽃이 되는 기쁨 · 123

내가 외로울 땐 · 164

느티나무 연가 · 243

다시 바다에서 · 208

다시 시작하는 기쁨으로 · 103

동백꽃 연가 · 67

또다시 당신 앞에 · 175

마지막 손님이 올 때 · 317

맑은 종소리에 · 146

봄 햇살 속으로 · 230

수도원 복도에서 · 184

수도원의 아침 식탁 · 161

순례자의 기도 · 154

슬픈 고백 · 323

슬픈 노래 · 128

시간의 선물 · 157

시간의 얼굴 · 86

시간이 지나가도 · 265

앞치마를 입으세요 · 227

애인 만들기 · 113

어느 조가비의 노래 · 204

언니 같고 친구 같은 · 266

엄마를 꿈에 본 날 · 264

오늘의 행복 · 73

우체국 가는 길 · 253

이별 연습 · 271

일기 · 331

읽는 여자 · 279

잔치국수 · 212

종소리 · 152

종이에 손을 베고 · 37

죽음을 잊고 살다가 · 311

채우고 싶은 것들 · 19

햇빛 일기 · 231

누구라도 마셔 가는 사랑의 샘터이어라. 마르지 않는.

-마음으로 달려가는 가르멜산의 언니, 수녀(1998. 3. 15)

사계절의 영혼과 구름과 민들레와 바다와 반달과 두레박의 시간 속에 계신 수녀님께 천주님의 사랑 안에서 빛이 되고 싶은 요한이 이 세상의 꽃삽이 되도록 노력할 것입니다.

-김신춘 신부(1998. 3. 15)

많이 표현하지는 못해도 마음속에는 늘 너를 담고 산다. 사는 날까지 항상 위로가 되는 친구로 남자.

-친구 혜숙(2001. 1. 12)

부활. 벚꽃잎 주우며 기쁨도 한 줌 주우며 평온하고 행복한 그 아침을 맞습니다. 자연이 들려주는 이야기는 가장 풍성한 사랑의 노래. 꽃과 가까운 해인 수녀님과 산책한 가장 고마운 부활의 아침.

-노영심(2002. 3. 31)

통나무에 풀물이 옮아 배이듯, 가슴에 흐르는 실개울 소리. -오빠 이인구(2003. 4. 17)

수녀님. 6月 향기 가득한 오늘 아침의 만찬 감사드립니다. 삶의 아름다운 퍼즐 한 조각 되고자 노력하겠습니다.

-수녀님을 닮고 싶은 장영희(2005. 6. 26)

우리가 사랑하는 클라우디아 수녀님! 아무래도 당신은 대단해요. 그러면서 소박한 들꽃처럼 우리에게 가까이 있어 주고 다가갈 수 있어서 더 좋아요. 높고 낮은 모든 이에게 어느 곳에서든 썩 잘 어울리는 모습도……. 그래서 만인의 '연인'인 것 같아요. 수녀님! 사랑합니다.

-김리디아 동기 수녀(2005. 12. 29)

수녀님이 아직도 투병 중이라 듣고, 같이 지내며 위로해드리고, 기운도 보태드리려고 왔다가 도리어 위로받고 맑은 기만 듬뿍 빼앗아갑니다. 그러나 수녀님은 퍼내도 퍼내도 마르지 않는 샘물 같은 분이라는 걸 알기 때문에 과히 걱정은 안 합니다. 클라우디아! 클라우디야! 클라우디아! 파이팅!

-박완서 엘리사벳(2009. 10. 25)

하느님의 기도 속에서 또 한 번 소중한 시간을 경험하고 갑니다. 빛깔이 고운 가을 하늘 아래 수녀원 모습은 언제나 아름답고 저희를 설레게 합니다. 또 다른 인연으로 또다시 만나 뵐 수 있기를 기도하며.

-박신영 플로라(2009. 11. 15)

병원에 가도 낫지 않던 감기가 이곳에 와서 말끔히 나았습니다. 아마도 마음의 감기였나 봅니다.

-이임광(2009. 12. 13)

초등학교 때 온 이후로 20년 넘게 못 오다가 부산역에 도착하니 감회가 새롭습니다. 수녀님 항상 건강하시고 오래오래 사세요. 수녀님을 정신적 지주로 생각하면서 의지하는 분들이 많으니까요.

-조카 태균(2012. 1. 1)

고운 빛, 고운 마음 가득한 천국 같은 민들레 방에서 꽃처럼 고우신 수녀님과 도란도란 이야기 나누었습니다. 마음 의지할 곳 이렇게 따뜻하고 푸근하니 감사할 뿐입니다. 오래오래 저희 곁에 계셔주세요.

-유근상 스테파노(2012. 5)

"내 아픔 통해서 아픈 사람과 벗이 될 수도 있겠다 생각하니 고마운 일이구나" 하신 말씀 깊이 새기고 갑니다.

-권혁재(2012. 6. 22)

늦은 밤, 도둑처럼 해인글방에 침입하여 한참을 머뭅니다. 한 가지 생각 : 하느님께서 해인 수녀님을 선물로 보내셨구나.

-전원 신부(2015. 5. 1)

살구나무와 복숭아나무와 해미♡. 아름답고 화창한 봄날, 이해인 수녀님과의 시간은 기쁨 입니다.

-한지수, 이동우, 성준우(2017. 4. 27)

큰 달님 언니가 우주 속으로 숨어버린 어느 날 나는 울다가 눈을 떠보니 어느새 작은 별님 언니가 다정한 미소로 나의 길을 밝혀주고 있네! 큰 달님 언니 몫까지 기도하며 챙겨주겠노라고 나를 달래주고 위로해주는 엄마 같은 작은 별님 언니여! 사랑합니다. 고맙습니다.

-동생 로사(2017. 12. 1)

기다리는
행복

1판 1쇄 발행 2017년 12월 20일
1판 25쇄 발행 2024년 1월 19일

지은이 이해인
그린이 해그린달
펴낸이 김성구

콘텐츠본부 고혁 조은아 김초록 이은주
디자인 이영민
마케팅부 송영우 김나연 김지희 김하은
제작 어찬
관리 김지원 안웅기

펴낸곳 (주)샘터사
등록 2001년 10월 15일 제1-2923호
주소 서울시 종로구 창경궁로35길 26 2층 (03076)
전화 1877-8941 **팩스** 02-3672-1873
이메일 book@isamtoh.com **홈페이지** www.isamtoh.com

ISBN 978-89-464-2076-2 03810

값은 뒤표지에 있습니다.
잘못 만들어진 책은 구입처에서 교환해드립니다.